蛇王さまは休暇中

小桜けい
KEI KOZAKURA

ノーチェ文庫

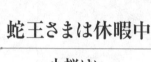

登場人物紹介
バジル
実は半人半蛇《ラミア》の王・バジレイオス。
300年の政務に疲れて
現在休暇中。完璧な紳士だが、
ややセンスがずれている。
メリッサ
祖父亡き後、一人薬草園《ハーブガーデン》を
切り盛りしている少女。
恋愛ごとにやや疎《うと》い。

コジモ
製薬ギルドの幹部。
メリッサを
薬草栽培師に
してくれた
恩人だが……
クラウディオ
領主の息子。
その放蕩《ほうとう》ぶりで
父伯爵を悩ませる。
エラルド
メリッサの幼なじみで、
馬車屋の息子。
メリッサに好意を寄せる。
オルディ
メリッサの祖父。
合成獣《キメラ》を素手で
殴り飛ばす猛者《もさ》。

目次

蛇王さまは休暇中

1　蛇王《へびおう》さまがやってきた

うららかな春の昼下がり。

森の奥へ続く小道を、一人の紳士が歩いていた。黒い帽子に黒いマント。片手には黒いトランクケース。黒い上等な革靴で規則正しく地面を踏む間、彼はわずかな音すら立てない。臆病《おくびょう》な森ねずみでさえ、彼がすぐ後ろを通り抜けるのに気づかないほどだ。

そうして新緑の香る木漏れ日の中を優雅に移動していた紳士は、やがて目当ての家を見つけて足を止めた。

古いが居心地の良さそうな丸太造りの二階家だ。広い庭は見事な薬草園《ハーブガーデン》。窓辺やテラス、ベランダにも栽培用のポットが置かれ、薬草たちがすくすくと育っている。まるでおとぎ話に出てくる善良な魔女の住み処《すか》のようだ。

そんな家と薬草園をグルリと囲むのは、白いペンキを塗った木製の垣根。正面には簡素な門が一つ。

門の傍らには『トリスタ薬草園』と彫られた木製の看板が堂々と掲げられていた。

紳士がじっくりと看板を眺めていると、ふと風が吹き抜け、心地好い香りが彼を包む。期待通りの香りに紳士は目を細めて一つ頷き、薬草園の方へ視線を向ける。

春の陽射しの下で、つばの広い麦わら帽子をかぶった少女が、柳《やなぎ》の籠《かご》を片手に薬草を摘《つ》んでいた。

年のころは十八、九といったところか。帽子の下に見える可愛らしい横顔は、ぷっくりした唇と美しい紫色をした大きな瞳が印象的だ。栗色の髪はうなじで一つに束ねられ、レモン色のリボンが飾られている。

シンプルなスカートとブラウスの上には、作業用らしきエプロン。身体つきはほっそりとしているものの、貧弱ではない。古い歌を楽しげに口ずさんでいる彼女からは、生き生きとした生命力が伝わってくる。

少女を遠目に眺めていた紳士はもう一度頷くと、彼女のほうへ小石の多い道を音も立てず歩いていった。

「――失礼。オルディ・トリスタ氏はご在宅でしょうか？」

薬草園の手入れをしていたメリッサは、唐突にかけられた声に振り返った。驚いて取り落としそうになった籠《かご》を、すんでのところで抱え直す。声の主は、垣根の向こうに立っている男性のようだ。

ついさっきまで周囲には誰もおらず、足音も聞こえなかったのに、当たり前のように彼はそこにいた。

「あ……祖父は半月前に亡くなりました……」

メリッサが答えると、今度は紳士の方がギョッとしたような声をあげた。

「亡くなられた⁉」

「……ええ」

なるべく冷静に話そうと思うのに、どうしても声が詰まってしまう。

半月前の夜、いつもと変わらない様子で床《とこ》に入った祖父は、翌朝には眠るように亡くなっていた。

駆けつけた医師は寿命だと診断し、理想的な最期《さいご》だと慰《なぐさ》めてくれたが、それでも大好きな祖父との別れはもっと遅くあってほしかった。

「……そうでしたか」

紳士は呻《うめ》くように呟《つぶや》き、しばし沈黙する。やがて俯《うつむ》いて胸に手を当て、死者を悼《いた》む礼をした。

驚愕《きょうがく》と落胆を露《あら》わにする紳士を、メリッサは慎重に観察した。

紳士は、その上品な口調と物腰にふさわしく、身なりも気品に満ちていた。

手には小綺麗な白い手袋をはめ、洒落《しゃれ》た金ボタンで留めた黒いマントやその下に見えるシャツとズボンも、こんな田舎ではまず見ない高級そうな品だ。

ただ、これだけ暖かい日にしては、少々着込みすぎているような気がした。マントだけでも暑そうなのに、首にも白いマフラーをグルグル巻くという徹底ぶり。少しでも皮膚を外気に晒《さら》したくないと言わんばかりの完全防備だ。

おまけに黒い中折れのソフト帽を目深《まぶか》にかぶり、顔も大きなマスクで覆《おお》い隠しているので、どんな顔立ちをしているのか、歳もいくつほどなのかまったく分からない。

紳士は紳士でも、〝ものすごく怪しい紳士〟である。

ふと帽子の陰から左右違う色をした鋭い瞳がチラリと見え、メリッサは身震いした。

何しろこの家は村からも離れているし、最後の肉親だった祖父を亡くしてからは、ここで一人きりで暮らしている。危険が迫っても助けが来る可能性は低い。

しかし見た目は怪しくとも、死者を悼む紳士の様子に嘘は感じられない。何よりメリッサには近いうちに祖父を訪ねてくる予定の人物に心当たりがあった。

「もしかして、バジルさんですか？」

祖父の古い友人の名前を口にすると、鋭く見えた両目が、驚くほど柔和《にゅうわ》に細められた。

「ああ、良かった。オルディから、私のことを聞いておられるのですね？」

紳士は嬉しくて堪《たま》らないというように頷いた。

「申し遅れました。バジルです。オルディを祖父とおっしゃるということは、貴女《あなた》がメリッサ嬢ですね」

「は、はい……」

奇妙な来訪者の正体が判明し、メリッサの身体の緊張が一気に解ける。

バジルは、祖父が青年だったころ近隣諸国を巡り、薬草栽培の技術を学んでいた際に知り合った人だそうだ。今は失われた栽培技術や種子を求め、地下深く埋まっている古代遺跡に潜《もぐ》ったり、そこにいる猛獣と戦ったりと共に無茶をした仲だと言うから、もっとこう……祖父のように、頑強《がんきょう》で野性味溢《あふ》れる人物だと思っていたのに。

「お会いできて光栄です」

そんなメリッサの胸の内など知らず、バジルは野性味などまるで感じさせない優雅な仕草で片手を差し出した。

「オルディのお孫さんが、こんなに美しいお嬢さんだとは。彼が手紙でいつも貴女の自慢をしていたのも当然ですね」

「そんな……」

メリッサは赤面した。社交辞令とはいえ、こんなに上品な相手から惜しみなく賞賛されると、気恥ずかしくなってしまう。

ともあれメリッサは、土と薬草の汁で汚れていた自分の手をエプロンで綺麗に拭き、白い手袋を恐々《こわごわ》と握る。

自分の手が火照《ほて》っているのだろうか、やけにヒンヤリとした体温を手袋ごしに感じる。

メリッサは棺《ひつぎ》に入った祖父の手に触れた時のことを思い出した。

――まるで死人の体温だ。

しかし命ある証拠に、優しく手を握り返されて、ハッと我に返る。

「その……本当によく来てくださいました。よろしければ中にお入りください」

遠くからはるばるやってきた客人と、いつまでも垣根越しに話すわけにはいかない。

どぎまぎしながら手を離し、メリッサは彼を家の中へと促《うなが》した。

応接間などという立派なものはないので、客人を迎えたのは、きちんと片付けておいた居間だ。

「バジルは本名ではないのですが、どうかそうお呼びください。メリッサ嬢」

丁重に言う彼から、黒いマントを預かって壁にかける。自分の麦わら帽子と庭仕事用のエプロンは、廊下に造りつけた専用の棚にしまった。そこには祖父の帽子と上着が未だにかかっている。

「分かりました。では私のことも、ただのメリッサにしていただけますか？」

『メリッサ嬢』などと、貴族の令嬢のように呼ばれるのは照れくさくて敵《かな》わない。冷やした薔薇水《ばらすい》をテーブルに出しながら、ふふふと笑ってそう頼む。そんなメリッサに、ソファーに腰掛けたバジルも釣られたように笑い声をあげた。

「分かりました。ではメリッサ、私のことを、どこまで聞いておられますか？」

そう尋ねる彼は、帽子とマスクを未だに付けたままだ。マフラーも外さないところを見ると、防寒のためというより身体を見られたくないのだろうか。メリッサはふとそんなことを思ったが、特に触れずに話し始めた。

「祖父が若い頃にお世話になったことと、それから……」

半年ほど前のことだ。メリッサは祖父から、この薬草園《ハーブガーデン》に古くからの親友を迎えるつもりだと聞かされた。

その親友という人は現在非常に多忙な職についており、休暇もままならない身らしい。

彼との数々の冒険の後、故郷に戻って薬草園を開いた祖父も、そう長くは家を空けられないため遊びに行くこともできず、この数十年間はずっと手紙のやりとりだけだったそうだ。

しかし少し前の手紙に、彼が長期の休職を考えているとあったので、その間この薬草園を手伝いながら一緒に暮らすよう勧めたい、と祖父は言った。もし彼が承諾してくれれば、数年はここにいることになるだろう、とも。

『……もちろん、メリッサが構わなければの話だが』

豪胆《ごうたん》でいつも陽気な祖父は、珍しく気弱な調子で孫娘の答えを窺《うかが》う。そうして、その友人は魔物の半人半蛇《ラミア》であることを告げたのだ。

ラミアに人狼《じんろう》、吸血鬼といった魔物たちは、世界各地に点在する特別な泉から生まれる。それらは古代文明の遺物《いぶつ》で、泉と言っても、硬い石のごとき素材で周りを固めた人工の池のようなものだ。いつ、どのようにしてできたのかは誰も知らない。

彼ら——魔物は人と似た姿ではあるが、半身が蛇であったり翼があったりと明らかに異形《いぎょう》であり、なおかつ超越した能力を持つ。そんな魔物たちを忌《い》み嫌い、討伐の対象とする国も多い。当然ながら、魔物の泉を壊そうとする者も絶えなかった。

だが、泉の縁《ふち》を囲う特殊素材はどれほどの衝撃を加えてもヒビすら入らず、埋めてしまおうと土石を入れても底なしに呑み込まれる。中を探ることさえもできなかった。そこから生まれた者以外がそのトロリとした泉の水に触れると、焼け爛《ただ》れて溶けてしまうのだから。

そんな泉の不気味さが、魔物への嫌悪感を余計に強めたのかもしれない。

しかし人間と魔物は、まったく共生できないわけではないのだ。

メリッサの住むトラソル王国は、ラミアの王が統《す》べる国、キリシアムと隣接しており、交易も盛んだ。こんな田舎では滅多に見かけないが、少し大きな町にいけば、ラミアの商人や旅人が当たり前にいて、そこに住む人間たちと上手くやっている。

祖父も友人がラミアであることを恥じたのではなく、メリッサと面識のない相手をここに住まわせてもよいものかと心配しただけだろう。

ちなみに、トラソル王国は魔物の中でも特にラミアと友好が深い。そこには地理的な条件の他に、歴史的な背景も関係していた。

――数ある魔物の泉の中に、ラミアのみを生み出す泉が存在する。この泉は海辺にある古代文明の神殿内にあり、そしてその一帯はかつてある人間の王国に支配されていた。

ラミアは上半身が人間、下半身が蛇の魔物であり、その下半身を人間の脚に変化させることもできる。また寿命は人間と同じ程度だが、成人した姿で泉から生まれ、朽《く》ちるまでその若い姿と体力を保つという。

もう一つ大きな特徴として、彼らは海中でも呼吸ができ、泳ぎも非常に上手い。よって、真珠作りや漁業における働き手として求められ、人間のもとで隷属《れいぞく》を強《し》いられていた時代もあった。その当時のラミアたちは随分とひどい扱いをされたようだ。

だが、三百年ほど昔。一人のラミアが同族たちの運命を変えた。

後に『不死の蛇王《へびおう》』と呼ばれることになる彼は、その名の通り焼かれようと斬られようと決して死なず、仲間を統率して人間たちに戦いを挑み、長らく続いていた支配関係を覆《くつがえ》したのだ。

蛇王の狡猾《こうかつ》なところは、あえて人間の全てを敵に回さなかったことだろう。彼は自分たちを支配していた国の人間だけを敵とみなし、他の国々とは積極的に友好関係を築いた。

当時ラミアたちを支配していた強国は、豊かな海産物で得た富と武力によって、周辺の七つの小国たちを押さえつけていたが、蛇王はそんな小国の統治者たちを言葉巧みに煽《あお》りたて、一斉蜂起《いっせいほうき》を促《うなが》したのだ。

結果。

この広い地域で覇権《はけん》を誇っていた強国は、歴史に名前だけ残して完全に滅んだ。そして蛇王は協力してくれた国々に対し、その泉のある海辺の一帯だけをラミアの完全独立国として認めさせ、残りの領地を諸国に譲渡したのだ。

その領地を分配して富を得た国々は、蛇王との末永い友好を望んだ。一方それまで虐《しいた》げられ、人間を憎んでいたラミアたちも、自由を得られたのは諸国の協力があってこそと蛇王に説得され、彼らと対等な立場での交易を開始した。

そしてラミアの国、キリシアムを樹立した不死の蛇王は、海辺を見下ろす小高い神殿の奥深くで、今もなおその地を治めているのだという――

こうした歴史もあって、今でもトラソル国はラミアに対し人間と変わらぬ扱いを保証し、キリシアムもまた、トラソルを初めとする人間の国々からの留学生を積極的に受け入れたりしているというわけだった。

若かりし日の祖父も、薬草研究のためにキリシアムに滞在していたらしい。そこでバジルと出会って意気投合し、三年ほど彼の家で過ごさせてもらったそうだ。

そのバジルであるが、彼は少しばかり変わった体質で、レモンバーム入りのハーブティーを毎日飲む必要があるという。

ちなみにレモンバームの別名は『メリッサ』。祖父はどうしてか、孫である自分にそのハーブの名をつけたのだ。

この薬草は、とりたてて高価でも稀少でもない。生命力が強く、地域によっては道端に生えていることすらある。祖父はキリシアムでも、野生化したレモンバームをよく見かけたらしい。

しかしバジルが言うには、同じ植物でも育て方によって味は大違いだそうだ。

彼は祖父の育てた『メリッサ』入りのハーブティーを大層気に入り、毎日のようにご馳走《ちそう》になる代わりに、祖父が稀少な薬草の栽培を学ぶ上で随分と力を貸してくれたという。彼と出会わなければ、満足のいく薬草園《ハーブガーデン》は造れなかったと、祖父は遠い目をしてよく話したものだ。

そんな姿を見ていたメリッサが、その友人の滞在に嫌と言うはずもない。

メリッサの大好きなこの薬草園の恩人というなら、自分にとっても恩人だ。それに、祖父の人を見る目は、薬草栽培の腕と同じくらい確かである。メリッサは、人だろうと魔物だろうと、祖父と二人で新しい家族を歓迎するつもりだった。

メリッサの返事を聞くと、祖父はさっそく手紙を出して友人を招待し、いつ来ても構わないようにと大張り切りで部屋を整え始めた。

だが皮肉なことに、祖父は友人の到着を待たずして亡くなってしまう。メリッサは祖父の急逝《きゅうせい》を彼に知らせようとしたが、手紙のやり取りをしていたにもかかわらず、不思議と彼の住所を示すものは一つも見つからなかった。

だからメリッサは、彼が来てくれるのをただただ待っていたのだった。


「――祖父は貴方《あなた》がいらっしゃるのを、本当に楽しみにしていました。ですから、祖父が遺《のこ》してくれたこの薬草園《ハーブガーデン》に、あなたが滞在してくださるのであれば私も嬉しいです」

メリッサはそう話を締めくくり、まっすぐに目の前の魔物を見つめる。

一方、バジルはやや面食らったようだった。

「本気ですか？　貴女《あなた》とは初対面ですし、オルディが亡くなっているのでしたら、遠慮した方がいいかと思いましたが……」

帽子の陰から、二色の瞳がまじまじとメリッサを見つめ返してくる。

メリッサはしっかりと頷くものの、ふと居心地が悪くなって密かに膝の上でスカートを握りしめる。

バジルに予定通り滞在してほしいのは事実だが、もしかしたら祖父が望んでいたからというより、自分が寂しいだけなのかもしれないと気づいたからだ。彼から祖父との思い出話を聞き、最後の肉親を亡くした心の隙間を埋めようとしているのではないか。

そんなことを考えていると、ソファーの向かいで身動きする気配がした。

メリッサが顔を上げると同時に、バジルが帽子を取る。すると前髪の一部にオレンジ色のメッシュが入った、やや長めのダークブロンドが現れた。続いて顔のほとんどを覆《おお》っていたマスクが外される。

その瞬間、メリッサは息を呑んだ。

予想よりはるかに整った顔立ちに、額の一部と右目の下を覆う暗い金色の蛇鱗《じゃりん》。祖父の友人というからにはそれなりの年齢だろうが、ラミアである彼はやはり若々しい青年に見える。切れ長の目つきは鋭いものの、温和な表情がそれを打ち消し、優しげな印象を与えていた。

二色の瞳は、右目が灰色で左目は青。その透明感のある独特の青は、祖母の形見であるオパールのブローチをはめ込んだよう。こんなに美しい瞳がこの世に存在するなど、メリッサはこれまで想像もしなかった。

だがメリッサを硬直させたのは、それらのことではなかった。

心の中で思い切り叫ぶ。

——顔色、悪っっっっ！！！！

バジルの肌は、まるで死人のような土気色《つちけいろ》なのだ。表情は穏やかに微笑んでいるのに、あまりにも顔色が悪いので、今にも倒れそうに見える。

「具合でも悪いんですか……っ!?」

思わずうろたえて立ち上がると、バジルは苦笑して軽く手を振った。

「いえ。これは生まれつきの肌色なのですよ」

「え……？　そ、そうでしたか。すみません……」

メリッサは赤面してソファーに座り直し、身を縮める。

非常に失礼なことを言ってしまった。恥ずかしくて、このまま消えてしまいたくなる。

恐縮していると、「気にしないでください。よく言われますから」と、こっちが慰《なぐさ》められた。

それを聞いて、あのマフラーやマスクは、やはり肌を隠すためのものだったのだと悟る。

「……それより、これからお話しすることはもう少し貴女《あなた》を驚かせてしまうかもしれません」

そう言ったバジルは、どこか人の悪い笑みを浮かべながら、自身の唇に指を軽く押し当てる。まるで子どもに内緒の話だと言い聞かせるように。

「先ほども言ったように、バジルは私のあだ名でしてね。本名はバジレイオスと申します」

「……はい？」

思わず間の抜けた返事をしてしまう。

メリッサには今日までラミアに知り合いはいなかったが、それと同じ名を持つ、〝超〟がつくほど有名なラミアを一人だけ知っていた。メリッサでなくとも、この周辺の国々に住む者なら誰でも知っているだろう。

『不死の蛇王・バジレイオス』

ラミアたちを解放した建国の英雄であり、一つの大国を滅ぼした狡猾《こうかつ》な蛇の魔物。三百年も生き続け、隣国キリシアムを治めている伝説の王の名だ。

「バジ……って、え？　そ、その……偶然、ですよね？」

そう尋ねつつもメリッサは、子どもの頃に学校で習ったことを思い出す。

ラミアたちは敬愛する蛇王を憚《はばか》って、泉から生まれてくる新たな同族に『バジレイオス』と名づけることは決してないそうだ。

つまり、その名を持つラミアはこの世にただ一人……

中腰になって動揺しているメリッサに、バジル――本名バジレイオス氏は優雅な微笑みを向けた。

「何しろ三百年も働きづめでしたので、いい加減骨休めをしたくなりましてね」

そのにこやかな顔を見つめながら、メリッサは何度も唾を呑み込んだ。一国の王であれば、確かに休暇もままならない多忙な職だが……

「そ、それじゃ本当に……」

——蛇王さまですか？　という問いは言葉にならなかった。一層深められた彼の笑みが、「そうだ」と言っていたからだ。

ああ……さすが祖父の親友だと、なんとなく納得してしまった。祖父もこうして、人を驚かせるのが大好きだった。

「オルディが亡くなったと聞いた時は、ここに滞在するのは諦めようと思いましたが、貴女《あなた》のおかげで素敵な休暇がとれそうです」

そう言ってバジルは手袋を外し、土気色《つちけいろ》のヒンヤリした手でメリッサの荒れた手を取る。そしてまるで高貴な姫君に接するように、冷たい唇をその甲に落とした。

「これからしばらくお世話になります。メリッサ」

『——おじいちゃんは、魔物の泉を見たことがあるの？』

幼いメリッサは、大きな目をさらに大きく見開いて祖父を見上げた。

『ああ。キリシアムに行った若い頃、ラミアの泉を特別に見せてもらった』

祖父は酒を一口飲み、遠い昔を懐かしむように目を細める。

その頃のオルディ・トリスタは髪こそ白くなってきたものの、筋骨隆々《きんこつりゅうりゅう》の体躯は依然として逞《たくま》しく、老いなど微塵《みじん》も感じさせなかった。日がな一日薬草園《ハーブガーデン》で元気に働き、晩ご飯の後になると大好きな酒を片手に、孫娘に色々な話を聞かせるのだ。

その日も彼は孫娘とソファーでくつろぎながら、昔の冒険話をしていた。

『古代遺跡にはいくつも行ったが、あれは格別に不思議なもんだったぞ。だだっぴろい部屋に丸い泉がいくつもあってな。水は綺麗なオレンジ色で、大きさは……これくらいだ』

祖父は両腕を広げて見せた。大きいなぁと、メリッサは感心しながら質問を続ける。

『じゃぁ、おじいちゃんが見せてもらったのは、蛇王さまの生まれた泉なのね？』

メリッサが通う村の学校には熱心な歴史の教師がいて、隣国の蛇王さまのことも色々と教えてくれるのだ。

『その通りだ。よく知っているな』

大きな手でよしよしと頭を撫《な》でられ、メリッサは顔中に笑みを広げた。

『もしかしておじいちゃん、泉を見せてもらった時に、蛇王さまにも会った？』

『ん？　ああ……まぁ、な』

『うわぁ、すごい！　ねぇねぇ！　蛇王さまと、どんなお話をしたの⁉』

興奮して尋ねたものの、祖父は困ったような顔で笑い、不意に天井の照明を指差した。

『そうそう、知っているか？　鉱石木《こうせきぎ》も魔物の泉と同じで、古代文明が造り出したんだぞ』

『ええ!?』

はぐらかされたことにも気づかず、メリッサは新しい話に飛びついた。

鉱石木とは、森の中だろうと都の中心だろうと、どこにでも生えてくる植物だ。最初は細い緑の蔓《つる》にすぎず、他の木や家の壁、塀などに張りついているが、すぐにそのまま太い茶色の木となってそれらを締め上げ、しまいには石壁をもやすやすと破壊してしまう。

そんな物騒な植物だが、そのかさついた木肌の中からは『発光鉱石《はっこうこうせき》』と呼ばれる不思議な光る実が採れる。それが『鉱石木』の名の由来だった。

発光鉱石には様々な色があり、その石の色と表面に刻み込んだ魔法文字の組み合わせによって、火を起こしたり物を冷やしたりと様々な効果を得られる。

今こうして天井に吊るしたガラス球の中で夜の居間を照らしているのも、発光鉱石に魔法文字を刻んで造った鉱石ビーズだ。

鉱石ビーズがなければ、蝋燭《ろうそく》やランプの小さな明かりで我慢するしかないし、冷蔵庫もコンロも使えない。洗濯装置だって鉱石ビーズで動かしているのだから、衣類を洗うのも一苦労になるだろう。

『まぁその古代文明も、岩石群とこの鉱石木に滅ぼされちまったらしいがな……』

　メリッサを膝に抱えつつ、祖父は話を続けた。

　――古代文明が栄えていた頃、地面は今よりもずっと低い位置にあり、その上ずっと狭かったそうだ。

　しかしある日、天から巨大な岩石群が降ってきて多くの建物を破壊し、鉱石木の研究所をも潰してしまった。

　それまで研究所内でのみ栽培・管理されていた鉱石木は、外界へと放たれた途端、凄まじい勢いで繁殖を始め、たった数日で残っていた建物を全て侵食していったという。

　そして、複雑に絡み合った木の合間を瓦礫《がれき》や木屑が埋めていき、長い年月をかけて地面を高く盛り上げたのだ。

　ただし魔物の泉のある建物だけは、なぜか岩石も落ちなければ鉱石木も近付かず、ほとんど無傷で残ったらしい。だがこの混乱の中、あまりにも多くのものが失われたため、今では泉の原理を知る者も、造られた理由を知る者も残っていない。

　そして泉は、己《おのれ》を生み出した文明が滅びてしまったことなど意に介さず、今もただ黙々と魔物を生み出し続けているのだ……

『……』

じっと聞き入っていたメリッサは、いつの間にか強張《こわば》っていた身体をブルッと震わせた。

『おおっと、すまん！』

気づいた祖父が、焦った声をあげてメリッサを抱きしめてくれる。

『どうも、酔いすぎたらしい……メリッサに聞かせるには向かん話だった』

グラスをテーブルの中央に押しやり、祖父は弱り切ったように呟《つぶや》いた。

『悪かったなぁ。怖い夢を見なけりゃいいが……』

『ううん。面白かった！　それに、もし怖い夢を見ても、おじいちゃんがいるから平気！』

メリッサも丸太のように太い祖父の腕をぎゅっと抱きしめ返す。

早くに両親を亡くし、半年前に祖母も持病で亡くしてからは、祖父と二人きりの生活だった。それでも大好きなこの腕が心細さも寂しさも和らげてくれる。

しかしメリッサが大きくなるにつれ、祖父の腕はだんだん柔らかく、フニフニした感触になっていき……


目を覚ましたメリッサは、いつの間にか自分が、丸まった布団を抱きかかえながらベッドで寝ていることに気づいた。

「ふぁ……」

大きな欠伸《あくび》と伸びをしてから起き上がり、カーテンを開ける。ちょうど朝日が昇り始めた頃だった。

朝は少し苦手だ。起きられないわけではないが、顔を洗うまではどうにも頭がはっきりしない。ぼうっとしたまま部屋を出ると、階下からかすかな物音が聞こえてきた。

（珍しいなぁ。おじいちゃんが早く起きてる……）

いつもは布団を剥《は》ぎ取るまで起きないのに……と、寝ぼけ眼《まなこ》を擦《こす》りながら階段を下りて居間の扉を開ける。

「ん～。おはよう……」

おじいちゃん、と続けようとしたメリッサは、その場で硬直した。

「おはようございます。メリッサ」

ソファーで本を読んでいたバジルが、優雅に挨拶《あいさつ》をする。清潔そうな白いシャツを着て、すでにきちんと身なりを整えている紳士を前に、寝ぼけていたメリッサの頭は瞬時に覚めた。

「きゃあああ!!　すみません!!」

悲鳴をあげて居間から飛び出し、人生最高の速度で部屋へ駆け戻る。

バタンと閉めた扉に背中をつけたメリッサは、バクバクしている心臓を押さえた。

（そ、そうだった！　おじいちゃんの夢を見たから、寝ぼけて……）

バジルに会ったことで無意識に小さな頃のことを思い出し、それであんな夢を見たのだろう。

（おじいちゃん……）

祖父はもういないのだと改めて思い知らされ、胸が締めつけられる。もっともっと一緒にいてほしかった。教えてほしいことだって、まだ山ほどあった。

とりわけ今は、痛切に教えを請《こ》いたいことがある。

――私、あの寝ぼけ姿を見せちゃった後で、どんな顔して蛇王さまに会えばいいの……っ!?


不死の蛇王バジレイオスにはいくつもの逸話《いつわ》があるが、特に有名なのは、彼が泉から生まれた時の話だ。

当時泉のある一帯は、まだ人間の王国の支配下にあった。泉は常に人間の兵たちに見張られており、そこから生まれたラミアもすぐさま捕獲されては奴隷として連れていかれた。

兵たちは鉱石ビーズを付けた武器で魔物の身体を痺《しび》れさせ、手足や首に枷《かせ》をつける。そうして自由を奪ってから、その身体に奴隷としての登録番号の焼印《やきいん》を施《ほどこ》すのだった。

そんなある日。泉の一つがボコボコと泡立ち、魔物の誕生が近いことを見張りの兵に告げた。

兵たちは首枷と鉱石ビーズを埋め込んだ棍棒《こんぼう》を持って泉に近付いたが、すぐに落胆した。鮮やかなオレンジ色の泉が、みるみるうちにどす黒く変色していったからだ。

世界中に点在する魔物の泉はどれも似たような形だが、満たす水の色はそれぞれ違い、生まれる魔物の種類も違う。だが、どの泉もたまにこうして黒く変色することがあった。その際生まれる魔物はいつも出来損《できそこ》ないで、最初から死骸となって生まれてくるか、生きていてもすぐに身体が溶け崩れてしまう。

この時泉に浮かび上がったラミアも、すでに死んでいると思われた。彼は固く目を瞑《つむ》ったままピクリとも動かず、肌の色はまるで生気を感じさせなかったからだ。呼吸も脈もなく、当時の兵の日誌には、『溶解こそしなかったが完全な死体であり、念のために首を斬って廃棄した』と記されていた。

しかし、後に不死の蛇王と呼ばれるラミアは、神殿裏の草地に廃棄された後、人気《ひとけ》がなくなるのを待って起き上がり、斬られた首を自分で繋げた。

そして彼は枷《かせ》も登録番号の焼印《やきいん》も施《ほどこ》されず、まんまと人間の手を逃れることができた。そして同胞たちを自由にするため、暗躍《あんやく》を開始したのだった。

——この顔色に、兵たちは欺《あざむ》かれたのね……無理もないわ。

食卓の向かいに座っている蛇王さまをこっそり眺め、メリッサは内心で頷く。

その顔はきちんと表情を浮かべるし、肌にはちゃんと張りもある。が、そこを彩《いろど》る土《つち》気色《けいろ》には、やはり死の雰囲気があった。……かといって、物語に出てくるゾンビのような化物的なおぞましさは一切ない。

ティーカップを傾け、レモンバームとミント、ローズヒップなど、数種類のハーブをブレンドした爽《さわ》やかな香りのお茶を楽しむ様《さま》には、気品が滲《にじ》み出ている。

フォークやナイフを使って食事をする姿も、亡き祖父や自分とは比べものにならないほどに上品だ。

そういえば今朝方メリッサはいきなり大失敗してしまったが、幸いにも彼女よりはるかに年齢と経験を重ねているバジルにとっては、気にもならないことだったらしい。

その後着替えて恐る恐る顔を合わせた時には、何事もなかったように振る舞ってくれ、心底救われたものだ。

気品溢《あふ》れる蛇王さまの向かいで、メリッサは使い慣れたフォークを精一杯お行儀よく操り、新芽を使ったサラダを食べる。

頑丈な木で造られたテーブルにはサラダの他、パンにスープに焼いたベーコン、それからバジルが作ってくれた、キリシアムで朝食によく食べられるというオムレツも載っていた。

これらの朝食はメリッサとバジルが一緒に作ったものだが、実のところ彼に朝食作りを手伝うと言われた時はしばし悩んだ。高名な蛇王さまに食事など作らせていいものだろうか。

だが、『今は王を休業しているし、生きるために必要な食事作りは、とても立派な仕事だと思っている』と、柔らかく押し切られてしまった。

どうやら彼は戦《いくさ》や政治以外に、料理も得意らしい。スープの塩加減ときたら絶妙だし、レモンの皮と香草を混ぜ込み、オリーブオイルで焼いたトマト入りのオムレツは、口の中に入れた時のふわふわ感が堪《たま》らない。

何事にもソツがないとはこういうことを言うのかと、メリッサはただただ感心するばかりだ。

それにとても礼儀正しい紳士で、昨夜も彼のために用意しておいた部屋に案内すると、非常に感じよく褒めてくれた。

正体を明かされた時はそれこそ腰が抜けそうなほど驚いたけれど、こうして見ると彼は理想的な同居人なのかもしれない。

しかし、どうしても気がかりな点が一つある。

「あの、バジ……ルさん。聞いてもいいですか？」

しばらく迷った末に、メリッサはフォークを置いて声をかけた。

「はい。なんでしょうか？」

「あなたがここにいるのを、他の方たちは知っているんですか？　なんというか、その……何かあった時のために……」

慎重に言葉を選んで尋ねると、蛇王はにこやかに目を細めた。

「念のため、一人だけ教えてありますが、よほどのことがない限り誰にも言わないようにと固く口止めをしています」

なんとなく予想していた答えだが、メリッサは思わず絶句する。その向かいで、蛇王はカップを置いて姿勢を正すと、こう付け加えた。

「表向きには、現在の私は病《やまい》で伏せっていることになっています。それでこのまま何事もなく国政が回るようなら、病死と公表する予定です。ご存知かもしれませんが、死んだふりは私の得意技でしてね」

しれっと逸話《いつわ》を持ち出しながら言う彼に、眩暈《めまい》を覚えた。

――ちょ……っ！　それって完全に退職の前準備ですよね!?　蛇王さま、休暇どころか辞める気満々じゃないですか!!

「でも、貴方《あなた》がいなくなったら、困る人たちがいるんじゃ……」

メリッサは慌《あわ》てふためき、思わず椅子から腰を浮かせた。隣国の一平民が口を出す問題ではないのかもしれないが、彼を迎え入れた身としては、片棒を担《かつ》いでしまった気分なのだ。

バジルはそんなメリッサを眺めて苦笑する。

「ご心配なく。メリッサにもこの薬草園《ハーブガーデン》にも、決して迷惑はかけないと誓います」

「い、いえ。そういう意味では……」

言葉に詰まっていると、彼は物憂《ものう》げな溜め息をついた。

「私がいなくなると困る……実は、そこが問題なのですよ」

「……え？」

「そもそも、同じ者が三百年も国王を務めるなど、異常だと思いませんか？　どこの組織でも、上に立つ者はいずれ代わります。それによって組織が良くなるか悪くなるかはともかくとして、代わるのが当然なのです」

「そ、それは、そうですけど……不死の王がいらっしゃるなら……仕方ないのでは？」

いつの間にか真剣な光を帯びていた二色の瞳を前にして、メリッサは小声で答える。

「……ええ。私の後継を頼んだ者にも、散々そう言われました。万が一の事態に備えて居所を教えるという条件で、引退を了承してもらいましたがね」

そう言ってバジルは、海辺の故郷を思い起こすように、窓の外に広がる青空をちらと見る。が、すぐにまたメリッサに視線を戻した。

「私は不死と呼ばれておりますが、最初から死んでいるという方が正解かもしれません」

「死んで……？」

しっかりと動き、飲んで食べている相手にそんなことを言われ、首をかしげてしまう。顔色の悪さや低い体温から、死体のようだと思ったのは事実だが、実際に死んでいるとまでは思えない。

「メリッサ。私の手は、やけに冷たいと思ったでしょう？」

「あ、はい……」

ズバリと言い当てられて、メリッサは頷いた。

「ラミアは元々体温が低いのですが、私の身体はその中でも特別で、脈も呼吸も普段は必要としません。そしてこの身体は、レモンバームを定期的に摂取しなければ、朽《く》ちてしまうでしょう」

とんでもなく奇妙な体質を告白したバジルは、にこやかにハーブティーのカップを持ち上げて見せた。

「それで、レモンバームのお茶を飲まれていたのですか……」

メリッサは祖父がよくどこかに乾燥させたレモンバームの小包を送っていたのを思い出す。あれはきっと、彼に送っていたのだ。メリッサの言葉に、今度は彼が頷く。

「ええ。私にも身体を動かすために必要なものはありますし、皆が思うほど万能でもありません。国を建てた頃はそれを理解してくれる者が多くいましたが、皆とうに亡くなりました」

メリッサからすれば十二分に万能に見える蛇王は、そう言って表情を曇らせる。

「周りは変わっても、私だけは変わらずに生き残り……時が経てば経つほど、過大評価されるようになりましてね。このまま王であり続けるのは、私のためにも国のためにもならないと判断したのです」

少し悲しげにバジルは言い、最後に「動かない水は澱《よど》むものです」と付け加えた。

「そう、ですか……」

メリッサは呟《つぶや》き、上げかけていた腰を改めて下ろした。

いいかげんなことは言えなかった。三百年もの間国を治めてきた彼の心の痛みは、不死でも王でもない自分が理解できるものではない気がした。

メリッサとて幼い頃に両親と祖母を亡くし、半月前に祖父を亡くした時の痛みは、どれも痛烈に胸に残っている。長く生きてきたバジルは、自分などよりはるかに多くの別れをこれまで経験してきたことだろう。

食卓の中央にあるポットに手を伸ばし、澱《よど》んだ水になりたくなかった蛇王さまのカップに、ハーブティーをもう一杯注いだ。

朝食の片付けを終えた後、バジルが薬草園《ハーブガーデン》の手伝いをすると言うので、メリッサは祖父が彼のために用意していた、新しい麦わら帽子と麻のシャツを取り出した。

ズボンや長靴は用意されていなかったが、これはバジルがラミアだからだ。

ラミアは下半身を人間の脚や蛇の尾に自在に変えられる。そのためどちらの姿になってもいいように、男性もズボンではなく丈の長いチュニックや巻きスカートのようなものを身に付けている。

靴や靴下は彼らにとって非常に不快なもののようで、人間の脚の時も素足のままだ。

雪の積もる真冬でさえも、町で見かけるラミアたちは靴底の薄いサンダルしか履いていない。

朝一番に寝ぼけ顔で出ていった時には気づく余裕がなかったが、バジルも今日はシャツに脛丈《すねたけ》の黒い布を腰に巻いて、土気色《つちけいろ》の足はやはり裸足《はだし》だった。昨日人間風の衣服や靴を身に付けていたのは、道中で正体を隠すためだったそうだ。

「サイズが合うといいのですが」

そう言って水色のシャツを手渡すと、バジルはそれを広げて、うれしそうに目を細めた。

「大丈夫だと思いますよ……ほら、さすがはオルディだ」

彼は片方の袖を腕に当てて見せ、親友が自分の体格をきちんと覚えていたことを証明してみせる。続けて帽子も受け取ると、それらを抱えていそいそと二階の自室に向かった。

メリッサはふと嫌な予感がして、頑丈な木の手すりに寄りかかりながら、階段を上っていく彼を見上げる。

程なくして、着替えを終えたバジルが下りてきた。

「どうですか、メリッサ」

腰の巻き布はそのままだが、シャツを着替えて麦わら帽子をかぶり、満面の笑みを浮かべている。そんな蛇王さまを見て、メリッサは固まった。

先ほどの予感は、見事に当たってしまったのだ。

——どうしよう、おじいちゃん。まったく似合わない!!

素朴な麦わら帽子は、端整な顔立ちとは上手く共存できないものなのだろうか? それともこれは滲《にじ》み出る気品のせいだろうか……

蛇王さまと麦わら帽子のチグハグ感は凄まじく、いっそ彼の持参した中折れ帽に取り替えてあげたくなった。

だが本人は大層ご満悦で、窓ガラスに映る姿を覗き込み、帽子の位置を調整したりしている。

「え、えっと……じゃ、庭に行きましょうか」

メリッサは、これからファッションコンテストに行くわけじゃなし、と特に言及することなく自分の帽子をかぶり、そそくさと玄関に向かう……と、滑るようにメリッサを追い越したバジルが、玄関の扉をさっと開いた。

「……」

「どうぞ?」

そう言って開いた扉を片手で押さえて、にこやかにメリッサを促《うなが》す。

「……えーと……ありがとう、ございます……」

そんな紳士に小声で礼を言ったメリッサは、急いで玄関を通り抜けた。

生まれながらの王侯貴族であればこういったことには慣れているのかもしれないが、しがない田舎娘《いなかむすめ》には心臓に悪いと、こっそり溜め息をつく。

「今日も天気が良さそうですね」

しかし朝からメリッサの心臓を騒がせっぱなしにしている犯人は、いたって呑気《のんき》に青空を見上げている。

美しく優雅なその横顔は相変わらず死人のような色なのに、驚くほど生き生きとした表情を浮かべており、メリッサはつい目を奪われた。

「メリッサ、どうかしましたか？」

その視線に気づいたらしく、不意にバジルがこちらを向いた。ハッと我に返り、慌《あわ》てて麦わら帽子のつばを引き下げて赤くなった顔を隠す。

「い、いえ……」

やっぱり蛇王さまと暮らすのは、心臓に悪いと思う。

けれど、朝から誰かとこんなに話をしたのは、祖父が亡くなって以来だ。

起きてから、一度も涙を流さなかった朝も。

トリスタ薬草園《ハーブガーデン》はごく小ぢんまりとしているものの、薬草の種類は非常に充実していた。ミントやラベンダーといった代表的なハーブはもちろん、栽培が難しい稀少な植物も取り揃えている。地植えだけでなく、棚に置いたポットでも多種の薬草が栽培され、寒さに弱い薬草用に小規模な温室も設《しつら》えていた。今はちょうど、ローズオイルやジャム用に栽培されている薔薇《ばら》が咲き誇っていて、一際高い芳香が外まで漂ってくる。

(うーん……バジルさんに手伝ってもらうこと……)

はたして蛇王さまに何をしてもらったらいいのか。メリッサはしばし頭を悩ませていたが、幸いにも自分で答えを出す必要はなかった。

「……薬草園よりも先に、家の周りの鉱石木を抜いた方が良さそうですね」

丸太でできた家の外壁にビッシリと鉱石木が絡みついているのを見て、バジルがそう言い出してくれたからだ。祖父が、亡くなる前日に全て引き抜いて綺麗にしてくれたのに、たった半月でひどい有様になっている。

「あ……お願いしてもいいですか？」

葬儀以来、薬草園の手入れだけはきちんとしていたけれど、こういった鉱石木の除去などはすっかり忘れていた。

古代文明を滅ぼしたというだけあり、鉱石木の生長速度は凄まじい。そして奇妙なことにその速度は、人が密集する地域ほど速いのだ。住人の多い町であれば、たった二週間ほど駆除を怠《おこた》っただけで町中が鉱石木で覆《おお》い尽くされると言われるほど。

　この森の中の一軒家でさえも半月放っておいただけで、緑の侵略者が一階の窓に入り込みそうな勢いだった。鉱石木から取れる発光鉱石は生活に欠かせないものだが、住居を破壊されては元も子もない。

　鉱石木の一部は、すでに手首ほどの太さになっていて、こうなると力自慢の男でも引き抜くのは難しい。斧《おの》かノコギリで切るしかないだろう。

「何か、切る道具を持ってきますね」

　そう言って納屋《なや》に向かおうと振り返りかけたメリッサは、そのままポカンと口を開けて立ち尽くした。バジルが鉱石木の一番太い箇所を掴み、大して力《りき》むことなく、片手で引き抜いたからだ。

「これくらいなら道具は必要ありませんよ」

にこやかに言い、次の木をまた軽く引き抜く様《さま》に、メリッサは唖然《あぜん》とするばかりだ。

　彼はそこそこ背が高く、貧弱さは感じない身体だが、どちらかというと細身の部類。腕の太さなど祖父の半分ほどしかないのに……。

「……力、あるんですね……」

せめてもう少し気の利いた褒め言葉が出てこないものかと思うが、パクパクと口を開け閉めしたあげくに、ようやく出てきたのがそれだった。

バジルはニコリと笑うと、次々に鉱石木を抜き、傍らに積み上げていく。素早く力強い動きだが、乱暴ではない。家を傷《いた》めないように気を配ってくれているのがよく分かった。

目の前の光景をしばし見るともなしに見つめていたが、やがてメリッサは自分も仕事をしなければと思い直す。そこで普通の雑草でも抜こうかと屈《かが》み込んだ時だった。

馬のいななきと蹄《ひづめ》の音、それに馬車の車輪が立てる賑《にぎ》やかな音が聞こえてきた。

背伸びをして、観賞用の薔薇《ばら》が絡むフェンスの向こうに目を凝《こ》らすと、よく見知った馬車が村の方から森の道を抜けて近付いてくる。

御者台《ぎょしゃだい》に座っている黒髪の青年は、馬車屋の息子エラルドだ。メリッサとは同い年であり、村の学校でも一緒だった。

「嘘っ⁉　なんで⁉」

エラルドの家は、主に馬車類や馬具の修理を請け負う店だが、村から少し離れて点在する農家などに日用品や食料品の配達もしている。メリッサの家にも毎週月曜日に来てくれることになっているが、今日は木曜だ。この薬草園《ハーブガーデン》の奥には一軒も家はないから、目的地はここで違いないだろう。

「どうかしましたか？」

「バジルさん、隠れて！」

慌《あわ》てふためいたメリッサは、首をかしげているバジルの腕に飛びつき、家の裏手に向かってぐいぐい引いた。

「エラルド……あの馬車の人ですけど、きっとここに来るんです！」

今立っている場所は家の前を通る道からは見えないが、馬車を降りて玄関口まで来れば自然と視界に入ってしまう。

「そうですね。蛇王の死亡告知が広まるまではできるだけ滞在を隠しておきたいところです」

病気ということになっている蛇王さまは、気まずそうに呟《つぶや》いた。

特徴のありすぎるバジルの素顔を見られるのは、非常にまずい。脚を蛇に変えていなくても、顔に少しある鱗《うろこ》でラミアだとすぐに分かるはずだ。

エラルドはおしゃべりではないが、誰か一人にでも話してしまうと、狭く退屈な村ではあっという間に広まってしまう。

この付近では珍しいラミアが、森の中の薬草園にいたというだけでも十分話題になるだろうに、さらに土気色《つちけいろ》の肌をした美形という珍しい風貌とくれば、なおさら盛り上がるに違いない。万が一ではあるが、その噂が遠くまで広がり、蛇王の特徴を知っている者の耳に届かないとも限らないのだ。

彼とてそんな危険を承知しているからこそ、昨日はわざわざ変装してきたのだろう。

「では、少々失礼します」

軽く会釈《えしゃく》をした彼の脚が陽炎《かげろう》のように揺らいだかと思うと、一瞬で太く長い蛇の尾に変わる。

ラミアたちが下半身を変化させる際、どうして元の脚よりもはるかに長い蛇の尾になるのか、メリッサは前々から不思議で堪《たま》らない。暗い金色の鱗《うろこ》に覆《おお》われた蛇の半身は、すくなくとも七〜八メートルはありそうだ。

バジルは家の丸太壁に手をかけ、金の蛇尾を素早くくねらせる。かと思うと、次の瞬間には地上から彼の姿が消えていた。

「えっ!?」

驚いたメリッサが上を見上げると、開いていた二階の窓から、にこやかにバジルが手を振っていた。森で暮らしているので、蛇が素早く木に登る姿くらい何度も見たことがあるが、今のは登る姿すら見えないほどの速さだった。

この素早さなら、エラルドが玄関口に着いてからでも楽々と隠れることができただろう。余計なお世話だったかと思いつつ、メリッサは急いで門の方に駆けていく。

ちょうど馬車が家の前に着いたところで、御者台《ぎょしゃだい》のエラルドが肩で息をしているメリッサを不思議そうに見下ろしてくる。

「そんなに慌《あわ》ててどうした」

「ううん、ちょっと。それより、今日は配達の日じゃないのに……薬草がいるの？」

「いや。養鶏場《ようけいじょう》へ配達に行ったついでだ」

エラルドは御者台から降り、馬を手近な木に繋ぎながら唸《うな》るように返事をした。いつもメリッサに対してはなぜか怒りっぽい男だが、今日はすこぶる機嫌が悪いらしい。

「ふぅん……？」

メリッサは首をかしげた。ついでと言うが、ここと養鶏場は村を挟んで反対方向だ。

「養鶏場のご隠居さんから、黒ずくめの見かけない男が昨日、村の方に歩いていくのを見たって聞いたんだよ」

ギクッと、メリッサは背筋を強張《こわば》らせた。

ほら、これだから田舎の情報網は侮《あなど》れない！

冷や汗たらたらのメリッサを眺め、エラルドはさらに眉をひそめた。

「でもそんなヤツは村には来てないし、ここの途中の家でも知らないって言ってたから、もしかしてここに来ていないかと思ってな」

「え……ああ！　バジルさんのことね！　おじいちゃんの親友なの！　私も会ったのは初めてだけど、すごく紳士で礼儀正しい人だから、びっくりしちゃった！」

――一番驚いたのは、蛇王さまだったことだけどね！

ポンと手を叩いて説明したが、不自然なほど明るい大声になってしまった。

「……じいさんの知り合いだったのか。まあ、それなら……」

ふぅっと息を吐いたエラルドは、まるで一気に力が抜けたという様子で呟《つぶや》いた。しかし、すぐにまた不機嫌そうな顔になってメリッサを睨《にら》み、家の方へ顎《あご》をしゃくる。

「まさか、ソイツをここに泊めたのか？」

「そうよ。遠慮していたけど、私が泊まるように勧めたの」

正直に答えたら、途端にエラルドの表情がギリギリと険《けわ》しくなった。

「お前なぁ！　一人暮らしの家に、よく知らない男を泊めるとか……いくら色気がなくても、一応は女って自覚を持て！　村の宿にでも泊まってもらえばよかっただろうが！」

背の高い彼に詰め寄られ、メリッサは半ば仰《の》け反《ぞ》ってフェンスに押し付けられる形になった。フェンスに絡む薔薇《ばら》は、あまり棘《とげ》を持たない種類だから痛くはないが、伸びていた枝に引っ掛かった帽子が脱げて足元に落ちた。

「で、でも、バジルさんは元々、しばらくここに住む予定だったのよ。おじいちゃんが招待したんだから」

メリッサが両手を振って、必死で言い訳をすると、エラルドは呆気に取られたような顔をした。

「は？　なんだよ、それ」

俺は聞いてないぞ、とばかりに剣呑《けんのん》な視線で咎《とが》められ、メリッサは慌《あわ》てて口を押さえる。

生前、祖父に『まだ理由は言えないが、バジルが来ることは誰にも内緒だぞ』と言われていたから、あえて教えていなかったのだ。

けれどメリッサにとってエラルドは、小さな頃から兄のような存在だった。困ったことや分からないことは何でも彼に相談したし、隠し事なんかしたことはなかった。その彼にさえバジルのことを黙っていたのは、事情が事情とはいえ、なんだかとても悪いことをした気がする。

「黙っててごめんなさい。でも、バジルさんはずっと、すごく大変な仕事をしていて、やっと休暇を取ることになったの。だからおじいちゃんも、静かに休ませてあげたかったみたいで……」

後ろめたい気分で、メリッサはモゴモゴと呟いた。

「おじいちゃんはもういないけど、なんていうか……かなりのお歳だし、顔色もすっごく悪かったから、予定通りに滞在してもらった方がいいかと……ここの薬草が、身体に合っているらしいの」

バジルに対して非常に失礼なことを言っている気もするが、とりあえず嘘ではない。

するとエラルドが、今度は苛立《いらだ》ったような溜め息をついた。

「……メリッサ。うちの店に住み込みして手伝いをする気はないか？」

「え？」

「姉貴たちが嫁に行ったから、家にはちょうど空き部屋があるし、親父たちもお前なら大歓迎だってさ」

唐突な言葉に、メリッサはまじまじとエラルドを見上げた。薔薇《ばら》の芳香と春の日差しの中、少し怒りっぽい幼なじみは、やけに真剣な顔をしていた。

祖父が亡くなった後、村人たちは残されたメリッサを心配し、村へ引っ越すようにと何度か勧めてきた。ここのように、村から離れたところに住む農家は他にも何世帯かあるが、どれも大家族で、雇い人なども一緒に暮らしている。森の奥の一軒家に少女一人で暮らすというのは、さすがに危なっかしく見えたのだろう。

村で住み込みの仕事を紹介しようとしてくれた人や、知り合いが嫁を探していると言って、結婚という思わぬ選択肢まで提示してくれた人もいる。

だが、この薬草園《ハーブガーデン》を閉めて村で暮らすなど考えられないと、どれも丁重に断っていたのだ。

「……気持ちは嬉しいけど、私には薬草園があるから」

他の人たちにしたのと同じ答えを返すと、エラルドの表情がまた険《けわ》しくなった。そして春の花が満開の薬草園を、忌々《いまいま》しげに睨《にら》みつける。

「薬草くらい少しなら村でも育てられるし、そのバジルさんだって、他に療養地を探してもらえばいい。お前がじいさん思いなのは知ってるけどな、いつまでもここに縛られることはないだろ」

「私は縛られてなんか……」

ズキリと胸が痛んだ。

エラルドは少々口が悪いし怒りっぽいけれど、根は優しいことは知っている。一人になったメリッサを心配してくれていることも。

彼は理解できないだけなのだ。メリッサがどんなにここを好きかということを。

やるせない思いに、黙ってエプロンをぎゅっと握りしめていると、エラルドは気まずそうに顔を逸《そ》らし、身体を離す。

「気が変わったら、いつでも言えよ」

俯《うつむ》くメリッサに、不機嫌そうな声がかけられた。

やがて馬車が動き出す音が聞こえ、その音がすっかり遠ざかっても、メリッサは動けなかった。そのままフェンスに寄りかかっていると、不意にバジルの声がした。

「なかなか良さそうな青年ですね。メリッサの恋人ですか？」

いつの間にかすぐ隣にいた彼に、今のやり取りを聞かれてしまったかと焦る。が、バジルは素知らぬ顔でメリッサの麦わら帽子を拾い上げ、汚れを払って差し出してきた。

「い、いえ。ただの幼なじみで……」

メリッサは急いで帽子をかぶり、広いつばを両手で掴んで引き下ろした。

実際、エラルドとメリッサが恋仲だったことはない。村の学校に通っていた頃から、成績優秀で見た目も良かったエラルドは、村の少女たちにかなり人気があった。反してメリッサは地味で目立たない方だったし、肉づきもさほど良くはない。エラルドはそんな彼女のことをいつも色気がないと評価し、以前メリッサのことが好きなんだろうと友人にからかわれた時などは、ものすごく怒っていた。

それでもこうして何かと気にかけてくれるのは、祖父が彼の両親と親しく、エラルド自身もメリッサのことを妹のように思っているからだろう。

「……おじいちゃんはきっと、私が村に行っても、怒らないと思うんです」

帽子の陰に顔を隠して呟《つぶや》く。動揺しているせいで『祖父』ではなく、言い慣れた呼び方になってしまった。

「ええ。そうでしょうね」

せせらぎのように流麗で静かな声が、帽子の上に落ちてくる。

「数十年も手紙のやり取りしかしていなかった私が言うのも何ですが……たとえ自分にとって宝物でも、この薬草園《ハーブガーデン》が貴女《あなた》の檻《おり》になるようなら、オルディはとっくにここを閉めていたと思います」

「……」

「でも……そうではないのでしょう？　ですから、私はメリッサの薬草園に、遠慮なく滞在させていただきますよ」

帽子から手を離して顔を上げると、祖父の親友が優しい笑みを浮かべていた。そして、やや申し訳なさそうに咳払いをする。

「勝手に話を聞いて失礼しました。……確かに幼なじみ君の申し出も、考える価値は十分にあると思います。けれどそれは、メリッサがこれからよく考えて選べばいいこと。今すぐ薬草園を閉める必要などないということです」

「……はい」

メリッサはもう一度、帽子を深く引き下ろして短く答えた。

鼻の奥がツンとして、目頭が熱くなる。勝手にこみ上げてくる涙を零《こぼ》すまいと、何度も瞬《まばた》きをした。

それから十日あまりが経った。

気持ちのいい快晴の朝、バジルは鉱石木で傷《いた》んだフェンスの修理をしていた。フェンスの向こうではメリッサが、程よく育った薬草をせっせと籠《かご》に摘《つ》んでいる。

――見た目は、オルディに似ていないな。

メリッサを見た時の、バジルの最初の感想はそれだった。

オルディに似ていたら、もっとこう……猪《いのしし》のように頑丈そうな娘だっただろう。繊《せん》細《さい》で可愛らしい顔立ちは、彼の手紙に書かれていたように、彼の妻と息子の嫁からいいところを上手く受け継いだものに違いない。

性格も大人しい部類で、猪突猛進《ちょとつもうしん》とか豪胆《ごうたん》とか、そういった単語がピッタリだったオルディとは大違いのようだ。それでも、熱心に薬草の手入れをしている横顔には、時折亡き友人の面影《おもかげ》が重なる。

そんなメリッサをそっと眺め、バジルはこの休暇を取るに至ったいきさつを思い出していた。

――魔物はどの種も、一定の知能や知識を有して生まれてくる。その程度には個体差があるが、最低でも泉から出てすぐに自活できるぐらいはあるものだ。具体的には、生まれた泉付近で使われている言語や、同族間の決まりごとなどである。

魔物は赤子の姿で生まれることはなく、成長速度や寿命に関しても人間のそれとはまったく違う。もっとも幼い姿で生まれるのは人狼《じんろう》だが、それでも幼児の姿であり、数年で成人となる。

そしてラミアという種は最初から成人の姿で生まれ、生涯をその姿で過ごす。よって当然のことながら、彼らの国には赤子も幼児も老人も存在しない。人間からすれば、とても異常なことではあるのだが。

もう遠い昔。バジル――バジレイオスも、他のラミアたちと同じように、生温かい羊《よう》水《すい》のような泉の中を漂っていた。やがて意識が芽生えたが、その時にはすでに知能や知識を持っていた。

それらを誰に教えられたのかは、分からない。ただ、深い深い泉の底から真っ黒い水の中をゆっくり浮かび上がる頃には、自分が『王の種子』だと理解していた。

泉が黒く染まった時に生まれる魔物は出来損《できそこ》ない、というのが一般的な認識だが、それは誤解である。

泉が黒く染まるのは、その泉から生まれる種族の王が誕生しようとする時。

王の種子はその種を統《す》べるために、非常に頑強《がんきょう》な生命力と優れた特殊能力を併《あわ》せ持つ。

だが、彼らはそもそも泉から無事に生まれてくる確率が非常に低い。特殊な能力を宿す過程で身体が耐え切れず、大抵は泉から出る前に死ぬか、出た瞬間に溶け崩れてしまうのだ。

バジレイオスは、その稀少な成功例――ラミアという種では初めて無事に生まれた王の種子だった。王の種子は、無事に生まれても、身体や基礎能力に一部の欠陥を持つらしい。バジレイオスの場合は、死人のごとき身体がそれだろう。

遠い高山地帯には鳥人《ハーピー》の王もいると聞くが、他の魔物については明らかではない。

ともあれ、バジレイオスはラミアたちの王として生まれ、国を興《おこ》し、ラミアが人間と共存できる体制を整えた。

彼は最初、とりたてて人間が好きだったわけではない。脆弱《ぜいじゃく》で、数が多いのだけが取り得で、彼の同族たちを虐《しいた》げていた種だ。

彼には、当時ラミアたちを支配していた大国の王侯貴族を皆殺しにすることも可能だった。しかし彼の目的は、一時的な報復ではなく、ラミアという種をこの世界で末長く繁栄させることである。

よって、彼はあえて回りくどい道を取った。周囲の人間の国々と利害の一致をはかった上で共に戦《いくさ》を起こし、大国を滅ぼしたのだ。簡単ではなかったが、やりがいはあった。

やがてキリシアムを建国すると、引き続き人間たちと友好関係を結び、平和な国づくりを目指した。そうしてひたすら政務に励むうちに、いつしか二百五十年は優に経っていた。

その頃に、ふと気づいたのだ。いや、意識しないようにしていただけで、もう随分と前からこの疑問は心の底で燻《くすぶ》っていたのかもしれない。

——いつまで自分は、王を務めればいい？

長寿を誇る吸血鬼や九尾猫《ナインテール・キャット》なら、数百年単位で生きることも珍しくない。しかしラミアは魔物の中でも短命であり、せいぜい七〜八十年だ。

バジレイオスの周囲にいるラミアの顔は、この二百五十年ですっかり入れ代わった。それも一度ではなく、二度三度と代わっている。変わらないのは自分だけだ。

そんなバジレイオスを周囲はいっそう崇《あが》めて神格化し、彼以外の王など考えようともしなかった。

それもまた、王の種子に課せられた定めなのかもしれないと、自分を納得させようとしたこともある。いつか次の蛇王が生まれるまで、この身体が朽《く》ちないよう注意を払い、仲間を守り続けることが自分の義務なのだと……

それでも心に残る違和感と言い尽くせぬ疲労はつのる一方で、バジレイオスは次第に塞《ふさ》ぎこむことが多くなった。いっそレモンバームの摂取を止《や》め、朽ちてしまおうか——古代遺跡の廃墟でぼんやりとそう考えていた時に、一人の人間に会ったのだ。

トラソル王国からやってきたという青年は、バジレイオスを見るとその顔色の悪さに驚き、彼がラミアの王とも知らずに、急ごしらえの焚き火で薬草茶を淹《い》れてくれた。

そんな青年にバジレイオスは、別に具合が悪いわけではなく、自分の置かれている立場に悩んでいただけなのだと話し、自分の身分を明かした。

初対面の……しかも人間であるその青年に、今まで誰にも言えなかった心の重荷を、つい打ち明けてしまったのは、我ながら不思議だった。

そして驚くほど豪胆《ごうたん》で親しみやすい雰囲気を持ったその青年は、蛇王の話を聞き終わると、納得したとばかりに言ったのだ。

『なんだ、やっぱり具合が悪いんじゃねーか。不死の蛇王さまでも、心の風邪は引くんだな。あんたを慕う奴らのためにも、潰れる前に休暇を取れよ』と。

そう言って彼が差し出してくれたレモンバームの薬草茶は、信じられないほど美味《おい》しかった。

あの瞬間、バジレイオスは決意したのだ。

自分の心が澱《よど》み切ってしまう前に、なんとしても休暇を取ろうと。


そしてようやく休暇が取れた今、あの時の青年――オルディが亡くなっていたのは、まったくの予想外だった。さらに驚いたのは、一見大人しそうな彼の孫娘が、それでも自分に滞在を勧めてくれたことだ。自分は彼女と初対面だったというのに。

「今年は天候がいいから薬草がよく育ちます」

メリッサが振り向き、たちまち満杯になってしまった籠《かご》を嬉しそうに見せる。

「どれも立派なものですね」

バジルはにこやかに相槌《あいづち》を打った。

最初はバジルの正体に驚き、態度がややぎこちなかった彼女も、数日経った今では随分打ち解けてくれた。

非常に喜ばしいことだとバジルは頷き、ふと自分の足先に視線を落とす。今日はある事情から巻き布に裸足《はだし》ではなく、ズボンと大きめの長靴姿だった。

――く……足が、気持ち悪い！

考え事にふけってしばし忘れていたが、両脚をぬっぷり包むなんとも言いがたいムズムズ感に、改めて眉根が寄りそうになる。

オルディが用意してくれたというシャツも麦わら帽子も非常に気に入っているが、メリッサに頼んで納屋《なや》から探してきてもらったこの長靴は、最悪の一言に尽きた。

もちろん、長靴に断じて罪はない。単にラミアという種族が、靴という存在を受け入れられないだけなのだ。

そして、バジルの身体はいくら傷つけられても痛みなど感じないのに、この不快感だけははっきりと感知するようだ。

ここに来る時に履いてきた革靴もかなり気持ち悪いと思ったが、あれはまだマシだったのだと思い知る。キリシアムからここまで、数日間の旅路を我慢できる程度だったのだから。

対してふくらはぎまでを覆《おお》う長靴の攻撃力は予想以上で、今すぐにでも脱ぎ捨てたくて堪《たま》らない。それをぐっと堪《こら》えて、バジルは黙々とフェンスの修理を再開する。

「……エラルド、今日は遅いなぁ」

メリッサが背伸びをして村の方角を眺めながら呟《つぶや》いた。

今日は例の幼なじみの青年が配達に来る日である。メリッサが言うには、彼の来るのはほぼ同じ時刻だそうだ。

（早く来てくれませんかねぇ……）

新しく並べた木板へトントンと釘を打ちこみつつ、バジルも心の中で訴える。

こんなに無理をして長靴に耐えているのは、エラルドに姿を見せるためなのに。

どうやらあの青年は、〝メリッサと一緒に住んでいる〟相手が、気になって仕方ないらしい。

メリッサは気付いていないようだが、エラルドは明らかに彼女に恋をしており、先日の申し出はプロポーズも同然だ。

そんな相手が、突然自分の知らない男と暮らし始めたら、危機感を覚えるのは当然だろう。あの口ぶりから察するに、彼は生前のオルディを随分信頼していたようだから、バジルが彼の旧知ということで、かろうじて我慢しているに違いない。

バジルは長い人生経験から、あの年頃の青年が恋心をこじらせると厄介になるのは知っていたし、自分のせいでメリッサと彼が気まずくなるのも本意ではない。

とにかくバジルが彼の前に一度姿を見せて、少し話でもすれば落ち着かせられるだろう。顔は見せられないが、話の通じる相手と分かればそれだけで違うものだ。

そのためにも前回同様ラミアとバレないよう、手袋とマスクを用意し、さらには念を入れてラミアなら絶対に履くのを拒否するであろう長靴に耐えているのだ。

しかし、どうにも足がぞわぞわする。一度脱いで、エラルドの馬車が来たら急いで履こうとも思ったのだが、脱いでしまったら果たして再びこれに足を突っ込めるかどうかは疑問である。

そうこう思い悩んでいると、ようやく馬車の音が聞こえてきた。

「あ、来た！」

メリッサが籠《かご》を置いて門の方に走り、バジルもポケットからマスクと手袋を取り出して振り向く。すると、森の小道をいつもより速度を上げて駆けてくる馬車が見えた。

「悪い、遅くなったな。出掛けに車軸が……」

門の前で馬車を止めたエラルドは、焦った声と共に御者台《ぎょしゃだい》から飛び降りる。と同時に、バジルの存在に気づいたらしい。

「……あんた、誰だ？　ここで何してるんだよ」

目深《まぶか》にかぶった麦わら帽子とマスクで、バジルの顔はすっかり隠れている。しかも今日はもう夏と言っていいほどの暑さなのに、首元にマフラーまで巻いて肌を覆《おお》い隠していた。

そんな彼を上から下まで眺めたエラルドの声には、当然のことながら不信感がたっぷり含まれている。

「エラルド！　バジルさんは今、フェンスの修理を手伝ってくれてたの！」

メリッサがエラルドの半袖シャツの袖をくいくいと引き、慌《あわ》てて説明する。

「初めまして、バジルと申します。訳あって、こちらに滞在させていただいているところでしてね」

バジルが手袋をはめた手を差し出すと、エラルドはやや素っ気ない調子だが握手を返してくれた。

「あんたが……そうか、療養中だとか？」

手袋越しに伝わる冷たい体温に驚いたようで、エラルドは離した手の平をチラッと見てから、バジルの顔を覆《おお》うマスクにじっと視線を注ぐ。

「ええ、そんなところです」

ただし、療養しているのは身体ではなく心の方――とは言わず、バジルは曖昧《あいまい》に答えた。

「ふぅん。修理を手伝えるんなら、それなりに元気なんだな」

そう言ったエラルドの視線はバジルではなく、傍らのメリッサに向けられていた。先日、いかにも重病人らしくバジルのことを説明したからだろう。

「え!? う、うん！　バジルさんに手伝ってもらえるから、とっても助かるの」

いきなり水を向けられたメリッサは、慌てふためいた様子で頷く。

「それにね、バジルさんはすごく物知りだし、料理も上手だし、礼儀正しい紳士で、それから……」

盛大に褒めそやされ、バジルはさすがに気恥ずかしくなって咳払いした。

メリッサとしては、幼なじみを安心させるためにバジルを持ち上げたのかもしれないが、一言ごとにエラルドのこめかみがヒクヒクと痙攣《けいれん》しているのが分かる。

「……すみませんが、メリッサ。エラルド君も急いできて喉が渇いているでしょうから、飲み物を持ってきていただけませんでしょうか？」

「ああ、頼む。急がなくていいから、少し冷やしてくれ」

バジルの意図を汲《く》み取ったらしく、エラルドも唸《うな》るように言う。

「あ！　そうだよね、気がつかなくて！」

両手を打ち合わせたメリッサは、パタパタと家の中に駆け戻っていった。その後ろ姿を見送ると、エラルドが苛立《いらだ》たしげにバジルを見る。

バジルは長身の部類だが、この青年もほぼ同じくらいの背丈だ。荷運びの仕事もしているせいか、引き締まった体格で顔立ちもいい。

「私に、何か言いたいことがあるのではと思いまして」

バジルが切り出すと、エラルドは薬草園《ハーブガーデン》の方へ顎《あご》をしゃくった。

「ご名答。メリッサはあれで、意外と頑固なんだ。じいさんが亡くなって一人きりになっても、こっちに薬草園があるから村には住めないって、再三の誘いを全部断っちまう」

「彼女は、この薬草園を愛しておりますからね」

バジルの率直な答えが、どうやらエラルドは気に入らなかったらしい。形のいい眉がギリッと吊り上がる。

「そんなことは知ってるさ。けどな、ここから一番近い農家だって、歩いて三十分はかかるんだぞ。この辺は熊や猪《いのしし》もよく出るし、動物ならまだしも妙な奴が押し入ってきたら、アイツはどうなる？　薬草園と自分と、どっちが大事なんだよ！」

メリッサの気持ちを慮《おもんぱか》るが故に本人へは強く言えない——そんな鬱積《うっせき》が一度に噴き出たのだろう。語気を荒くしたエラルドが、バジルをきつく睨《にら》む。

「オルディじいさんがいるうちは心配なかった。あの人なら熊の方が逃げていくくらいだ。けど……バジルさんはじいさんの親友でも、じいさんとまったく同じじゃないだろ!?」

彼の心境は、手に取るように分かった。

バジルがここに滞在する限り、メリッサはますます薬草園から離れようとはしなくなるだろう。その責任を取れるのか、療養中の身でオルディのようにメリッサを守れるのかと言いたいのだ。

「君の言い分はもっともですが……薬草園については他の誰でもなく、メリッサ自身が判断することです」

バジルは至極冷静に事実を述べた。エラルドも間違っていないし、薬草園にも罪はない。だからこそ、誰もが満足する答えなど出ないのだ。

ちょうどその時扉が開いて、グラスを三つ載せたお盆を手に、メリッサが姿を現した。

エラルドがギクリと顔を強張《こわば》らせて口を閉じる。

「お待たせ！」

ニコニコの笑顔を見ると、どうやら二人の声は聞こえていなかったようだ。

メリッサは、なみなみとグラスに入った冷水が零《こぼ》れないよう、慎重にお盆の上を見つめながら、ゆっくりとこちらへ歩いてくる。

そんな彼女を眺めつつ、バジルはシャツのポケットを軽く探った。次の瞬間、取り出したものをメリッサの足元目がけて素早く指先で弾き飛ばす。

そして何事もなかったかのように話を続けた。

「それから……私は出来る限り、メリッサの身を守ります。それがオルディとの約束でもありますし」

「……そうか」

バジルが弾き飛ばしたものと、その先にあったものを凝視《ぎょうし》していたエラルドが、掠《かす》れた声で呟《つぶや》いた。

一方、グラスに集中していたメリッサは、バジルの動きなどまるで気づかずにそろそろと歩き続け、ようやく二人のところまで到達した。

「エラルド？　はい」

メリッサがお盆を差し出すと、エラルドはグラスを一つ取り上げ、一息に飲み干した。バジルもグラスを受け取り、エラルドから見えないよう顔を背《そむ》けてマスクを外し、素早く飲む。

「助かった……喉が渇いて死にそうだったからな」

エラルドが疲れたような声とともに、空《から》のグラスを盆に戻した。

「今日は暑いもんね。ロザリーにも飲ませてあげなくちゃ。持ってこようか？」

メリッサが言うと、木陰で大人しく馬車に繋がれていた牝馬《ロザリー》が、もっともだと言うように軽くいななないた。

「ああ、頼む」

エラルドはそう言うと、さっさと荷台から小麦粉の袋などを降ろし始め、バジルもそれを手伝う。

食料品が全て納められ、馬がメリッサから貰った水を思う存分飲んだところで、エラルドは御者台《ぎょしゃだい》に乗り込んだ。

それを見たメリッサはいつものように、彼を見送ろうと馬車の横に立つ。

ところが手綱《たづな》を鳴らしかけたエラルドは、急に手を止めて、メリッサをじっと眺めた。

「……そういや、顔色が良くなったな」

「え？」

「じいさんが亡くなったばかりの時は、ずっと死にそうなツラしてたぞ」

「そ、そうだったの⁉」

メリッサは驚いて頬に手を当てる。

落ち込んでいたのは確かだが、そんなにひどい顔をしていたのだろうか。

「良かったな、ちょうどバジルさんが来て」

なぜか少し不貞腐《ふてくさ》れたような声でエラルドは言い、メリッサの後ろにいるバジルへと視線を移した。しかしそのまま何も言わずにまた前を向くと、手綱を鳴らして馬車を走らせていった。

「エラルドと、どんな話をしていたんですか？」

馬車が大分遠ざかったところで、メリッサはバジルに尋ねた。

「単なる世間話ですよ」

傍らの石垣に座って、猛烈な勢いで両足から長靴を引っぺがしていた彼は、そう答えると心底ほっとしたように頭を振った。

——うわっ！　バジルさん、ちょっと涙目!!

長靴がよっぽど辛かったらしい蛇王さまの姿に、もう決して履かせるまいとメリッサは決意する。

「これ、片付けてきます！」

「お願いします」

納屋《なや》に封印すべく大きな長靴を腕に抱えたメリッサを見て、バジルはマスクとマフラーを外しながら弱々しく苦笑した。

任せてください！　と、メリッサはまっすぐに納屋へ駆けていく。

だから、その時バジルが屈《かが》み込んで何かを拾い上げたことには気付かなかった。

「——ふむ。エラルド君に、私の滞在をどうにか納得していただけたようですね」

バジルが摘《つ》まんだ釘は、大きな百足《むかで》の頭を見事に串刺しにしていた。

この毒性が強い百足は、さっきメリッサが水を運んできた時に、傍らの植え込みから這《は》い出てきたのだ。

エラルドの言う通り、森は危険も多い。獣だけでなく毒虫もたくさんいる。危うくメリッサに噛《か》みつく寸前だったこれを、バジルが釘を弾き飛ばして殺したのだ。視力のいいエラルドにはちゃんとそれが見えたらしい。

バジルは釘を抜いて、大百足《おおむかで》の亡骸《なきがら》を地面に置く。目ざとい森の野鳥が、思わぬ獲物を大喜びで啄《ついば》んだ。

2　薬草栽培師メリッサ

メリッサの住むカルディーニ伯爵領は、農牧の盛んな緑の多い土地である。つまりは都会的な華やかさとは縁の薄い田舎領地だ。

それでも領主であるカルディーニ伯爵の居城がある城下町はそこそこ大きく、広い石畳の大通りには多数の店がひしめいている。食料品からドレスに農具まで、この通りだけでも買い物には事欠かない。さらに市《いち》の立つ日には、領地中から多種多様な商品が集まるのだ。住人も人間だけでなく、ラミアや九尾猫《ナインテール・キャット》、鳥人《ハーピー》と様々だ。

「賑《にぎ》やかな町ですね」

メリッサと並んで歩きながら、バジルは煉瓦《れんが》造りの町並みを感心したように見上げた。

「この辺りでは一番大きい町ですし、川を使えば王都にもすごく近いですから」

メリッサは、頭上に掲げられた船着場までの大きな案内看板を指し示す。

この城下町の片側には、川が流れている。その川は、大型の船は出せないものの、小型の船なら十分通れるぐらいの幅があり、下るにつれていくつかの川と合流し、王都の中心を流れる広い運河へと繋がる。

町にはいくつもの小さな船着場があり、運輸船が盛んに行き来していた。お金を貯めて憧れの王都を見物に行く旅行者のための客船も多い。

伯爵家の城も川沿いに建てられ、裏手には専用の船着場を設けているという。

何しろ陸路では王都まで一週間かかる道のりが、川を下ればわずか一昼夜なのだ。帰路は川をさかのぼるため倍の二日半かかり、その分動力の鉱石ビーズを多く必要とするため船賃も倍額となるが、それでも陸路よりずっと早く安く済む。

「ああ、そういえばこちらの王都には、とても美しい運河がありましたね」

懐かしそうに頷くバジルを、メリッサはチラリと見上げた。

彼が休暇にやってきてから、はや二ヶ月が経つ。

蛇王さまと同居だなんて最初はどうなることかと思ったが、自分でも驚くほどすんなりと彼のいる生活に順応してしまった。

今ではまるで祖父が生きていた頃のように幸せで、短いとはいえ一人で暮らしていた鉛色《なまりいろ》の日々を、どうやってやり過ごしていたのか思い出せないほどだ。

初夏を迎えた城下町は眩《まぶ》しい陽光に照らされ、大通りは薄着の人々で溢《あふ》れている。

メリッサも外出用の帽子をかぶり、持っているものの中で一番いい夏服を着ていた。

胸の下でリボンを結んだ小花模様のワンピースと白いレースのボレロは、去年の夏に祖父がこの城下町で買ってくれたものだ。白い手提げ籠《かご》も取っておきの外出用である。

一方バジルは、薬草園《ハーブガーデン》に来た時と同じ、黒ずくめの装《よそお》いだった。さすがにこの季節にマントとマフラーは目立ちすぎるため、代わりに薄手の上着と首元には包帯を巻いているが、相変わらずマスクと中折れ帽で顔を隠した、非常に怪しげな紳士である。

しかし賑《にぎ》やかな城下町には大道芸人や奇抜《きばつ》な服装をした若者も多く、忙《せわ》しなく行き来する人々の中にいれば注目してくる者もさほどいない。

商店街を歩いていくと、やがて土を踏み固めただけの大きな広場に辿り着く。ここは城下町の中心部で、住宅街や商工地区、それに伯爵城などに繋がる道がいくつも伸びていた。

ここでは催《もよお》し物もしょっちゅう行《おこな》われるのだが、今日はたまたま何もないらしく、広場では子どもたちがボール遊びをしているだけだ。

メリッサは広場の入口で足を止めた。

「バジルさん、この近くで待っていてくれますか？　認定証のプレートを受け取るだけなので、すぐに済むと思うのですが……」

若い娘ということもあり、メリッサも城下町でショーウィンドーを眺めるのが大好きだ。けれど今日は、もっと大切な用事でここに来ている。

商工地区の方に視線を向けると、背の高い重厚な建物の屋根がチラリと見えた。この領地に置かれた製薬ギルドの支部だ。

ここ、トラソル王国で薬草園を運営するには、代表者が製薬ギルドの試験に合格し、組合員として登録をすることが必須となる。

試験には様々な知識が必要とされるが、特に重要視されるのは、禁止生産物に関する知識だ。毒薬類や、個人で作ることが禁止されている薬、栽培自体が禁じられている草花など、それらの特徴や禁止の理由まで、正確かつ詳細な知識が求められる。

二ヶ月半前。祖父が亡くなった数日後に、メリッサは薬草園の新たな代表者としてギルドの試験を受けた。十八歳の少女が代表者試験を受けるなど前例がなかったらしいが、メリッサは見事にこの難解な試験に合格し、正式に代表者として認められたのだ。

その時仮の認定証を渡されたものの、王都にある製薬ギルド本部での登録と、正式な認定証の到着まではかなりの時間がかかる。

そして昨日、ようやくメリッサのもとへ、認定証を受け取りに来るようにとの通知が来たのだ。

「行ってらっしゃい。では、私はあちらで待っております」

メリッサの申し出にバジルはにこやかに答え、広場の隅に置かれたベンチを指し示した。

製薬ギルドの建物には基本的に関係者以外は入れない。そのためバジルとはここで一旦別れることになっていた。

「……はい、行ってきます！」

緊張と不安を押し隠し、メリッサはできるだけ元気な声を出す。

本当は、城下町までは一人で来るつもりだった。だけどバジルが、メリッサが良ければ同行して城下町を少し見物したいと言ったため、こうして一緒に来たのだった。おかげで薬草園《ハーブガーデン》から町までの寂しい道のりも心細い思いをせずに済んだ。

さらに言えばこのままギルドの門まで付いてきてほしいくらいだが、さすがにそこまでは甘えられない。

何しろメリッサはこれから、一人前の栽培師であると証明する認定証を受け取りに行くのだから。

しばらく歩き、役人の馬車や、商人らしい人々の行き来する商工地区に入り、鉄の柵《さく》に囲われた大きな建物の前で足を止めた。

どっしりとした四階建ての広い館の正面には、アーチ型の大きな門がある。真上に刻まれたレリーフは、オリーブの葉を象《かたど》った紋章。これが製薬ギルドの紋章だった。その厳《いか》めしい雰囲気と、胡散臭《うさんくさ》げにこちらを眺めている番兵の視線に、メリッサは尻込みしてしまいそうになる。

同じ製薬ギルドの建物でも、町外れにある工房ならメリッサも大好きだ。ローズオイルを生産する巨大な蒸留器や、個人の薬草園ではとても望めない大掛かりな設備が整い、区画ごとに異なるハーブの香りが立ち込めている。

蒸気の出る音やおしゃべりで賑《にぎ》やかな工房と、厳粛《げんしゅく》で静まり返ったこの支部が、同じ組織のものだなんて思えない。小さな頃に何かの用事で祖父にくっついて玄関口まで入った時は、お城のようだと喜んだ記憶があるのに、試験のために一人で訪れた時は死ぬほど緊張したものだ。

もっともこちらは、主に顧客と契約を結んだり、薬草園での揉め事を仲裁したりと、事務的な部門を担当しているのだから、かえってこういった厳めしい雰囲気が必要なのかもしれない。

（……しっかりしなきゃ！）

すでに怖気《おじけ》づいている自分を、メリッサは叱咤《しった》する。唇をきゅっと引き結び、番兵に仮の認定証を見せて、鉄門の中へ入った。

「――こんにちは、トリスタ栽培師。コジモ幹部の執務室にご案内いたします」

コチコチに緊張して建物に入ったところ、受付にいた女性はメリッサを見るなり、上品な顔立ちに笑みを浮かべて用件をズバリと言い当てた。見れば二ヶ月半前の試験の時にも受付にいた女性だ。

「あ……私を覚えてくださっていたのですか?」

「ええ。貴女《あなた》のお祖父さまは素敵な方でしたし、あのちょっとした騒動も、とても爽快でしたわ。合格、おめでとうございます」

「そ、その節はどうも……ありがとうございますっ!」

試験の時のことを持ち出されてメリッサは赤面し、急いで帽子を脱ぐと、ピョコンとお辞儀をした。それから受付の女性が呼んでくれたメイドに案内され、赤い絨毯《じゅうたん》が敷かれた廊下を歩く。

金色の手すりがついた階段を上ると、足元の絨毯は濃緑のものへ変わった。メイドは二階の廊下をさらに進み、やがて一つの扉を叩いて「トリスタ栽培師がおいでになりました」と告げる。

中から男性の声で返事があり、扉を開いたメイドは、室内とメリッサに一礼して去っていく。メリッサもついメイドの背中にお辞儀をしてから、恐る恐る部屋に足を踏み入れた。

それほど広くはないが、落ち着いた色調の上品な部屋だ。壁の一面は本棚になっており、難しそうな本がズラリと並んでいる。

部屋の中央に置かれた机の前には、身なりのいい中年男性が立っていた。全体的に水分の乏《とぼ》しそうな痩《や》せ型で、細長い顔に銀縁《ぎんぶち》の丸い眼鏡《めがね》を載せている。

「ああ、よく来てくれたね、メリッサ」

メリッサを見ると男性は、お気に入りの姪《めい》でも迎えるかのように顔をほころばせ、親しげに手を差し出した。

コジモという名の彼は、この製薬ギルドを運営する幹部の一人で、メリッサは彼から栽培師の認定証を受け取ることになっている。

「お久しぶりです、コジモさん。試験の時はお世話になりました」

優しい声音と態度に、メリッサもようやく少し緊張を解き、彼と握手を交わす。

「いやいや、優秀な栽培師を早くに芽吹かせられたと、僕も鼻が高いよ」

手放しに賞賛され、メリッサは嬉しさと照れくささで顔が緩《ゆる》むのを懸命に堪《こら》える。

眼鏡の奥に見える彼の目は針のように鋭く、最初は随分と厳しく怖そうな印象を受けたものだ。

彼は国内にある製薬ギルドの支部を転々とし、行く先々で飛躍的に業績を伸ばした辣《らつ》腕《わん》の商売人で、半年前にここの支部に移ってきたそうだ。

メリッサが代表者試験を受けられたのは、このコジモのおかげだった。

王都にある本部や他の領地にある支部では、大抵決められた日に受験者を集めて試験を行《おこな》うのだが、ここの支部では、申し込みがあった際に随時試験を行っている。

この領地は薬草栽培が盛んであるにもかかわらず、元々の人口の少なさ故に栽培師のなり手もそう多くないことから、できるだけ早く試験を受けさせて合格者を増やしたいというのがその理由だそうだ。

……とはいえ、あの時メリッサが受付で試験の申し込みを告げると、対応に出てきた幹部は、相手が十八歳の少女と知り眉をひそめた。

『いくらお祖父さんが有名栽培師で、君もその手伝いをしていたとはいえ、これはそう簡単に合格できる試験ではないよ。知り合いのところにでも行って、もっと経験を積んでから来なさい』

口調こそ柔らかかったが、その表情から察するに、本音は『落ちるに決まっている子どもの試験に付き合うほど、こちらも暇ではない』だった。代表者試験は、どこかの薬草園《ハーブガーデン》で少なくとも十年は働いて、みっちり経験を積んでから受けるというのが当たり前だからだ。

すげなく断られ、すっかり落ち込んでしまったメリッサを見かねたのが先ほどの受付の女性だった。彼女は他の幹部をもう一人呼んでくれたが、やはり反応は同じだった。

しかしここでメリッサが試験に合格しなければ、代表者不在になった薬草園は、一ヶ月以内に閉めるか売るかしなければならない。祖父と懇意《こんい》だった栽培師の中には資格の所持者もいるものの、彼らはすでに自分の薬草園を所有している。一人の栽培師が所有できるのは一つの薬草園のみというのが製薬ギルドの鉄則だった。

メリッサは『自分は物心ついた時から祖父に栽培師としての教育を受けてきたから、十年以上の経験はある』と縋《すが》りつくように抗議したが、幹部二人は迷惑そうにするばかり。そこへたまたまコジモが通りかかったのだ。

『今の時点で何を言っても始まらないだろう。試験を受けさせ、結果を見てから決めればいいことだ』

揉めている原因を聞いた彼は、そう言って他の幹部たちを説得し、メリッサに試験を受けさせてくれた。あの時は、涙が出そうなほどありがたかった。

「それでは改めて……合格おめでとう」

コジモは姿勢を正して軽く咳払いをすると、机の上に置かれた平たい木箱をメリッサに差し出した。

「っ！　ありがとうございます」

メリッサも姿勢を正し、両手でそろそろと木箱を受け取る。蓋《ふた》を開け、中の深緑色のサテン布をめくると、小さな銀の六角形プレートが入っていた。オリーブの葉を意匠化《いしょうか》した製薬ギルドの紋章と、その下にはメリッサ・フィオレンツァ・トリスタの名が刻まれている。

片手ですっぽり包み込めるほどの小さなプレートなのに、とても重たく感じた。

メリッサは無言でしばしプレートを見つめ、丁寧に布と箱の蓋を戻して手提げ籠《かご》へしまう。この感激を上手く言い表す言葉が見つからない。

じんわりと目の端に涙を滲《にじ》ませているメリッサを、コジモは満足そうに眺めている。

「まったく、君は大したものだよ。もっとゆっくり話をしたいのだが、生憎《あいにく》とこれから出かけなければならなくてね」

コジモが壁の時計をチラリと見上げた。さすがに有能な幹部らしく、多忙のようだ。

「い、いえっ！　お忙しい中、ありがとうございました」

メリッサは深々とお辞儀をし、そそくさと退室しようとした。しかしコジモは片手を振ってそれを引き留める。

「ああ、そうだった。近いうちに、君に頼みたい特別な仕事がある」

「……特別？　私にですか？」

「そうだ。少し栽培の難しい植物を欲しがっている知人がいてね。詳細が決まったら、また連絡しよう。君ならきっとできると見込んでの依頼だ。受けてくれるね？」

思いがけないコジモの申し出にメリッサは何度か瞬《まばた》きをしたが、ようやく意味を理解して声をあげた。

「は、はいっ！　精一杯、努めさせていただきます！」

声が裏返りそうになるのを何とか堪《こら》えて承諾する。

自分に試験を受けさせてくれただけでなく、さらに期待をかけてくれる。そのコジモの信頼にぜひとも応《こた》えたいと、メリッサは思った。

製薬ギルドを後にしたメリッサの足取りは、行きとは打って変わって軽やかになっていた。晴れ晴れした気分で辺りを見渡すと、町並みもさっきよりずっと美しく楽しげなものに見えてくる。

製薬ギルドの支部も立派な建物だったが、この町でもっとも目立つ建物は、やはり領主たるカルディーニ伯爵の居城だ。蜂蜜色《はちみついろ》の石材と煉瓦《れんが》で造られた城を、眩《まぶ》しい太陽光が美しく照らしている。

　このカルディーニ領を治めるカルディーニ伯爵とは、メリッサも幼い頃から面識がある。ひげも髪も真っ白な恰幅《かっぷく》のいい老人で、大きなお腹を揺すって笑う姿が印象的な、気さくな伯爵さまだ。栽培師としての祖父を高く評価すると同時に、その人柄の方も気に入ってくれていて、孫であるメリッサも随分と可愛がってもらったものだ。

　伯爵は、メリッサの祖父とそう変わらない年齢であったが、晩婚で子ができたのも遅く、彼の息子はメリッサと十歳ぐらいしか違わなかったはずだ。

　幼い頃、祖父と城に招かれた時のことだ。伯爵に庭園を見せてもらっていると、金髪の少年が通りかかった。立派な仕立ての服を着た、とても綺麗な顔立ちをしたその少年が、伯爵の一人息子クラウディオだった。

　彼は人見知りな性質《たち》だったらしく、父伯爵が呼んでいたのに、メリッサと祖父を見るなり顔をしかめて、さっといなくなってしまった。

『私はあの子を、甘やかしすぎてしまったようだ……』

と、伯爵が物憂《ものう》げに呟《つぶや》いたのを覚えている。

　それ以降、何度か城に招かれたものの、クラウディオと会うことはなかった。父親との折り合いが悪くなった彼が、城を出て王都に留学したらしいという噂を聞いたのは、それから何年も経った後だ。

今にして思えば、伯爵がメリッサをとても可愛がり、冗談めかしてよく『私の娘にしたいくらいだ』と言っていたのは、そんな事情があったからかもしれない。

そして伯爵は、祖父が亡くなった時も自《みずか》ら葬儀に足を運び、もしメリッサ一人で薬草園《ハーブガーデン》の維持が難しいようなら、いつでも相談に乗ると言ってくれた。

もしもコジモの采配《さいはい》で代表者試験を受けることができなければ、迷惑を承知で伯爵の情けに縋《すが》ることになっていただろう。

（伯爵さま、お元気かな……）

遠くの城を眺め、メリッサは老伯爵の柔和《にゅうわ》な笑みを思い出す。

いくら親しくしてもらっていたとはいえ、領地の管理などで多忙な伯爵さまに、そう気安く会いには行けない。けれどそのうち機会があれば、いい報告ができることだろう。

「――そうですか、それは良かったですね」

メリッサがギルドでの出来事を話すと、バジルはとても嬉しそうに頷いてくれた。

二人は今、広場の近くにあるカフェの一卓にいる。

バジルをそう待たせずに済んだものの、今日は真夏かと思うほどに日差しが強く、その上メリッサは緊張で喉がカラカラだったので、一休みすることにしたのだ。

この店には、祖父と何度か来たことがあった。南国リゾート風の内装で、壁は爽《さわ》やかなパステルグリーン。木組みの天井では大きな木製のファンが回り、涼風を店内に送っている。店の奥には、簾《すだれ》を垂らした個室も何席か設けられていた。

メリッサがこの店を選んだのは、店内の雰囲気が好きだというのもあったが、何より個室ならバジルもマスクを取って飲み物を楽しめると考えたからだ。

昼食にはまだ早い時間のため、奥の個室がいくつか空いていた。個室といっても木の仕切りで区切って腰あたりまでの簾を掛けた程度のものだが、顔を隠すには十分だ。

注文を入り口のカウンターで済ませ、自分で料理を席に持っていくルールになっているので、メリッサも自分の席の前に、新鮮なブラッドオレンジのジュースを置いた。

そして先に向かいの席に座っていたバジルの前には……微妙に紫がかった灰色の液体が入ったグラスがあった。この店特製のミックスジュースである。

(これ、頼んじゃったんだ……)

メリッサはチラリと不安を抱《いだ》く。

彼が注文する時、メリッサはちょうど店先を通りかかった可愛い猫に気を取られていて、これを頼んだことは知らなかった。知っていたら恐らく止めていただろう。

この特製ミックスジュースは味が非常に独特で、クセになる絶品だと賞賛する人もいれば、あれを飲むのは罰ゲームだと言う人もいる。

どちらにしても、この店の名物であり、噂を聞いて面白半分に注文する者が後を絶たないらしい。

実はメリッサも一度、飲んだことがある。感想は『微妙』。激マズとまでは思わないが、もう一度飲みたいとも思わない。

「そのジュース、結構クセがあるんですけど、大丈夫ですか？」

今更遅いのだが、つい尋ねてしまう。

「ああ……せっかくですから、たまには変わったものもいいかと思いましてね」

バジルはグラスを取り、口元に寄せた。

「それに念のために材料を聞きましたが、紫キャベツとかココアとか、私の好きなものばかりでしたから……」

コクリと一口飲んだバジルが、ぎょっとしたように目を見開いた。素早くトレイにグラスを戻し、さっと横を向く。

「バジルさん……？」

「っ……とても独特と言いますか……非常に、その……驚くほど前衛的な味で……」

グラスから顔を背《そむ》けながら、ボソボソと感想を告げる。

――さては、視界に入れるのさえ拒否したくなるほど、受け付けなかったんですね!?

普段からバジルは何でも美味《おい》しそうに食べていたから、好き嫌いはないのだなぁと感心していたのだが、どうやら彼にも許容範囲があったらしい。

「初めて知りました……。私の好物を全て合わせると、こんな味に……」

顔を背けたままバジルが震え声で呟《つぶや》き、まだたっぷり残っているグラスにチラッと視線を向ける。

土気色《つちけいろ》の顔が、さらに青ざめているように見えるのは気のせいだろうか……

そして次の瞬間、バジルはグラスを睨《にら》みつけると、覚悟を決めたとばかりにガッと掴み上げた。

「ちょ……っ！　バジルさん！　早まらないでっ!!」

「止めないでくださいっ！　これしきの味に屈して……食べ物を無駄にするわけには……っ」

明らかに一息で飲み干そうとしている彼を、メリッサは大慌《おおあわ》てで止めた。

「ええと……そうだ！　私のと交換しませんか!?　オレンジジュース、好きですよね⁉」

まだ口をつけていないオレンジジュースを差し出すと、バジルはグラスを握ったまま、困惑顔でメリッサを見つめ返した。

「いや、しかし……もうこれに口をつけてしまいましたし……」

「そんなの、気にしませんから！」

――むしろそれを一気飲みしたバジルさんが、どうなっちゃうかが気がかりですよ‼

心の中で叫びつつ、メリッサはオレンジジュースのグラスを押しやった。

「私はそのジュース、それほど嫌いじゃないですし……それにジュースだって、無理して飲まれるより幸せかなって……」

しまいには自分でもよく分からない理屈になってしまったが、バジルはやけに神妙な顔で自分のグラスを眺めた。

「なるほど……メリッサの言う通りですね」

彼は少しばかり決まり悪そうな笑みを浮かべ、メリッサにグラスを差し出した。

「申し訳ありませんが、取り替えていただけますか？」

「え？　あっ、はい！」

メリッサはそのグラスを自分のグラスと交換した。そうして二人で一口、二口と飲む。

「……面目ない。すっかりメリッサに助けられてしまいました。このオレンジジュース、とても美味《おい》しいですよ」

鮮やかな赤いジュースのグラスを手に、バジルが苦笑する。

そんな姿を見てメリッサは、もしかしたら自分がバジルと馴染《なじ》めたのは、彼が実はそれほど完璧ではないからかもしれない、と思った。

彼は博識で、物腰の穏やかな気品溢《あふ》れる紳士であり、信じられないほどの怪力な上、手先も器用で大抵のことはソツなくこなす蛇王さまだ。

けれど、雲の上の存在と思っていたこの人は、実際には美的感覚がちょっとズレていたり、長靴が気持ち悪くて涙目になったりもするのだ。

そして今日もまた、彼のそんな人間（？）らしい一面を垣間見てしまい……

不思議なことにメリッサは、呆れるどころか余計にバジルに対して親しみを覚えた。

だから、ごく自然に彼に答えることができたのだ。

「いいえ。誰だって、嫌いなものくらい、あって当然じゃないですか。それが普通ですよ」

その時、向かいに座るバジルが一瞬、息を呑んだような気がした。

「……そう、ですね」

しかし、彼はすぐににこやかな微笑を浮かべて、再びオレンジジュースを傾ける。

メリッサも笑って、グラスに口をつけた。

（……あ、そうか。もしかして、これ……）

一応、間接キスの部類に入るのだろうかと考えた途端、心臓がドクンと跳ねた。

（べ、別に、そんな大したことじゃないよ！　バジルさんもきっと、そういう意味で躊躇《ためら》ったんじゃないし！）

火照《ほて》ってくる頬を冷まそうと、メリッサは氷入りのジュースをゴクリと飲んだ。

味はやっぱり微妙だったが、この騒動によって何か味付けでもされたのか、そう悪くないような気がした。

3　魚獲《と》りに行こう！

城下町に行った数日後。

眩《まぶ》しい朝陽が金色の光を投げかける中、メリッサは玄関ポーチに飛び出し、気持ちよく晴れた朝空を見上げた。

麦わら帽子をかぶり、ブラウスにスカートにエプロンといつもと変わらぬ姿だが、手には庭道具の代わりに釣竿《つりざお》とブリキのバケツ、それにお弁当入りのバスケットを持っていた。

今日は森の奥を流れる深い川へ、魚釣りに行くのだ。

「いい天気になりましたね」

少し遅れて出てきたバジルが、やはり空を見上げて嬉しそうに言う。

今日の彼は、あの変装用の帽子も未だに似合わない麦わら帽子もかぶっておらず、さらりとしたダークブロンドを陽光に照らしている。

身に付けているのは、腰部分を革のベルトで締めた、袖なしのゆったりとした白いチュニックだ。キリシアムでは、こういったチュニックがよく着られるらしい。裾から覗く足はもう見慣れたものの、肩からむき出しになった腕は初めて見る。そしてそこについている筋肉から、彼の体躯が意外なほど逞《たくま》しかったことを知った。

死人を思わせる土気色《つちけいろ》の肌は相変わらずだが、男神の彫刻のようなその身体に、つい魅入《みい》ってしまいそうになり、メリッサは赤面して目を逸《そ》らした。

バジルの首には革紐のネックレスが下がり、それには魔法文字を刻んだ鉱石ビーズがいくつか編み込まれていた。美しいが恐らくこれは装飾品でなく、武器か防具だと思われる。キリシアムの海は豊かな海産物をラミアたちにくれるが、凶暴な魚や肉食の巨大生物といった敵も多いそうだ。

初めて目にしたバジルの故郷の装《よそお》いは、とても彼に似合っていた。

——メリッサが釣りに行こうと提案したのは、昨日の夕食時だ。

海辺の国キリシアムでは、料理は肉より魚が一般的で、魚料理のレシピも多彩らしい。バジルからそんな話を聞き、それならば、と思い立ったのだ。

海から遠いこの村にも魚屋さんはあり、川で獲《と》った魚を燻製《くんせい》や塩漬けにしたり、鉱石ビーズを使って冷凍した魚を売っていたりする。それでも自分で釣った新鮮な魚を料理して食べるというのは、やはり一味違うものだ。

バジルが毎日熱心に薬草園《ハーブガーデン》を手伝ってくれるので、薬草の育ちが良く忙しいこの時期でも、魚釣りに出かける余裕ができた。

そう言って誘うと、彼は驚くほど大喜びしてくれた。今朝などは、メリッサが起きた時にはすでに朝食の他、ゆで卵やサンドイッチなどの見事なお弁当が出来上がっており、「準備は万端ですよ」と、笑顔で急《せ》かされたほどだ。

これなら、もっと早く誘えば良かったと思う。今もメリッサの前でまだかまだかとばかりに目を輝かせている。

「えっと……海のようにはいかないと思いますけど、大きな魚が釣れるといいですね」

彼の身体に見惚《みと》れていたことを誤魔化そうと、メリッサが慌《あわ》てて言うと、バジルがニコリと微笑む。

「こちらの川は初めてですし、久しぶりの漁も楽しみです」

秀麗な顔に浮かぶ紳士的な笑みに、またしても見惚れてしまい、メリッサの頬は勝手に熱くなる。彼との同居には慣れてきたが、困ったことにこればかりは慣れるどころか、かえって過剰反応するようになっていた。

やむをえず視線を下に落とすと、バジルが手に変わったものを持っているのに気づいた。

「……バジルさん、それはなんですか？」

土気色《つちけいろ》の手には、長さ五十センチほどの黒鉄の棒が握られている。

昨夜、祖父の釣竿《つりざお》を貸そうと言ったら、道具なら自前のものがあると断られたのだが、これだろうか。どう見ても釣り道具には見えないが……

「ああ、これは……」

バジルは棒を胸元まで持ち上げ、片方の端についている金色の輪を回した。すると何か仕掛けが施《ほどこ》してあったらしく、棒は軽い金属音を立てて、倍以上の長さに伸びた。彼は続けて、はめ込まれた紫の鉱石ビーズを押す。すると先端がさらに伸びて三本に枝分かれし、そこから金色の光が放出され、三叉《みつまた》の刃を作る。

「え!? そ、それ、まさか……っ！」

仰天《ぎょうてん》しているメリッサの前で、バジルがニコリと微笑んだ。

「私の愛用品です。やはり魚獲《と》りには、使い慣れたものがいいですから」

それはまさしくキリシアムの国章ともなった三叉槍《トライデント》。

蛇王が数々の戦《いくさ》で三叉槍を愛用していたのは有名だが、まさかの本物を前に、メリッサは呆然と立ち尽くした。

――ちょ……っ！　どんなごっつい魚を獲るつもりなんですか!!

気合が段違いすぎる蛇王さまから、思わずそっと視線を逸《そ》らす。

「あの……なんていうか、期待させてごめんなさい……そんなにすごい魚はいないと思います」

「え？　オルディの手紙には、メリッサが泳げないのは、小さな頃、釣った魚に呑み込まれそうになったからだと……」

おじいちゃあああああん！！！！！！

脳裏に浮かぶ亡き祖父のニヤニヤ顔に、メリッサは心の中で盛大に抗議する。

「あ、あれは私が五歳の頃、おじいちゃんが釣った魚に鼻を噛《か》まれただけです！　それに、泳げないのは……単に私が鈍《にぶ》いからで……」

幼い頃のちょっとした事件を思い出しながら、しどろもどろに説明する。

あの時、祖父が釣り上げた魚は、確かに滅多に見ないほどの大物だった。そこで怖いもの知らずだった当時のメリッサが顔を近付けたところ、跳ね上がった魚が鼻を噛んできて、彼女は痛みと驚きで大泣きしたのだ。

あれがトラウマになって、しばらくは祖父に誘われても魚釣りには行かなかったが、今ではちゃんと克服している。……もっともバジルがいなければ、釣りに行こうなどという発想は出なかったと思うが。

そしてメリッサがカナヅチなのは、生まれつきとしか言いようがなかった。元々足も遅いし、運動神経も良くはなかったが、水泳ときたら絶望的なのだ。

「そういうことでしたか」

バジルはおかしそうに笑い、三叉槍《トライデント》を瞬《また》く間に棒に戻す。しかし、持っていくことには変わりないようで、メリッサの手からひょいとバケツを取り上げると、魚の臭いが染み付いたそこへ三叉槍を放り込んだ。

国宝級の槍になんて扱いを……とメリッサが目を剥《む》いていると、もう片方の手からお弁当のバスケットも取り上げられた。メリッサの手に残ったのは、ごく軽い釣竿《つりざお》だけだ。

どうやらバジルの紳士的哲学では、女性と歩く時には荷物を全て自分が持つというのが当然のことのようなのだが、メリッサがかえって恐縮すると知った今はこうした妥協案を取ってくれる。

「メリッサ、案内をお願いします」

「は、はい……」

ニッコリと促《うなが》されたメリッサは、チラリとバケツの中のものに目をやったが、仕方なくそのまま森の奥に続く道を歩き出した。

「せっかくの槍……魚臭くなっちゃいますよ？」

木漏れ日の中を歩きながら、土気色《つちけいろ》ながら秀麗な蛇王の横顔と、バケツの中でカラカラ揺れている伝説の武器を交互に眺める。

「とっくに魚臭いですよ。何しろ平和になってからは、海で魚を獲《と》る時しか使っておりませんので」

楽しそうに笑うバジルは、乱世を共に切り抜けてきた武器を見て、愛しそうに二色の目を細めた。

「それにこの槍も、魚臭い方が好きなようですしね」

薬草園《ハーブガーデン》から小一時間ほど歩くと、森の中心を流れる川が一番広くなっている場所に着く。幅は三十メートルほどで、片方の岸は浅瀬だが、メリッサたちが着いた側は静かで深い緑色の淵《ふち》になっていた。

ここは、生前の祖父がよく釣り場にしていたところで、淵の上にはちょうどいい具合の岩棚がせり出している。

村人たちは、もっと村に近い下流で魚を獲るので、ここに来るのはメリッサたちくらいだ。

「いい場所ですね」

岩棚に荷物を置くと、バジルが辺りを見渡して言った。周囲には木漏れ日が美しく降り注ぎ、川のせせらぎと小鳥のさえずりが耳に心地好い。

「はい。久しぶりに来ました」

メリッサも釣竿《つりざお》を置き、大きく深呼吸する。

祖父が亡くなった後は、もうこの場所に来ることはないだろうと思っていた。魚なら村で買えるし、一人で思い出に浸《ひた》りに来るのは辛すぎる。

「私はここにいます。バジルさんは、すぐ水に入りますか？」

メリッサは岩棚に座り込んで、バジルを見上げた。広く深い川を前に、彼の二色の瞳はやはりワクワクと輝いている。

「ええ。では、失礼して……」

バジルは優美な会釈《えしゃく》をすると、バケツから三叉槍《トライデント》を掴み上げ、瞬時に変化させた金の蛇尾をシュルリとくねらせる。次の瞬間、かすかな水音がしたかと思うと、すでに岩棚から彼の姿は消えていた。

（速っ!!）

バジルの着ているキリシアムの衣装は、着たままでも楽に泳げる作りだそうで、彼も脱がずに飛び込んだようだ。

メリッサは岩棚の縁《ふち》に掴まって下を覗き込んだ。深い水の中に、金の巨大な蛇尾がチラリと見え、すぐに消えてしまった。ここの水はかなり綺麗なのだが、それでも深い部分には藻《も》が生い茂り、底まではとても見えない。

緩《ゆる》やかな水面近くを、時折小魚の群れが通り過ぎていく。その中に、ゆったりと泳ぐ大きな魚の影も見えた。

メリッサは釣り針に丸めたパン屑《くず》をつけたが、バジルに釣り針を引っ掛けてしまいそうな気がして、釣り糸を垂らすのは止めておいた。

そのまましばらく川面を眺めていたが、十分ほど経っても、金の長い蛇尾が姿を現さない。

ラミアは脇腹についたエラで、水中でも地上と同じように呼吸ができるそうだが、メリッサの胸には次第に不安がこみ上げてくる。

(だ、大丈夫！　バジルさんは不死の蛇王さまなんだし！　で、でも……)

淵《ふち》の水はどこまでも深く続いているようで、とてつもない危険を孕《はら》む魔窟《まくつ》にさえ見えてくる。冷や汗が滲《にじ》み、無意識に自身の胸元を掴んだ。

「バジルさん！」

我慢できずに呼びかけた瞬間、岩棚から少し離れた場所で唐突に水飛沫《みずしぶき》が上がった。

「ああ！　気持ちいいですよ！」

浮き上がったバジルが、満面の笑みで片手を振っている。もう片方の手に持った三叉槍《トライデント》には、メリッサが見たこともないほどの大きなマスが突き刺さっていた。

「あ、あは……大きな魚ですね……」

岩棚にペタンと座り込んで拍子抜けしているメリッサのもとに、金色の蛇尾をくねらせたバジルが、音も立てずにシュルシュルと泳いでくる。そして岩棚の下までたどり着くと、濡《ぬ》れて額に張り付いたダークブロンドをかき上げ、メリッサを見上げた。

「私を呼んでいたようですが、どうかしましたか？」

「いえ……ずっと浮かんでこないから、ちょっと心配になっただけで……ラミアは水中でも息ができるって、知ってはいたんですけど……」

しどろもどろに答えると、バジルがニコリと微笑んだ。

「ええ。私の場合は、陸でも呼吸はほとんど必要ありませんけどね」

「そ、そうでしたね……」

そういえば彼がここに来た翌朝、そんな話をしていたと思い出した。

「……ですが、メリッサに心配されるのは、少し嬉しいですよ。甘やかされている気分になれます」

そう言うと、バジルは照れたように笑った。そして、岩棚に身を乗り出して魚をバケツに放り込み、水中に戻る。

「釣り針には注意しますから、メリッサも気にせず釣りを楽しんでください」

「……はい」

素早くまた水底へ潜《もぐ》っていってしまった蛇王さまを、メリッサは呆然と見送った。

今の照れたような表情を思い起こすと、なぜか耳まで熱くなってくる。心臓がやけにざわめくが、さっきの不安からくる動悸《どうき》とは明らかに違う。

少し気を静めようとメリッサは岩棚から離れ、川辺に立ち並ぶ木々の間をゆっくりと歩く。

様々な草木の合間には鉱石木もたくさん生えていたが、ほとんどが細いもので、遠慮がちに他の木に絡みついていた。

人里ではあれほど急生長するくせに、森や野山では鉱石を実らせるまでに数十年かかるのだ。

人々の生活を助けながら、同時に人々の生活を脅《おびや》かす不思議な植物をぼんやりと眺めていたら、不意に近くの草むらが揺れた。そっと覗き込むと、二匹の蛇がくねくねと身を絡ませ合っている。どうやら交尾中のようだ。

森に住んでいるだけあり、メリッサは普通の女の子より虫や蛇などへの耐性もあるし、知識も持ち合わせている。さすがに毒のある生物は避けるが、これはごく普通の細い蛇で、毒もない種類だ。しかも片方はアルビノで、真っ白い鱗《うろこ》がとても綺麗だった。

（わ、珍しい！）

この辺りでは、昔から白蛇は幸運を運ぶと尊ばれていた。迷信だろうが、それでも稀少な純白の蛇を見つけると、やはり嬉しくなる。

蛇を驚かさないように、メリッサはそっと離れて岩棚に戻る。

「バジルさーん！」

大声で呼ぶと、少し離れた場所ですぐにバジルの顔が浮かび上がった。

「はい？」

「見てください！　こっちに……」

そう言いかけて、メリッサはハッと我に返る。

（いや……待って……あれは……）

メリッサからすれば、あれは何てこともない蛇の交尾だ。しかし半分蛇のバジルにとっては、非常にいかがわしい光景なのではないだろうか……？

不思議なもので、メリッサは虫や魚が繋がっている姿を見ても何とも思わないが、犬猫や猿などの哺乳類《ほにゅうるい》が交尾しているのを目撃すると、妙に気まずい気分になる。

そう思った途端、カァッと頭に血が集まり、素早く泳いでくるバジルへ大急ぎで両手を振った。

「ダメ！　やっぱり、ダメです！」

「え？」

「こ、来ないでください!!　そ、その、ちょっと今、草むらで若い二匹が……きゃあああっ!!」

何を口走っているのか自分でも分からないほど慌《あわ》てふためいていたら、底が磨《す》り減っていた古い長靴がツルンと滑った。

盛大な水飛沫《みずしぶき》と悲鳴をあげて、メリッサは川の一番深い部分へ落ちる。

「わっ、溺《おぼ》れっ！　けほっ！　ぷはぁっ!!」

水はそう冷たくないが、情け容赦なくメリッサの鼻や口に侵入してくる。底に足がまったく着かない。水に絡め取られた手足は上手く動かず、濡《ぬ》れた重い衣服がさらにメリッサの動きを阻《はば》む。

無我夢中でもがいていると、下からふわりと身体を持ち上げられた。同時に、冷たい腕に抱きしめられる。

「メリッサ。もう大丈夫ですよ」

穏やかな声で告げられ、次第にパニックが収まってくる。

「バ、バジ、ルさ……けほっ……」

むせながら、間近にある蛇王さまの顔を見上げた。気づけば、彼は長い蛇尾にメリッサを乗せ、しっかりと抱きしめてくれている。そして死に物狂いだったメリッサも、夢中で彼にしがみついていた。

「ご、ごめんなさい……」

泳げない身としては、このましがみついているしかない。が、どうにも恥ずかしくて堪《たま》らない。

一緒に暮らし始めてしばらく経つとはいえ、必要以上に肌が触れ合うことはなかった。彼の身体が逞《たくま》しいのは先ほど見て知っていたが、こうして触れ合うと、自分とはまるで違うことが分かる。改めてバジルが男性なのだと教え込まれた気がした。

こんなに密着しているのに、水よりもはるかに冷たい身体からは鼓動一つ聞こえない。しかしメリッサの心臓は、二人分の鼓動を奏でるように激しく脈打っている。

「構いませんよ。そのまま掴まっていてください」

バジルが優しく微笑み、メリッサを岩棚に乗せる。それから自分も隣に飛び乗った。

まだ咳《せき》こんでいるメリッサの背中をバジルの手が撫《な》でてくれる。その手は冷たい死人のようなのに、なぜかとても温かく感じた。

——そして。

事の発端を聞いたバジルは、顔を背《そむ》けて口元を手で覆《おお》い、土気色《つちけいろ》の肩を小さく震わせていた。

「つぷ、くく……そ、それは……災難でしたね……くくっ……」

必死に笑いを堪《こら》えようとしているバジルを横目に、メリッサは顔を真っ赤にしながらバスケットを引き寄せてお弁当を取り出す。

びしょ濡《ぬ》れになった二人の衣服は、バジルのネックレスに付いていた赤い鉱石ビーズで、瞬時に乾かすことができた。どうやら熱を発する魔法文字が刻まれていたらしい。

ちなみに青いビーズには、獲《と》った魚を冷やすための魔法が込められており、あのネックレスは防具や武器でこそなかったが、大層なお役立ち品であることが証明された。

メリッサがお弁当を広げ終わると、バジルはやっと目尻の涙を拭って顔を上げる。が、まだ口端が少しヒクヒクしていた。

「バジルさん……意外と笑い上戸だったんですね」

メリッサはやや恨みがましい目でそう言う。

「いえ、普段はそれほどでもないのですが、たまにツボに入ると止まらなくなって……っく」

バジルは気まずそうに言ったものの、また噴き出しそうになったのか、慌《あわ》てて口を押さえた。

「あー、もう！　好きなだけ笑ってください！　自分でもおかしいですから！」

メリッサは顔を赤くして怒鳴るものの、しまいにはつられて笑ってしまった。

そして先ほどの二匹の蛇を思い出し、ふと考える。

（そういえば……バジルさんって、結婚したことはあるのかな？）

ラミアに限らず魔物たちは、好きな相手と一緒に暮らすことはあっても、正式な婚姻関係というものにはあまり価値を見出さないそうだ。泉から生まれ、自分たちでは子を生せない彼らには、家系や血筋という概念が皆無《かいむ》なのだから無理もないだろう。

人間と恋に落ちて結ばれる魔物もいるが、当然ながら周囲の反対は激しく、かなりの少数派だ。

蛇王バジレイオスが妃《きさき》を娶《めと》ったという話は聞いたことがないし、こうして独《ひと》り休暇を取りに来るということは、やはり特別な相手はいないのだろう。

もっとも、以前はちゃんといたのかもしれない。

（恋人くらいはいたかも。バジルさんを好きになる女の人は、いっぱいいるだろうし……）

並んでサンドイッチを食べながら、メリッサはそっとバジルの横顔を眺める。

一緒に暮らし始めた頃は、歴史の授業で彼の話が出た時にもっと真面目に聞いていれば良かったと後悔したが、今はそれほど重要ではないと思った。

不死の蛇王バジレイオスについての逸話《いつわ》は捏造《ねつぞう》されたものも多いらしく、どれが真実なのかは分からない。

この優雅で素敵な蛇王さまのことは、彼自身からもっと教えてほしいと思った。

お弁当の後、バジルはまた川に潜《もぐ》って何匹も魚を獲《と》り、地道に釣り糸を垂らしていたメリッサも、一匹だけだが立派な虹色の魚を釣った。

そして、バケツを魚でいっぱいにして帰ったその晩……メリッサは珍しく熱を出した。

「そんなに辛くないし、大丈夫ですから」

着替えて自分の部屋のベッドに横たわると、メリッサは枕元で心配そうな顔をしているバジルに、できるだけ元気な声で言った。

水はそう冷たくなかったし、すぐに身体を乾かしたのだから、発熱は川に落ちたせいではない。そう思うのに、どうやらバジルは、急いで帰らなかったことを気にしているようだ。

メリッサは慌《あわ》てて付け加えた。

「また川に行きましょう！　あと、その……今度は、泳ぎ方を教えてくれますか？」

このままでは、バジルがもう一緒に川へ行ってくれなくなりそうな気がする。

実際、今日は本当に楽しかったのだから、また行きたいのだ。

「もちろん。楽しみです。……もう、眠った方がいいですよ」

バジルが穏やかに微笑んで、額に載せたタオルを換えてくれた。彼の冷たい手で絞られた濡《ぬ》れタオルが、火照《ほて》った額にとても気持ちいい。

――そのまま、いつの間にか眠ってしまったらしい。

夜中になって少し熱が上がったのか、やけにゾワゾワとした寒気とひどい頭痛を覚えて、メリッサは目を覚ました。

（あれ……？　おばあちゃんのブローチ……？）

熱で潤《うる》んだ視界の中、暗闇にぼんやりと綺麗な青が浮かんでいた。

亡き祖母から貰った青いオパールのブローチは、机の引き出しにちゃんとしまってあるはずなのに……

夢を見ているのかと、ぼんやりしたまま瞬《まばた》きをすると、ヒンヤリと冷たい手が頬に触れた。あまりにもそれが心地良くて、メリッサはもう一度目を瞑《つむ》る。そしてブローチだと思ったのは、バジルの青い左目だと気がついた。

「バジルさん……ずっといてくれたんですか……？」

「はい。失礼かと思いましたが、やはり気になりましてね」

目を瞑ったまま尋ねると、静かな声が返ってきた。どうやら寝台の傍らに椅子を置き、そこに座っているようだ。

「バジルさん……」

熱のせいか、声が掠《かす》れる。メリッサは頬に触れていた冷たい手を取り、夢中でその胸に抱きしめた。

「お願いです……この先もずっと一緒にいてください……」

絶え間なく痛む頭の奥底から不安と心細さがこみ上げてきて、言ってはいけないと思っていた我侭《わがまま》を、つい口にしてしまった。

祖父は、彼が少なくとも数年はこの薬草園《ハーブガーデン》に住むだろうとは言っていたが、『ずっと住む』とは言わなかった。

それはバジルにしても同じで、思い起こせば『しばらくお世話になります』とか、そんな曖昧《あいまい》なことしか言っていない。

彼はどうも国王を辞める気満々のようだが、彼がここに来たのは祖国が嫌いになったからではなく、少しばかり疲れてしまったからにすぎない。

それにキリシアムに住む大勢のラミアたちは、病《やまい》に伏せっていると言われる蛇王バジレイオスが一日も早く復帰することを願っているだろう。そのことは誰よりも彼自身がよく知っているはずだ。

生きてきた年月の長さも、背負ってきた責務の重みも、築き上げてきたものの大きさも、彼が故郷に残してきたものはあまりにも大きすぎる。

もしこのまま国王の座を下りたとしても、しばらくしたら海辺の懐かしい地に帰り、ひっそりと祖国を見守るのかもしれない。

それについて口出しする権利など、メリッサには一切ない。だから突然この薬草園《ハーブガーデン》にやってきたバジルが、また突然去ってしまうのではないかと、不安で堪《たま》らなかった。

「お願い……蛇王さまじゃなく……ただのバジルさんのままで、ずっと……」

こみ上げる感情につき動かされ、掠《かす》れた声で繰り返すと、胸元に抱きしめた手が急に温かくなった気がした。

「え……？」

思わず目を開くと同時に、バジルが布団の中に滑り込んでくる。そして幼子をあやすようにメリッサを抱きしめて髪をそっと撫《な》でた。

狭い寝台の中で密着した身体には、あの氷のような死人の冷たさはなかった。メリッサが熱を出しているせいか多少はヒンヤリするものの、生きている者のような温もりがある。

「バジルさん……なんだか、あったかい……?」

「……熱があるとはいえあまり冷やしすぎると、よくありませんから。呼吸をして身体を生かしました」

「呼吸、して……?」

「ええ。呼吸をすれば、私の心臓は動き、身体にも生者の体温が宿ります」

低い、ゾクリとするほどの綺麗な声が、耳元で囁《ささや》く。火照《ほて》った頬にくっついた彼の胸からは、きちんと心音が聞こえてきた。

メリッサの心臓も、昼間川でしがみついた時と同様に、どきどきと脈を打つ。

バジルは繊細《せんさい》な宝物のようにメリッサを抱きしめてくれる。

メリッサは嬉しいのに、悲しくて堪らなかった。

——ああ……やっぱり……ずっと一緒にいると、約束はしてくれないんですね……

翌朝。

目を覚ましたメリッサは、昨日と同じく寝台に横たわっており、一方のバジルは傍らの椅子に座っていた。

熱はすっかり下がって、喉の痛みもなし。どうやらごく軽い風邪だったらしい。

だが、起きようとしたところ、珍しく厳しい顔をしたバジルに、『医者を呼びに行かれたくないのなら、念のため今日は大人しく寝ているように』と止められてしまった。

村で診療所を構えているのは、柔和《にゅうわ》なお爺《じい》さんのお医者さまで、普段はメリッサも大好きなのだ。しかし、風邪の時に打たれる注射は大嫌いだった。

祖父から仕入れたと思われる弱点をバジルに突かれ、メリッサはしぶしぶ引き下がる。

布団に包《くる》まりしばらく横たわっていると、扉がノックされた。

「……お粥《かゆ》を食べられそうですか?」

バジルが湯気の立つ粥と、蜂蜜《はちみつ》入りの生姜湯《しょうがゆ》を盆に載せて差し出してくる。

昨夜は熱のせいでせっかく釣った魚を食べられずお腹が空いていたので、それを受け取って食べる。粥には乾燥させたクコの実が入っていて、とても美味《おい》しかった。

彼はずっと薬草園《ハーブガーデン》にいてくれるとは言わなかったが、食べ終わるまでは傍にいてくれるようだったので、メリッサは塩味の粥を、できるだけゆっくりと食べた。

4　蛇王さまは困惑中

——風邪を引いた夜から、一週間が経った。

一日一日と気温は上がり、薬草園の植物はすくすくと成長していく。

特に今年は、薔薇《ばら》が大輪の花をたくさん咲かせ、咲いている期間もいつもよりずっと長かった。

メリッサは早朝から薔薇に張りつき、とりわけ見事な花を選んでは、大人も入れるような大きい木箱にたっぷりと詰め込む。

こうして作業に没頭していると、余計なことを考えなくて済む。

メリッサの願いに対し、バジルからは相変わらず肯定も否定もない。何事もなかったかのように、親しげながらも紳士的に距離を置いているのがわかる。

けれど彼は、今日も似合わない麦わら帽子をかぶって、ここにいてくれる。だからメリッサもそれで満足することにした。

結局のところメリッサとしては、自分がバジルに抱《いだ》く思いがなんなのか、よく分からないのだ。

蛇王と周りから崇《あが》められる彼に対し、メリッサも最初はその肩書きや優雅すぎる物腰に気後れしていた。しかし共に過ごしているうちに、意外に〝普通〟っぽい一面や、思わず笑ってしまう面白い一面もあることに気づき、徐々に彼に親しみを覚えるようになった。

ただ時折、彼といると、ドキリと心臓が跳ねるのだ。初めはただの緊張と気恥ずかしさからだと思っていたが、今はどこか違うように感じる。なのに自分でもよく理解できなくて、感情を持て余してしまう。

メリッサはそんな状態から逃れようと一心に薔薇《ばら》を摘《つ》み続けた。

三つの箱が上質な薔薇の花でいっぱいになった頃、製薬ギルドのごつい荷馬車が、賑《にぎ》やかな音を立てながら家の前にやってきた。

逞《たくま》しい荷運び男は木箱を覗き込んで芳香に強面《こわもて》を和ませると、それらを荷台へ積み、メリッサに代金を支払った。

「今年はどこも薔薇が豊作だが、こりゃ見事なもんだ。はいよ、確かに三箱」

「ありがとうございます」

メリッサは数枚の銀貨を受け取り、受領書にサインをした。

この薔薇の花は、城下町にある製薬ギルドの工房に運ばれる。そこで各地の薬草園《ハーブガーデン》から集めた薔薇の花と一緒に、巨大な釜《かま》でぐつぐつと煮られて、ローズオイルになるのだ。ローズオイルは大量の薔薇から、ほんの少ししか取れない。専用の蒸留装置は高価な上、場所を取るので、ほとんどの薬草園ではこうしてギルドに花を買い取ってもらう。

メリッサは祖父から薬草栽培の知識だけでなく、こうした取引の仕組みやギルドの規則など、薬草園の経営に関することも教わっていた。

どこか他所《よそ》で栽培師として雇われるなら、ただ薬草栽培の知識だけあればいい。だが、自分の薬草園を所有するなら、それらの知識も幅広く必要になるのだ。

遠ざかる馬車を見送り、メリッサはバジルが作業をしている薬草貯蔵庫へ急ぐ。

彼女の頭の中は今、来週に迫ったマルシェのことでいっぱいだった。

先日行った城下町の広場では、毎月大きな市場《いちば》――マルシェが開かれる。出店数は限られているので、一つの薬草園が店を出せるのは三ヶ月に一度だ。

来週のマルシェは、メリッサにとって祖父が亡くなって以来、初めての出店だった。

以前なら、並べる品物の数や種類などは全て祖父が決め、メリッサは準備を手伝うだけでよかった。だが、今回は全て自分で決めなくてはならない。

庭の一角に立つ貯蔵庫に入ると、メリッサは手にした過去の帳簿を何度も真剣に眺めては、商品の数や種類を見直す。乾燥させた各種ハーブに香りを楽しむポプリ、薬草を漬けたフレーバーオイル、数種類の薬草を調合した軟膏《なんこう》……

市場《しじょう》の独占を防ぐため、商品の基本価格はギルドで決められてしまう。だが、多少なら個人の判断による調整が認められており、祖父がつけていた帳簿には調整前と後の価格やその判断基準が細かく記載されていた。

それを参考に、メリッサは思案する。

「オイルと軟膏の数はいつも通りにして……薔薇《ばら》ジャムは、今年はどこの薬草園《ハーブガーデン》でも大量に出すでしょうから、うちも数を多くして値は他より少しだけ下げようと思うんですが……」

パタンと帳簿を閉じて、傍らのバジルに話しかけた。

今メリッサの顔の横には、垂直に立った蛇尾がある。蛇尾の鱗《うろこ》は暗い金色をしているが、横じわの入った腹の部分はごく薄い銀色をしている。

彼は長い蛇尾を立てて伸び上がり、天井から下げた乾燥ローズマリーの束を取ろうとしているところだった。梯子《はしご》を使わずに高いところのものが取れるというのは、何気に便利なことだとメリッサは感心しつつ、顔を上に向けて彼の意見を伺《うかが》う。

「バジルさんは、どう思いますか？」

「いいと思いますよ。もっとも私は、薬草園の経営に関しては素人ですが」

くにゃりと蛇尾が揺れて、メリッサのすぐ傍にバジルの顔が下りてきた。

一瞬、あの発熱した夜のことを思い出してしまい、またドキリと心臓が跳ね上がる。

「良かった。次は乾燥ハーブですけど……」

急いで帳簿に視線を落とし、メリッサはまた一つずつバジルに出品物の確認をし始めた。

何しろバジルは、薬草園を経営した経験こそないが、国というもっと大きなものを経営してきたのだ。当然、とても幅広い見識を持っている。

そして何より、メリッサはまだ、自分の判断に今ひとつ自信を持てないでいるのだ。


――夕方。バジルと一緒に夕食を作っていると、自転車に乗った郵便屋さんが、大きな茶封筒を届けに来た。

封筒には、住所と『トリスタ薬草園』の名だけが記され、差出人の記載はなし。ただし消印のデザインは、三叉槍《トライデント》を意匠化《いしょうか》したキリシアム国のものだった。

嫌な予感に胸をざわつかせながら、受け取ったメリッサが茶封筒を開けると、中には一回り小さな封筒が入っていた。見れば案の定、バジル宛《あて》のものだった。

（きっと、バジルさんが後継を頼んだ相手からだ……）

もしかして、すぐに帰ってきてほしいという内容だろうか？

一瞬、こっそり封を開けてしまいたくなったが、それは最低の振る舞いだと思い直し、封筒を手に台所へと駆け戻る。

サラダとスープはもう出来上がり、バジルはマスのムニエルを作ろうと小麦粉を取り出しているところだった。

「バジルさん、手紙が届いていますよ。後は私が作りますから」

声が震えてしまいそうになるのを堪《こら》えて、封筒を手渡す。

「しかし、別に手紙を読むのは夕食の後でも……」

メリッサは困惑するバジルの背をぐいぐいと押して、彼を台所から追い出した。

「大事な用かもしれないじゃないですか。大丈夫ですよ、私もムニエルくらい作れます！」

「はぁ……。それではお願いします」

彼が二階へ上っていくのをチラリと眺め、メリッサは急いで台所の扉を閉める。先週釣った魚は、半数は干魚《ほしざかな》にし、残りは切り身にして鉱石ビーズで冷凍保存していた。解凍した切り身に塩をすり込んで、小麦粉をペタペタとつける。

熱したフライパンにバターを載せると、金色の塊《かたまり》はたちまち溶けて、いい香りが台所中に広まった。続けて小麦粉をつけた切り身を載せ、焦がさないように慎重に焼いていく。

窓は開けてあったし、換気扇も動いているが、台所はかなり暑かった。こんがりと魚が焼けていく香ばしい煙の中、メリッサの額や首筋には汗が流れる。

流れた汗は目にも入り、メリッサは袖口でそれを何度も拭った。

目が痛くなってしまったけれど、滲《にじ》んでしまった涙を誤魔化すには、ちょうどいい口実になった。

きちんと片付いた自室で、バジルは手紙の封を開けた。

差出人は、バジルがたった一人だけ居場所を教えた若いラミアからだ。

手紙の文字に目を走らせると、それは〝蛇王の姿が見えないのを不安に思う者もいるが、基本的に国政は滞《とどこお》りなく行《おこな》われている〟という報告だった。

バジルの補佐官を務めていた彼は、バジルが引退を考えていると打ち明けた際、猛烈な勢いで反対していた。もしかしたら、彼を説得するのが、今までの人生の中で一番の大仕事だったかもしれない。しかし長く傍に仕えてくれていた彼は、最終的にはバジルの思いを理解し、ひとまず〝休暇〟という形でキリシアムを出ることを認めてくれたのだ。

丁寧に書かれた報告書を読み、バジルは満足げに頷く。

バジルは、自分が去った後もキリシアムの国政が上手く回るよう、数十年もかけて入念な準備をしてきた。特に参考にしたのは、世界でもいくつか例のある共和国制度だ。

魔物は見た目といい生活習慣といい、人間と大きく異なる生命体であるが、決定的に違うのは、人間のように血統に縛られないところだ。

これは魔物たちが、自分で子孫を残せないが故の利点だった。当然人間の国でよくある、血筋や家柄に縛られた不当な人選も起きにくい。そういった点では、国民が直接、あるいは間接的に国の統治者を選ぶという共和国制度は、魔物の国には適していると言える。

バジルはその共和国制度にいくつかの改変を加えつつ取り入れ、キリシアムの国政が自分なしでも円滑に回るように整えていった。今のところ、その目論見《もくろみ》は上手く行っているらしい。

バジルは二色の瞳で、後継のラミアが記した報告書をじっくりと読んでいったが、最後の一節で顔をひきつらせた。

『――ところでバジレイオス陛下。休暇からのお戻りは、いつごろの予定になりますか？決まりましたら早急にお知らせください。すぐお迎えに上がります。もしくは、ふらっと立ち寄るだけでも結構です。偶然にも汽車のチケットが手に入りましたので、同封いたしました』

その下には、トラソル王国とキリシアム王国を繋ぐ汽車のチケットが貼り付けられている。

(うわー、わざとらしい催促《さいそく》ですね……)

サーカスや遊園地のチケットでもあるまいし、こんなものを偶然貰うわけがないだろう。

国を出る際によほどのことがない限り戻らないと告げてあるのだが、彼は〝休暇〟は認めるものの、〝戻らない〟ということについては都合よく無視することにしたようだ。なお、汽車のチケットの有効期間は、無期限になっていた。

バジルは軽い溜め息をついて、封筒に手紙とチケットを戻し、トランクケースにしまう。しかし、すぐに台所に戻ってメリッサと顔を合わせる気にはなれず、少しの間、太い梁《はり》が通る天井を眺めながら思案に暮れた。

そもそもこの休暇は、当初の予定から大幅に狂ってしまっている。自分を招いてくれたオルディが亡くなっていたのが、まず第一の誤算だ。

確かに彼は普通の人間で、バジルが国の制度を整えている間にすっかり老いてしまったが、それでも彼が天命をまっとうするまでは少しくらい一緒に暮らせると思っていた。

そしていつか彼が自分を置いてあの世に旅立ったら、キリシアムに戻るつもりだったのだ。王に復位する気はないが、あの懐かしい潮風の吹く地で、ひっそりと同胞たちを見守ろうと……

それなのに、古代遺跡の合成獣《キメラ》を素手で殴り飛ばすほど頑強《がんきょう》だったオルディは、思いがけないほど呆気なく寿命を迎えてしまった。

こうなった以上、オルディの薬草園《ハーブガーデン》で隠居生活というわけにはいくまい。それでも以前オルディより、自分に何かあったら孫娘のメリッサの後見人になってくれと頼まれていたのだから、この近くに住んで彼女を陰ながら見守っていこう。

いずれメリッサが幸せな家庭を築けば、自分はお役ご免だ。後は当初の予定通りキリシアムに戻り、彼女が幸せに暮らしているか、たまに確認すればいい――

(……そう考えていたのに、困りましたね)

バジルは眉をひそめ、胸中で呟《つぶや》いた。

オルディが亡くなったと聞いた時、自分が後見人であることを言わなかったのは、メリッサに気を使わせたくなかったからだ。

親友の手紙にはいつも大事な孫娘のことが記されていたから、彼女が大人しく生真面目で、とても義理堅い少女であることは知っていた。もし後見人だと明かせば、たとえ気が進まなかったとしても、義務感から薬草園に滞在するようバジルに勧めるかもしれないと思ったのだ。

だがメリッサはそんなものに縛られることなくバジルに滞在を勧めた。これはバジルにとって、二つ目の予想外だった。

喜びのあまり、結局後見人であることを隠したままその勧めを受け入れてしまったが、それならそれでオルディの代わりにメリッサを守りつつ一緒に暮らすことで、その役割を果たそうと考えたのだ。

メリッサにとって唯一の身寄りを亡くした衝撃は大きかったらしく、会話の端々から彼女が孤独感と寂しさに悩まされていることは、容易に察することができた。

だからできるだけ早く、彼女に最適な結婚相手を見つけようと思っていたのだが……とはいえメリッサは、自分に向けられる恋愛感情に関して、絶望的に鈍《にぶ》いようだ。自分の家に住めと言ったエラルドの気持ちにだってまったく気づいていない。

先日エラルドの宅配馬車を見送った後、

『――だいたい、私が一緒に住んだりしたら、エラルドはお嫁さんを貰いづらくなると思うんです。いくら妹みたいなものでも、本当の兄妹ではないんだし』

と真面目そのものといった顔で言われた時、バジルは彼が心底気の毒になった。

メリッサはかなりな器量よしである上に、性格もいい娘だ。エラルドでなくとも嫁に欲しがる男はいくらでもいるだろう。

メリッサは、自分には薬草園《ハーブガーデン》があるから結婚や引越しなど考えられない、と頑《かたく》なに思い込んでいるが、大きな薬草園に雇われながらも自分の薬草園を持つことを夢見る栽培師の青年は多い。中には婿《むこ》入りに抵抗のない者もいるだろう。

そういう者の中から、彼女と相性の良さそうな青年を探してくれれば万事解決だ。

バジルにはそれができるだけの人脈もある。

なのに――最近はそうしたくない気持ちが、日に日に強まっているのだ。

先週彼女が熱を出した夜などは、本当に危なかった。

メリッサのことだから、あの時言った『一緒にいてほしい』というのは、あくまでも家族としてそうしてほしいという意味合いだろう。

そう自分を戒《いまし》めはしたものの、ついメリッサに、伴侶《はんりょ》として望まれているような気分になってしまった。

そして同時に、舌打ちしたくなる事実に気づいた。

メリッサの結婚相手を探す気になれなくなったのは、いつの間にかバジル自身が、彼女を伴侶に望んでいたからだ。

(どうかしています!)

バジルは自分を叱責《しっせき》する。相手は自分が後見すべき娘で、しかも人間だ。

これだけ長く生きていれば、バジルにだって当然ながら愛した相手もいる。いずれもラミアの女性だ。彼女らはとうに寿命を迎えてしまったが、生前は皆バジルを愛してくれた。

ただ……彼女たちから向けられたのは、男女の愛というより、自分たちを隷属《れいぞく》から救った、蛇王バジレイオスへの敬愛だった。ラミアたちにとって、バジレイオスは感情も人格もある一個人ではなく、崇《あが》めるべき〝神〟なのだ。

それに気づいて以来、女性とは常に一線を引いて接するようになっていた。だから女性を、それも人間の女性を愛するなど、今まで考えたこともなかった。

メリッサは、バジルが蛇王と知った時は腰を抜かしそうなほど驚いていたけれど、今はそれを念頭に置きながらも、一個人として接してくれる。失敗も嫌いなものもあって当然の〝普通〟の存在として扱ってくれる。

……それが嬉しくて、惹《ひ》かれてしまったのだろう。

きっと、タイミングが悪かったのだ。彼女は祖父を亡くしてできた心の隙間にバジルを入れてしまい、バジルは長い責務に疲労し傷《いた》んでいた心にメリッサを入れてしまった。

（……絶対にいけません。オルディの血を絶やすなど）

土気色《つちけいろ》の拳を、爪が食い込むほど握りしめる。

ここでメリッサを口説き落として伴侶《はんりょ》にしてしまえれば、どれほど幸せだろうか。

しかしメリッサは、オルディの血を引くただ一人の存在。

魔物と人間の間に子は望めない。もしメリッサが自分の求婚を受け入れたら、親友の血筋は絶えてしまう。

魔物である自分には、血統というものの価値は実感できないが、それを人間がどれほど重要視しているかは知っている。それさえなければ今すぐにでもメリッサを口説きたいものを――

そこまで考えてバジルは苦笑する。

――自分は一体、いつからこんなに自制が利かなくなったのだろうか。

部屋の隅に立てかけた三叉槍《トライデント》に、チラリと視線を走らせる。

あれが全て血に染まるほど戦いに明け暮れていた頃、自分はもっと狡猾《こうかつ》で、冷徹だった気がする。自分に対しても他者に対しても……

その時、バジルはふと、己《おのれ》の考え違いに気づいた。

いや、あの頃の自分には、そもそも自制心など必要なかったのだ。

個人的な感情やアイデンティティを一切持たず、ただひたすら責務を果たすことのみ考え、一個人ではなくラミアの王として生きていたのだから。

「……やはり私は、どうかしていましたね」

槍から視線を外し、バジルは独《ひと》り呟《つぶや》く。

一度持ってしまった感情はきっともう消し去れないけれど、押し込めて封じることなら、まだできるかもしれない。


バジルが階下に下りていくと、もう食卓には料理が並べられていた。こんがりと焼かれたマスが、木皿の上で香ばしい湯気をたてている。

メリッサはちょうど、ハーブティーをカップに注いでいる最中だった。バジルに気がついてチラチラ視線を向けてくるが、ちゃんと顔を見ようとはしない。

言葉に出さずとも、その態度が〝私を置いていっちゃうんですか？〟と語っている。目の周りが妙に赤いのは、不安で泣いていたからかもしれない。

「キリシアムの国政は、何事もなく回っているそうですよ。おかげで心置きなく休暇を続行できます」

バジルが言った途端、メリッサの表情がパッと明るく輝いた。

「そ、そうでしたか！　良かったですね！」

あからさますぎる反応に、バジルは思わず苦笑してしまうところだった。

「はい。何よりです」

そう言って、バジルは食卓の椅子に腰掛けた。

まったく。そんなに可愛らしい姿を見せられたら、さっそく決心が揺らぎそうになるではないか。

鼻歌を歌わんばかりに上機嫌になったメリッサも椅子に座り、二人でナイフとフォークを手に取る。

メリッサが焼いたムニエルは、絶妙な焼き加減だった。バターの染み込んだ衣はカリッと焼けているのに、身は火が通り過ぎず、柔らかな白身を噛《か》むと芳醇《ほうじゅん》な脂《あぶら》がじゅわりと口の中に広がる。

後見人の贔屓目《ひいきめ》を抜きにしても、メリッサの料理の腕前はかなりのものだ。早くから祖父と二人暮らしだったからか、忙しい薬草園《ハーブガーデン》の仕事をこなしつつ、他の家事もテキパキと効率良く片付けている。

オルディが手紙で『メリッサはどこに嫁に出しても恥ずかしくない』といつも言っていたのは、大袈裟《おおげさ》ではなかった。その後に記されていた『しかしなぁ、もし嫁に行ったらと想像しただけで泣けてきちまうんだ。困った』との決まり文句も、今は何となく共感してしまう。

「このムニエル、とても美味《おい》しいですよ。メリッサは料理上手ですね」

バジルが素直に賞賛を述べると、メリッサが頬をかすかに赤くして、はにかむように笑った。

「そんな……でも、そう言ってもらえると嬉しいです」

「ええ。他の家事の腕前も見事ですし、その上美人ですから……」

にこやかにバジルは微笑んだが、続く言葉がなぜか喉から出てこない。

――貴女《あなた》を妻に欲しがる人は、大勢いると思いますよ。

そう言おうと思ったのだ。

そして、『良ければ、この薬草園を共に維持してくれるような結婚相手を探しましょうか？』と続けるつもりだった。

鈍《にぶ》いメリッサには、これくらい直球で言わなければ通じないともう分かっている。

ところがバジルの口は、どうしても上手く動かない。言わなくてはいけないという義務感より、言いたくないという思いの方が勝《まさ》ってしまう。

黙りこくっている間、向かいの席でメリッサの顔がますます赤く染まっていく。

「え……や、やだな……褒めすぎですよ」

俯《うつむ》いてしまったメリッサと言い淀《よど》むバジルとの間に、非常に気まずい沈黙が漂う。

「……………まぁ、その……とにかく、とても美味《おい》しいです」

結局、バジルは押し黙ったあげく、同じようなセリフをモゴモゴと繰り返す羽目になった。

――ひどい。説得どころか、下手な口説き文句になってしまった。

これほど無様な会話をしてしまったのは、泉から生まれて初めてかもしれない。

かつては口先一つで七つの小国をそそのかし、大国へ反旗を翻《ひるがえ》させたこともあったのに……。

蛇王も落ちたものだと、バジルは情けない気分を噛《か》み締めつつ、無言で残りのムニエルを口に運んだ。

……決して、難しいことではないはずなのだ。

質のいい薬草園《ハーブガーデン》を持ち、器量もいいメリッサは、むしろ結婚相手の選《え》り好みができる立場。

それを彼女に伝えた上で、自分が気に入りそうな婿《むこ》を探すと申し出ればいいのだ。

この国にいなくとも、近くの国でもどこでも人脈はある。伊達《だて》に長生きはしていない。

彼女とて理想的な男性と巡り合えば、魔物のバジルより、自分と幸せな家庭を築いてくれる人間の伴侶《はんりょ》と暮らす方が、よほど賢明だと気づくだろう。

そうは思うものの、食事の後片付けをしている間、バジルは言い出すきっかけを掴めないままだった。

困ったものだと悩みながら湯浴みを終えて自室に戻り、しばらく気を静めてから部屋を出た。

時刻はそろそろ夜の十時を回っている。女性の部屋を訪ねるには非常識な時間だが、バジルは彼女の後見人である。断じて妙な下心を持っての訪問ではない。

お互いのためにも、これは早々に話しておかなければならないのだと自分に言い聞かせつつ、メリッサの部屋へ向かう。

だが途中で、階下の居間にまだ灯りがついているのに気づいた。

階段を下りて居間に入ると、パッチワークキルトのカバーをかけた大きなソファーで、メリッサがぐっすりと眠り込んでいるのが見えた。

どうやら湯浴みをした後、ついここで眠ってしまったようだ。

思えばここ数日、メリッサはマルシェの準備に全力投球だった。心身ともに、相当疲れが溜まっていたのだろう。

「メリッサ、起きてください」

バジルは屈《かが》み込んで、静かに呼びかける。メリッサの伏せた長い睫毛《まつげ》がわずかに震えたが、唇からは穏やかな寝息が零《こぼ》れており、起きる気配はまったくない。

見れば彼女が身に付けているのは薄い麻のネグリジェだけで、大胆に捲《めく》れた裾からはすんなりした脚が太腿《ふともも》近くまで露《あら》わになっている。

いくら初夏とはいえ、このままではまた熱を出しかねないし、第一この姿はかなり目の毒だ。

なるべく身体の方に視線をやらないようにしつつ、バジルは己《おのれ》の冷たい手でメリッサの頬にそっと触れた。

「メリッサ……」

そんな必要はないのに、引き寄せられるように顔を寄せてしまう。

メリッサは確かに器量よしだが、それはあくまで平民の娘としてだ。誰もが振り向くほど華やかな美貌や、豪奢《ごうしゃ》なドレスを着た姫君のような高貴さを持っているわけではない。

それに、帽子をかぶって日焼け止めの軟膏《なんこう》を塗っていても、屋外で仕事をしている彼女の顔や手足は、どうしてもそれなりに日焼けをしてしまう。

けれどもメリッサは、こうして眠っているだけでも、バジルをどうしようもなく惹《ひ》きつけるのだ。

目的も忘れて寝顔に見惚《みと》れていると、唐突にメリッサの目が開いた。

「わっ⁉」

メリッサが驚愕《きょうがく》の声をあげ、バジルも反射的に飛びのく。

「い、いいえ、決して不埒《ふらち》な真似をしようとしたのでは……」

必死に言い訳をすると、我に返ったメリッサがおかしそうに笑った。

「分かっていますって。バジルさんがそんなことするわけないじゃないですか」

無邪気な言葉が、動いていない心臓にツキンと突き刺さる。

信頼故の言葉だと承知しているのに、その言葉はひどく癇《かん》に障《さわ》った。

——何を分かっているというのか。メリッサが何も分かっていないからこそ、こちらは苦労しているのに。

こんなにも歳が離れた少女に我ながら大人気ないと思いつつ、バジルは笑みを浮かべて見せた。とても皮肉げな笑みを。

「……メリッサは誤解しているようですが、私は万能ではありません。たまには誘惑に負ける時もあります」

低い声で言い放ち、瞬時に両脚を蛇の尾に変える。

「え……？」

不穏な空気を感じたメリッサがソファーの上で後ずさろうとする。が、それを許さず、素早くその身体を蛇尾で巻き取った。

「きゃあ!?」

その気になれば、雄牛《おうし》の一頭くらいは軽々と持ち上げられるのだ。細身のメリッサなど、若木の一枝に等しい。

金の鱗《うろこ》に覆《おお》われた蛇の尾で、メリッサの身体を二周ほど巻いて持ち上げ、鼻の頭が触れそうなほど近くまで引き寄せる。

「メリッサは美人だと言ったでしょう。なのに男の前でそんなに無防備な姿を晒《さら》したら、どうなると思っているのです」

バジルは深く息を吸い、空気を肺腑《はいふ》に送り込んだ。心臓が脈打ち、冷たい死の体温が生の体温へと変わる。

同時に、土気色《つちけいろ》の肌が徐々に変化し始めた。皮膚は生き生きと血の通う色となり、同時にバジルの首には、薄赤い線がグルリと巻きつくように浮き上がる。

これは泉から生まれた直後に、首を斬り落とされた際の傷痕だ。

続いて無数の傷痕や火傷痕《やけど》が、身体中に浮き上がっていく。見えるのは顔と袖まくりしたシャツから見える胸元と腕くらいだが、それでも十分すぎるほど凄惨《せいさん》なものだ。青い片側の目は、火傷で爛《ただ》れた皮膚にグルリと覆われている。

しっかりと巻きついた蛇尾の中で、メリッサが大きく目を見開き、バジルを凝視《ぎょうし》する。

「バジルさん……それ……？」

「先日は暗くて見えなかったでしょうが、身体を生かすと、古い傷痕が全て浮き上がってしまいましてね」

我ながら醜《みにく》いと思う身体に、バジルはチラリと視線を走らせた。

――黒い泉から死体のように生まれ、首を斬られて捨てられた神殿の裏は、雑草の生い茂る草地だった。

そこには野生のレモンバーム《メリッサ》が、鉱石木にも負けず青々と生い茂り、夜風にそよいで、斬り離されたバジレイオスの首と胴をくすぐった。

目を開けた彼は、泉から与えられた知識に従い、首だけの姿で、目の前の野草を噛《か》み千切って食べた。

王の種子は、その特別な身体を維持するため特定の糧《かて》を摂取する必要があり、それは個々の種子によって違うそうだ。

バジレイオスの糧《かて》が、どこでも簡単に手に入るこの薬草だったのは、とても幸運だったのだろう。

レモンバームの葉を数枚食べると、離れた場所に放置された胴を動かすことができ、その手で首を拾ってあるべき位置に乗せると、自然と癒着《ゆちゃく》した。

それから数十年、それこそ血を見ない日はなかった。

国中で奴隷とされていたラミアたちを解放しながら、普通なら何度死んだか分からないほどの戦いを繰り返したものだ。

その間、どれほどの怪我を負おうと、レモンバームさえ摂取すればすぐに傷は塞《ふさ》がった。だが、癒《い》えたわけではない。定期的に摂取するレモンバームが、傷が開くのを防いでいるだけだ。

呼吸を止めて死者の身体を維持していればこれらの傷は見えないが、生きている者になれば、今までに受けた限りない死の刻印が残らず浮き出てくる。

まるで、お前はあくまでも死者なのだと戒《いまし》めるように……

痛みはなくとも、見ていて気持ちのいいものではないし、他者なら余計にそう思うだろう。

この明らかな異形《いぎょう》を目のあたりにして、メリッサが少しでも嫌悪感を抱《いだ》いてくれればいい。そうして今共に暮らす相手が人間でないことを、はっきりと認識すべきだ。

バジルはそうしてしばしメリッサを拘束した後、顔を強張《こわば》らせて硬直している彼女を蛇尾から離し、そっとソファーに戻した。

ひゅっと呼吸を止めると、皮膚は土気色《つちけいろ》に戻り、身体中の傷痕が消えていく。蛇の尾も人間の二本脚に戻し、呆然と座り込んでいるメリッサの前に屈《かが》み込んで、視線を合わせた。

「驚かせてすみません。ですが、魅力的な相手と一緒にいれば、惹《ひ》かれるのは当然でしょう？　人間ではない私にこれ以上好かれてしまったら、メリッサは困ったことになりますよ」

メリッサは俯《うつむ》いて黙ったまま、ピクリと肩を震わせた。呼吸もしていないのになぜか息苦しさを覚えたが、バジルは努めて淡々と言葉を紡ぐ。

「最初に言っておくべきでしたが、私はオルディから貴女《あなた》の後見人を任されております。……ですから私は、これから貴女にふさわしい結婚相手を探しに行ってきます」

メリッサの肩が、もう一度震えた。

「私の……結婚相手を……？」

なんとか聞き取れるほどの小さな声が返ってくる。

「はい。貴女《あなた》と共に薬草園《ハーブガーデン》を守《も》りたててくれる、有能な人間の男性を紹介いたします。メリッサの気に入る相手が見つかるまで、世界中駆け回ってでも探してきますよ」

そこまで言ったところで、バジルはようやくぎこちない笑みを浮かべることができた。

「もちろん結婚後も、いつでも私を頼ってくれて構いません。私は貴女の……後見人なのですから」

そのまま黙っているメリッサを残し、バジルはすぐにでもここを発《た》とうと立ち上がり、踵《きびす》を返した。

名残惜しくて堪《たま》らないが、明日の朝出立などと悠長なことを言っていたら、それこそ決心が鈍《にぶ》りそうだ。今の言葉を撤回してでも、メリッサを手に入れてしまいたくなるだろう。

そう思ったのは束の間だった。

「ちょっと待ったぁーーっ‼」

突如として響いたメリッサの大声とともに、バジルの背中に何かがぶつかってきた。同時に、細い腕がぎゅっとバジルの胴に絡みつく。

「メリッサ⁉」

バジルは振り向こうと身体を捻《ひね》ったが、メリッサはそれこそ全力でしがみついているらしく、そのまま彼女の身体も一緒に回ってしまう。

何度か左右に身体を捻って不毛な鬼ごっこを繰り返したが、彼女は頑《がん》として離れる気はないようで、ますます腕に力を込めるばかり。

しまいにバジルは諦め、首だけ捩《よじ》って斜め後ろを見た。

「……何をしているのですか？」

困惑して尋ねると、メリッサにキッと睨《にら》まれた。

「私は後見人なんか必要としない十八歳の大人なので、結婚したい相手を自力で捕まえただけですが、何か？」

「は……？　いや、しかし……」

ものすごく怒りの篭《こも》った声が返ってきて、バジルは返事に窮《きゅう》する。確かにトラソル王国の成人は十八歳からで、だからこそ結婚相手を探しに行くつもりだったのだが……

それにしても、普段は大人しく朗《ほが》らかな彼女がこんなに怒ったのは初めて見る。

「とりあえず、このままでは話しづらいので、手を離していただけますか？」

バジルは自分でも驚くほど狼狽《ろうばい》しながら、必死で平静さを装《よそお》う。

「……離した瞬間に逃げないって、約束してくれます？」

ジト目で見上げたメリッサを見て、そういう手もあったな……と一瞬思ってしまったが、バジルは苦笑して頷いた。

「約束しますから」

メリッサの手に自分の手を重ねてそう言うと、彼女は震えながらようやく腕の力を抜いた。

「っ……私が困るって、いくらバジルさんでも、勝手に決めないでください！」

バジルがメリッサと向き合うと、彼女は真っ赤になった顔を涙でグシャグシャにしていた。

「魅力的な相手と一緒に暮らしていたら、好きになるのは当然なんでしょう!? だったら、私がバジルさんを好きになるのも当然です！　誰を連れてこられても、隣にバジルさんがいたら、その人を選べるわけがないじゃないですか！」

そう言うと彼女はぎゅっと目を瞑《つむ》り、今度は正面から抱きついてくる。

「……私が困らないなら、バジルさんは私を好きになってくれますか？」

胸元に埋められた顔から震える声で聞かれ、バジルは返答に詰まった。

正しい対応は分かり切っている。

〝貴女《あなた》に好意は抱いておりますが、それは恋愛感情ではありません〟という真っ赤な嘘で、メリッサを徹底的に突き放すのだ。

たとえ彼女を傷つけることになろうとも、そうして頭を冷やさせて、本当に自分のためになる相手は誰なのかをじっくり考えさせる……これが、後見人としての正しい選択。時には真実よりも嘘の方が必要なこともある。今がまさにその時だ。

それなのに――

「……もう手遅れなほど、メリッサを愛しています。だからこそ貴女には、良き人間の伴侶《はんりょ》を得て、幸せになってほしいのですよ」

心とは裏腹にバジルの口は勝手に動き、身勝手な真実を告げてしまった。

自分の恋心など伝えては、メリッサを余計に苦悩させるだけだ。それでいて『幸せになってほしい』なんて、随分な要求だと内心で自嘲《じちょう》する。

思った通り、メリッサは納得できないとばかりにキッと睨《にら》み上げてきた。

「私にとってはこれからもバジルさんと暮らすのが、一番の幸せです」

「ですが……魔物の私とでは、子どもは望めません。人間は血統を尊ぶ種族でしょう?」

できるだけ穏やかに、バジルは説得を試みる。

「オルディはよく、自分の両親の話を楽しそうに聞かせてくれました。私は彼の愛するその血筋を絶やしたくないのです。貴女はオルディの血を引くたった一人の子孫ですし……」

メリッサは顔を上げると、まだ涙の滲《にじ》む目をパチクリと見開いた。

「でも……聞いていませんでしたか？　おじいちゃんは捨て子だったのを拾われて、養子にしてもらったんです。そこで本当の子ども同然に可愛がられたって……。だから血統なんて関係ないっていうのが持論でした」

思いがけない親友の生い立ちに、バジルはしばし呆然とした。

オルディから聞く両親との思い出話はどれも幸せなものばかりで、養子などという言葉は一度も出てこなかった。……いや、わざわざそんなことを言う必要もないほど、本当に仲のいい親子だったのだろう。血の繋がりなど関係なく。

「……初耳ですよ」

素直に告げて、バジルはいまだ戸惑いを隠せないまま、メリッサの濡《ぬ》れた頬を拭う。

「メリッサ……私の理性が切れるまでに、まだ少し時間があります。考え直す気はありませんか？」

返答の代わりに、メリッサはまたしても胸元に顔を埋め、フルフルと首を振った。

「分かりました……時間切れです」

自分の内で理性の糸が切れる音を聞きながら、バジルはメリッサを抱きしめた。

感情を押し込めて封じるのは、見事な失敗に終わったわけだ。

5　初心者妻は準備中

（う、わ、ぁ……やっ　ちゃ　っ　た　!!）

冷たい腕で抱きしめられながら、メリッサは全身を硬直させていた。

先ほどのバジルの変貌には驚いたものの、嫌悪感は微塵《みじん》も湧かなかった。だってそれは全て、彼が王として奮闘したことの証《あかし》なのだ。

そして、一緒にいればメリッサに好意を抱《いだ》いてしまうと告げられた時は、それこそ声も出ないほどの嬉しさがこみ上げてきて、全身が震えた。

なのにバジルは、〝それではメリッサが困る〟などと一方的に決め付けた上に、自分がメリッサの結婚相手を探してくるなどと、残酷極まりない申し出までしてきたのだ。

その瞬間、頭を思い切り殴られたような衝撃が走り、同時にメリッサは自分の望みをようやく理解した。

単に一緒に暮らしてくれる、条件の良い相手が欲しいわけじゃない。祖父が亡くなった直後は確かにそう思ったこともあったけれど、今は違う。

思いがけずこの薬草園《ハーブガーデン》にやってきたバジルはメリッサの心をすっかり絡め取ってしまい、今のメリッサが欲しいのは、バジルただ一人。

バジルでなくては駄目なのだ。彼に抱《いだ》く感情は、大好きという感情よりも、もっと深く大きい。

もしこの先、彼が王に復位し、メリッサ独《ひと》りが取り残されることになっても……たった一度でいいから、彼と結ばれたい。

先ほど彼に背を向けられた時、ここで離れたらもう彼を手に入れるチャンスはないのだと、瞬間的に悟った。

『大きくなって、メリッサにも大好きな相手ができたら、全力で体当たりして手に入れろ！』と、幼き日のメリッサに教え込んだのは、祖父だ。祖父は、猛烈なプロポーズの末に祖母を根負けさせて結婚にこぎつけた経歴を持つ。

今まですっかり忘れていた彼の教えが、記憶の奥底にこびりついていたのだろうか。

頭が真っ白になり、とにかく無我夢中で、文字通りバジルに体当たりしてしまったのだ。

不思議と後悔は微塵《みじん》もない。けれどメリッサは今まで薬草一筋に生きてきたから、恋愛経験など皆無《かいむ》。さすがに恋人や夫婦がどういう行為をするかくらいは知っているが、実際に見たわけでもなく、持っているのは曖昧《あいまい》なイメージだけ。

当然、次にどうすればいいのかまるで分からない。

「あ、あの……私は、その……初心者なので……できれば、お手柔らかにお願いします」

うろたえながら、思わずおかしなお願いをすると、バジルがクスリと笑った。

「嬉しいですね。さっそく色々してもよろしいんですか」

「え!?」

うっかり先走りすぎてしまったかと、メリッサはさらに顔を赤くする。恥ずかしすぎて、庭に穴でも掘って隠れたい気分だ。

「では、少しずつ練習していきましょうか」

すっかり余裕を取り戻したらしい彼は、いつもの紳士的な口調でそう言い、片手をメリッサの頬に添えて上を向かせた。あっと思う間もなく、ヒンヤリした唇がメリッサのそれに重なる。

キスされているのだと理解した瞬間、全身が震えた。

メリッサは反射的に目を瞑《つむ》り、バジルのシャツを夢中で握りしめる。唇を軽く重ね合わせているだけなのに、ドキドキして心臓が壊れそうだ。

わずかに角度を変えられて薄い皮膚が擦《こす》れると、ゾクゾクとした奇妙な感覚が背中の中心を走り抜ける。

「ふ……わ……」

　唇が離れると同時に、妙な声が漏れた。緊張続きだったせいか、足腰から力が抜ける。バジルの腕にしっかり抱かれていなければ、床にへタリこんでしまっただろう。

　薄く目を開くと、とても綺麗な青の目がそこにあった。周囲を覆《おお》うのが土気色《つちけいろ》の皮膚であろうと、火傷《やけど》にただれた皮膚であろうと、息を呑んでしまうほどに美しい青だ。

　うっかり見惚《みと》れているうちに、また引き寄せられて唇を重ねられる。

　慌《あわ》てて目を瞑《つむ》って息を止めるが、その瞬間、固く閉じた唇をチロリと舐められた。

「ひゃんっ!?」

　メリッサは思わず悲鳴をあげて、口を開けてしまう。

「無理をしないで、ちゃんと息をしてくださいね」

　クスクスと小さく笑いながら囁《ささや》かれ、下唇に軽く噛《か》みつかれた。

「あ、んんっ！」

　反射的に開いたメリッサの唇を、バジルはさらに押し開くように深く唇を重ねてくる。片手で頭の後ろを押さえられ、ぴっちりと隙間なく唇が合わせられる。やがてメリッサの口内にバジルの舌がヌルリと入り込んだ。

　柔らかなそれはメリッサの舌を捕らえて絡みつく。ピチャピチャと粘膜の擦《こす》れる水音が鼓膜に響き、頭がジンと痺《しび》れてきた。

力の抜けた膝がガクガクと震え、メリッサは必死でバジルに抱きつく。

いつか川で溺《おぼ》れかけた時もやむなくこうして抱きついたが、今は自分を溺れさせてしまう犯人に自《みずか》ら望んで縋《すが》りついている。

崩れそうなメリッサの腰をバジルが片手で支え、さらに強く引き寄せた。唇だけでなく、全身が彼の冷たい身体に密着する。だが、羞恥《しゅうち》に火照《ほて》った今のメリッサには、むしろその体温がヒンヤリと心地好い。

バジルは時折唇を離してメリッサに息継ぎをさせながら、また角度を変えて口付けを再開する。歯列を丁寧になぞられ、上顎《うわあご》の裏にも舌を這《は》わされると、メリッサの背筋はゾクゾクと震え、鼻に抜けるような甘い声が勝手に出た。

溢《あふ》れる唾液を啜《すす》り上げられ、蠢《うごめ》く舌は卑猥《ひわい》な生物のように口腔を蹂躙《じゅうりん》していく。

メリッサが息も絶え絶えになった頃、チュッと音を立てて唇が離れた。

「はぁっ……は……」

執拗《しつよう》な口付けからようやく解放され、頬を上気させてぐったりとしていると、バジルはメリッサを軽々と横抱きにして素早く二階に上がってしまう。

バジルは自室に入ると、そのままメリッサを寝台に横たえた。

彼は部屋の掃除も自分でするので、彼が来てからメリッサがここに入ったのは数えるほどだ。

灯りはつけられず、月明かりだけがわずかに差し込む中で、バジルの少し困ったような声が聞こえた。

「早くメリッサを伴侶《はんりょ》にしたいのは山々ですが、しばらくは慣らしていきませんとね」

「慣ら……す……？」

散々嬲《なぶ》られ痺《しび》れる舌を、なんとか動かして尋ねる。すると、額に愛しげな口付けが降ってきた。

「ラミアは性交に長い時間をかけますから、それなりの手順を踏んで慣らさないと、人間の身体にはかなりの負担となってしまうのです」

「そ、そうですか……」

そういえば蛇の交尾は二、三日かかるんだったと思い出す。同時にメリッサの脳裏に、川辺で絡まり合っていた二匹の蛇の姿が浮かんだ。

ラミアのそっちの話に関してはまったく知識がないが、そもそもメリッサは人間の場合の標準時間だって知らない。女の初めては痛いらしいと聞いて、それなら短いといいなと思ったくらいだ。

「ですから、一週間ほどかけて、毎晩ゆっくり慣らしていきますね……私も、実際に人間の女性を抱くのは初めてですし」

バジルがひゅっと息を吸うのが聞こえた。徐々に暗さに慣れてきた目を注意深く凝《こ》らすと、傷だらけの彼の姿が、ぼんやりと薄闇に浮かぶ。

耳たぶを優しく噛《か》まれると、甘い痺れが背筋を走り抜け、身体が震えた。

「……灯りはつけませんが、この姿で触れられるのは、やはり嫌ですか？」

どうやら震えたのを誤解されたようだ。身体を離されてしまい、メリッサは上体を起こして夢中で彼の首筋に抱きついた。

「そんなことありません！　バジルさんが痛くないなら、いっぱい触りたいです！」

それからハッと気がついて、慌《あわ》てて付け加えた。

「えっと、でも……恥ずかしいので……暗い方がいいですけど……」

もじもじと伝えて下を向くと、自分がバジルの膝に乗ってしまっているのに気づいた。

「わっ！　ごめんなさい！」

慌てて下りようとしたが、しっかりと背中に手を当てられて、そのまま抱きしめられる。

「痛みはありませんよ」

薄闇の中で聞こえたのは、ひどく幸せそうな声だった。メリッサは彼に抱きついたまま、その首に刻まれた細い輪のような痕に、そっと指先で触れる。

幼い日に習った蛇王の傷に、こんな風に触れる日が来るなんて思いもしなかった。

生まれた瞬間からひどいことをされたのなら、人間を憎んでも当然のはずなのに……

それでもラミアと人間の間の架け橋となった彼は、本物の王者なのだと改めて感じた。

ゆっくりと傷に指を這《は》わせていると、その手を掴まれてまた押し倒された。

「一週間は我慢しなければと言ったでしょう？　あまり可愛いことをされると、我慢できなくなってしまいます」

バジルが苦笑し、また唇を合わせてくる。表面を何度も啄《ついば》まれ、チロチロと舐められる。

開けてくれと催促《さいそく》するように、閉じた唇の合わせ目に舌先を押し付けられると、自然とメリッサの唇は薄く開いてしまう。

ヌルリとした感触はさっきと同じでも、彼の舌は驚くほど熱くなっていた。

「ん、ん……」

淫《みだ》らに口内を蹂躙《じゅうりん》する舌の動きに合わせて、メリッサの足先が何度もシーツを踏みしめる。

舌の付け根まで深く侵《おか》されるうちに、いつしかメリッサも夢中で舌を動かしていた。

擦《こす》れ合う舌の感触が気持ちいい。

少し前までは、いつか自分も誰かに恋をするのかもしれないと思っていたけれど、それ以上具体的に想像したことなんてなかった。

こうして大好きな相手と深く密着することが、こんなに気持ちいいだなんて。脳髄《のうずい》が痺《しび》れて、柔らかな舌を絡め合うその淫猥《いんわい》な遊戯《ゆうぎ》に没頭する。

もっと深く繋がりたいと、メリッサは無意識に身体をすり寄せる。すると舌を緩《ゆる》く噛《か》まれ、そのままバジルの口内に引き込まれた。喉奥に流れ込む唾液を、コクコクと懸命に飲み込む。

やがてネグリジェのボタンが外され、胸の膨《ふく》らみが外気に晒《さら》される。すると痺れ始めていた頭が少しだけはっきりする。

「あ……っ！」

いくら部屋が暗くても、ラミアは夜目《よめ》が利くのだから、バジルにはメリッサの姿が昼同様に見えているはずだ。

恥ずかしくてとっさに胸元を隠そうとしたが、バジルはその両手首をあっさりと片手で捕らえてしまう。今度は薬草園《ハーブガーデン》の仕事で荒れた指に、ぬるりと舌が絡んだ。

「メリッサの手は、薬草のいい香りがしますよ」

そう言いながら彼は、メリッサの指を一本、根元まで口に含んだ。そのままチュプチュプとしゃぶられ、柔らかく舌を絡められる。

手指を嬲《なぶ》る温かい口内は、口付けで感じた時とはまた違う淫靡《いんび》な感触で、手から腕を伝って這い上ってくるその刺激に、目の奥が熱くなって潤《うる》み始める。

その合間にも、バジルはもう片方の手で乳房を外側から掬《すく》い上げるように包んだ。強弱をつけて揉まれると、胸の奥で切ないような疼《うず》きが断続的に生まれ、メリッサはバジルの手へ胸を押し付けるようにびくんと背を反らした。

柔らかな乳房が彼の手の中で揉みしだかれて形を変える。淡い色合いの先端も、指先で弄《いじ》られるうちに赤みを増して、プクリと膨《ふく》らんできた。

「んっ、ん……」

自分の身体の変化を見るのがいたたまれなくて、メリッサは顔を逸《そ》らして目を瞑《つむ》る。声も堪《こら》えようと唇を固く閉じたが、乳首を転がされながら指の付け根をヌルヌル舐められると、自然にほどけて熱い吐息を漏らしてしまう。

濡《ぬ》れた指をちゅぷんと口から出され、両手を離されても、メリッサにはもう肌を隠す気力はなかった。そのまま両手をしどけなくシーツの上に落とす。

バジルの唇が耳の付け根に軽く口付けてきて、緩やかに首筋を滑り下りていく。時折強く吸い上げながら、チロチロと素肌を舐められる感触に、メリッサは身悶《みもだ》えた。

メリッサの意思とは無関係に、身体は釣り上げられた魚のようにビクビクと痙攣《けいれん》し、呼吸も荒くなっていく。

身体中が熱くて、じっとりと汗が滲《にじ》む。メリッサの身体の熱が高まるにつれて、触れるバジルの手も徐々に温かみを帯びていく。それがとても幸せに感じられ、メリッサの緊張は次第に蕩《とろ》けていった。

「あ、ふ……」

つい溜め息のような恍惚《こうこつ》とした声を漏らす。慌《あわ》てて口を閉じようとしたが、即座に下唇を軽く噛《か》まれて止められる。

「せっかく可愛らしい声なのですから、もっと聞かせてください。我慢されると、メリッサを気持ちよくできていないのではと、不安になってしまいます」

「そっ……そんな……」

薄く目を開けると、間近にあるバジルの表情は上機嫌そのもので、不安など欠片《かけら》もなさそうだ。

けれど、そんな風に強請《ねだ》られたら、メリッサはもう声を殺すことができなくなってしまう。

すると、硬く尖った胸の先端を突然指で弾かれる。

「あぁっ！」

その途端、心臓を弾かれたような強い刺激が胸の奥まで響き、メリッサの口から高い声がほとばしった。

「上手ですよ。そうやって、メリッサのいい場所を全部教えてくださいね」

ヌルリと耳たぶを舐めて囁《ささや》かれる。いつもより低い声には何とも言えない色香が含まれていて、メリッサの腰の奥はズクリと重くなる。狡猾《こうかつ》な蛇の甘言《かんげん》に徐々に絡めとられていくのが分かった。

バジルは舌をそこかしこに這《は》わせ、しなやかに動く両手でメリッサの身体を探り続ける。

いつの間にかネグリジェは取り払われ、メリッサの身体を隠すのは腰回りを覆《おお》う小さな下着だけになっていた。

感じる場所に触れられるたびに、メリッサは身体をビクンと震わせて喘《あえ》ぎ、自分でも知らなかった弱点をバジルに教えてしまう。

「ん、ぁ……ん、くふっ……あっ！」

唐突に脚を大きく広げて持ち上げられ、メリッサは思わず悲鳴をあげた。疼《うず》き続ける身体の中でもっとも熱くなっていた秘所が、バジルの視線に晒《さら》される。下着が濡《ぬ》れて張り付くような感触がする。きっとそこからぬるつく液体が染み出しているのだろう。

村に住む年頃の少女たちとの会話で、そこが濡れるものだというのは小耳に挟んだことがあるが、いざこうして見られると恥ずかしくて堪《たま》らない。

「あ、あんまり、見ないでください……」

消え入りそうな声で訴えたが、下着の紐はあっけなく外されて、火照《ほて》った秘所が外気に触れる。真夏だというのに、メリッサの身体が熱くなりすぎたせいか、そこに触れる空気がやけにヒンヤリと感じられる。メリッサはブルリと太腿《ふともも》を震わせた。

「しっかり見なければ、存分にメリッサを愛せないでしょう?」

バジルがクスリと笑い、脚の奥を覗き込む。そしてぬかるんだ秘裂を指先でツゥとなぞった。

「ひぁ……っ!」

途端に信じられないような愉悦《ゆえつ》が下肢を貫《つらぬ》き、衝動的にメリッサは腰を跳ね上げていた。

なのにバジルは触れるか触れないかという軽さで表面を撫《な》で続ける。そうなると身体の内側からじりじりと熱がこみ上げてきて、弱火で炙《あぶ》られているような感覚に陥《おちい》る。もどかしくて堪らないのに、どうすれば楽になれるのか分からず、メリッサは眦《まなじり》に涙を浮かべてくねくねと身を捩《よじ》った。

「ふっ……あ、んん、ん……っ！」

ぎゅっと目を瞑《つむ》り、眉根を寄せたまま腰を動かしていると、不意にヌルリとした感触が秘所に触れた。温かく柔らかなそれに花弁をかき分けられるのが分かる。

次の瞬間、舐められているのだと気づいたメリッサが、驚愕《きょうがく》に目を見開く。そして脚の間にあるサラリとしたダークブロンドを掴み、必死で引き剥《は》がそうとした。

「あっ、や、やだ！　やめ……そんな、とこ、だめですっ!!」

「堪《こら》えてください。人間の粘膜は薄すぎて、ラミアの唾液を染み込ませないと、長時間の性交には耐えられませんからね」

「痛くていいです！　我慢しますからぁ！」

恥ずかしさのあまり、バジルの髪に指を絡めて半泣きで訴えたが、彼は聞く気がないようだ。

「すみませんが、それよりもこっちを我慢してください」

平然と言い放ち、メリッサの太腿《ふともも》の裏をしっかりと押さえて閉じられないようにしてしまう。

「で、でも……ふぁぁ！」

そんなところ、身体を洗う時くらいしか触れたことがない。そんな場所を舌がぬめぬめと這《は》っているのだ。メリッサは反らした喉から幾度も甘い悲鳴をあげた。

少し薄い舌が、花弁を執拗《しつよう》に捏《こ》ね回し、秘裂を舐め上げていく。溢《あふ》れた愛液を啜《すす》られ、メリッサは消えてしまいたいほどの羞恥《しゅうち》に苛《さいな》まれながらも、同時に腰が抜けるような歓喜に打ち震える。

ヒクヒクと震えている花芽を舐められると、頭の先まで突き抜ける快楽に目が眩《くら》んだ。瞼《まぶた》の裏に小さく火花が散るのを見て、シーツを掴んだまま喉を反らして高く啼《な》く。

メリッサを蝕《むしば》む熱い快楽が、羞恥も思考も何もかも麻痺《まひ》させていく。

「ああ！　はぁっ、あ……あぁっ、んっ、ん……っ⁉」

先端を尖らせた舌が、ヌルリと狭い蜜口をこじ開けた。処女膜すら傷つけない柔らかな異物の侵入に、メリッサは短い声をあげて、パクパクと口を痙攣《けいれん》させる。

柔らかな舌が、ぐに……と内壁を押した。そのまま身体の中まで舐められていく。想像もしなかった淫《みだ》らな行為と未知の感触が、メリッサの全身に冷や汗を滲《にじ》ませた。

「く、あぁっ……や……」

今すぐ離してほしいと思いながらも、ぬめる舌先で中の粘膜をねぶられれば、そこから生まれるむず痒《がゆ》いような熱に身を任せたくなる。時折グルリと中で舌を回されると肌

が粟立《あわだ》ち、クラリと眩暈《めまい》がした。

まるで淫猥《いんわい》な薬でも塗り込められたように、ジンジンと身体が熱くなり、真っ赤に火照《ほて》ったメリッサの頬には、涙が幾筋も流れ落ちた。

嬲《なぶ》られる膣からはタラタラと蜜が零《こぼ》れ続け、汗でとうに湿っていたシーツをさらに濡《ぬ》らしていく。

爪先から頭まで、どこもかしこもゾクゾクと耐えがたいほどに疼《うず》く。メリッサは何度も首を振っては背筋を大きく反らした。

「くぅっ！　は、はぁっ……バ、ジルさ……も……ひゃんっ！」

もう許してくれと訴えようとした時、敏感な花芽を不意打ちのように指で摘《つ》まれ、反射的に体内の舌を締め付けてしまった。

バジルは仕返しのように小さな蕾《つぼみ》をくにくにと指で揉む。するとメリッサの蜜壷の中が勝手に収縮する。

強烈すぎる刺激と動揺に、気持ちいいのか、苦しいのかさえ分からない。ただ身体中がどうしようもなく熱くて、内側から燃えてしまいそうだ。

「は、はぁっ……あ、や、やめ……お願……ああ……っ！」

想像したこともなかった感覚に、追い詰められていく。蜜壷の入り口を舌でグルリとかき回されると、頭の中までかき回されるような気がした。

「あ、ああっ！　いやぁ！」

怖くて悲鳴をあげれば、ズルリと膣から舌が抜けた。その瞬間も腰がどうしようもなく震えてしまう。

身体をずり上げたバジルが、メリッサの顔を間近に見下ろした。

「ここは、気持ちよくないですか？」

その体勢で充血し切った花芽を指の腹で擦《こす》られる。

「ああっ!!」

メリッサはまた鮮烈な快楽に背筋を貫《つらぬ》かれて悲鳴をあげた。

「ねぇ、教えてください」

もう片方の手をメリッサの頬に添え、唇を指でなぞりながら催促《さいそく》してくる。

その間も花芽を弄《いじく》る動きは止めず、滴《したた》る蜜をまぶして捏《こ》ねては転がす。

気持ちいいのに、どこか物足りなくて、メリッサの身体中が疼《うず》き始める。もっと触れてほしいと強請《ねだ》りたくて堪《たま》らない。放り出された膣口が、淫《みだ》らにひくつくのさえ感じる。

「ひ、ぁ、はぁっ……あ、あ、きもち、いっ……あぁっ！」

この狂おしい熱からどうにか解放してほしくて、必死でバジルに縋《すが》りついた。シャツの背中を握りしめ、瞳いっぱいに涙を浮かべて彼を見上げる。

「あ……助け……私、変になっちゃう……」

「心配いりませんよ。ほら、こうするともっと気持ちいいでしょう?」

メリッサの蜜でぬるぬるになった手で、秘所全体を大きく擦り上げられた。

「あ、あああっ!　や、あ、あーーーーーーっ‼」

グチュリと花弁をひしゃげられた瞬間、溜まり続けた熱が急速に膨《ふく》らみ、一気に弾けた。瞼《まぶた》の裏に何度も星が散って、腰が痙攣《けいれん》する。

メリッサは限界まで身体を弓なりに反らせ、ビクビクと激しく震わせてから、ぐったりとシーツに身を落とした。

「こんなに可愛らしく蕩《とろ》けた顔をして。困りましたね……どこまで私を骨抜きにするつもりですか?」

自分でそうさせたくせに、バジルは困惑したように苦笑して、メリッサの頬をペロリと舐める。

余韻に震える背筋をゾクリとする愉悦《ゆえつ》が這《は》い上がり、メリッサの唇は戦慄《わなな》いた。全身を絡め取るかのような倦怠感《けんたいかん》に、指の一本も動かせない。

荒い呼吸を繰り返していると、まだヒクヒクと蠢《うごめ》いていた秘所に、再び舌が差し込まれた。

「んぁ!?　あ、あっ‼　あああっ‼」

零《こぼ》れ出た蜜を啜《すす》られ、敏感になっている内部を舐められる。その刺激に、メリッサは爪先でシーツを何度も蹴った。

吐き出す息が熱い。肺が燃えているようだ。

まともな言葉も出せずに、ひっきりなしに喘《あえ》ぎ声をあげていたメリッサは、次第に意識が白濁していくのを感じていた。


翌朝。

目を覚ましたメリッサは、ちゃんとネグリジェを着て自分のベッドに横たわっており、汗や体液でベトベトになったはずの身体も綺麗になっていた。

着替えてから、恐る恐る階下に下りると、バジルはもう台所にいた。

彼は早起きというより、そもそも眠らないのだそうだ。朝は大抵メリッサより早く居間か台所に来ている。土気色《つちけいろ》の手が匙《さじ》をかき回している鍋では、トマトのリゾットがコトコトと煮えていた。

「おはようございます、メリッサ」

　メリッサが台所の扉から半分だけ顔を覗かせていると、気づいたバジルが振り返り、にこやかに微笑む。

　いつもとまるで変わらない、紳士的で優雅な動きに、昨夜のあれは夢だったのかとホッとしたような……少し残念な気分になってしまった。

　ここ最近マルシェの準備で忙しすぎたのかもしれない。

（うんうん、そうだよ。まさかバジルさんが、あんな……）

　それにしても、随分と淫《みだ》らで生々しい夢を見たものだ。ぬめる舌の感触までありありと思い出せる。顔が赤くなってしまいそうで、メリッサは慌《あわ》てて首を振り夢の残滓《ざんし》を払った。

「……おはようございます」

　挨拶《あいさつ》を返し、手伝おうとバジルの傍らに行くと、たちまち腰を引き寄せられた。声をあげる間もなく、冷たい唇が自分のそれに重ねられる。

「く……ぅん」

　覚えのある快楽が身体中を駆け抜け、ゾクゾクと背筋が震えた。舌を緩《ゆる》く噛《か》まれると、鼻に抜けるような甘い声を漏らしてしまう。

　何度も角度を変えて深く唇を貪《むさぼ》られ、足からほとんど力が抜けた頃、バジルは名残惜しげにメリッサの唇を舐めてから、ようやく彼女を解放した。

目を開けると、鼻がくっつきそうなほど近くから、二色の瞳が愛しそうな眼差しを向けてきた。

「朝から失礼いたしました。しかし、夢だと思われているといけませんから」

愉快そうに言い当てられて、メリッサの頬が一瞬で熱くなる。

「あ……私、お茶を淹《い》れてきます……」

メリッサはあれが現実であったことを認識し、急いで顔と話題を逸《そ》らして、茶器と粉末にした乾燥ハーブの瓶を取り出すのだった。

毎朝、様々な粉末ハーブをブレンドしてお茶を淹れるのは、メリッサの密かな楽しみだ。

バジルが来てからずっと、一番に開けるのはレモンバームの瓶になった。その他爽《さわ》やかなミントや、少し甘い香りのリンデンフラワーも合わせ、温めたポットに入れて湯を注ぐ。

そして今日はもう一つ、マロウブルーの茶も淹れたくなった。この紫色の小さな花で茶を淹れると、透き通った美しい青になるところが気に入っている。

小さなガラスポットにマロウブルーの花を入れて湯を注ぎ、メリッサは踊る茶葉と瞬《また》く間に広がる青に魅入《みい》った。少し紫がかった鮮やかな青は、まるでバジルの瞳のようだ。祖父もこの青い色がお気に入りで、生前はよく自分で淹れていた。

『こいつを見ると、キリシアムの海を思い出すなあ』

と、いつも懐かしそうに言っていたものだ。

「バジルさん、そういえば海は青いって聞いたんですけど、いつもこんな色をしているんですか？」

「天気や場所によって変わりますよ。美しい青の時もあれば、灰色の時もあります」

リゾットを皿によそいながら、バジルが答える。

「そうなんですか……」

メリッサは海を見たことが一度もない。

はるか昔、魔物の泉を造り出した古代文明が栄えていた頃は、世界にはもっと多くの海があったそうだ。

そして高い技術を持っていた古代文明は、海を埋め立て、新しくできた土地に建物を造ったりもしていたらしい。けれどその後、古代文明は岩石群に破壊されたあげく鉱石木によって侵略され、さらには海が広範囲にわたって瓦礫《がれき》や木屑で埋められてしまったと聞く。

学者でもないメリッサに、その伝説の真偽は分からない。ただ、キリシアムのラミアたちにとって海は、メリッサにとっての薬草園《ハーブガーデン》と同じくらい大切なものだということは知っている。

「あの……一緒にいたいのは本当ですけど、バジルさんがキリシアムに帰りたい時は、遠慮しないで言ってくださいね。私は大人ですから、お留守番くらいいくらでも平気です」

ポットを見つめたまま、メリッサは言った。

ここにずっといてくれという願いを受け入れてもらって有頂天《うちょうてん》になっていたのが、急に恥ずかしくなってきたのだ。自分だけが宝物をしっかり抱えて、バジルにはそれを捨てろと要求してしまったような気がする。

三百年もずっと、自分以外の者ばかりを大事にしてきた彼のことだ。祖国に災難が起こった時ならともかく、彼自身が帰りたいと思ったくらいでは、メリッサに遠慮して言い出さないのではないかと心配になる。

ツンと鼻の奥が痛くなり、顔をしかめて堪《こら》えていると、穏やかな声が返ってきた。

「はい。必要な時はそうさせていただきます。私は自分の望みで、ここにいるのですから」

振り向いたメリッサのすぐ近くに、にこやかな笑みを浮かべたバジルの顔があった。

もう一度、抱きしめられて深い口付けをされる。

やがてすっかり息の上がってしまったメリッサに、上機嫌のバジルが告げる。

「そうそう、昨夜は言いそびれてしまいましたが……」

──丸二日間……って。

メリッサは食卓でリゾットを口に運びながら、先ほどバジルから告げられた言葉を反芻《はんすう》し、遠い目をしていた。

ラミアの性交が長いと聞いて、もしかして一晩中かかるのかな……と、顔を赤らめていた自分は甘かった。丸二日間もかかるなど、それはもう愛の行為というよりも、耐久レースというか、苦行の域に入るのではないだろうか。

一週間は慣らさなければ、人間には耐えられないというのも心の底から納得できた。いや、慣らされたところで、無事に済まないような気がする。想像もできない。

せめて途中で休憩……いや、何日かに分割してもらう方法はないのかと聞いたが、あっさりないと言われた。

ラミアの性交は長時間かかることから普段は行《おこな》わず、肉体的な愛情表現といったらせいぜい男性が女性を愛撫《あいぶ》する程度に留《とど》まる。本格的に交わるのは初めて愛を確かめ合う時と、蜜期《みつき》と言われる発情期のみ。ただし一度始まると、よほどのことがなければ中断はしないという。

邪魔などしたら凶暴化したラミアの男に絞め殺されるので、かつての隷属《れいぞく》時代でさえも、人間が蜜期《みつき》のラミアに手を出すことはなかったそうだ。

あからさまに青ざめたメリッサに対し、バジルはきちんと慣らせば大丈夫だと必死で言っていたが、身の危険をひしひしと感じる。

こういう部分でも人と魔物の交際は難しいのだなぁ、などと思ってしまう。

そんな時メリッサはふとカレンダーに目をやり、重大なことに気づいた。

「一週間後って、マルシェ……」

昨日から数えて一週間後ということは、本番はマルシェの前夜だ。

「あ」

テーブルの向かいで、やはりカレンダーに目を向けたバジルが、珍しく間の抜けた声をあげた。

そして慌《あわ》てた様子でコホンと咳払いをする。

「無論、その後にするつもりでした。それほど節操なしではありませんので、ご心配なく」

――いやいや！　今、「あ」って言いましたよね!?　絶対にマルシェのこと忘れていましたよね!?

危ないところだったと、メリッサは冷や汗をかく。やはり異種間の恋愛は、色々と難しいようだ。

その晩も湯浴みを終えると、早々にメリッサはバジルの寝室に閉じ込められることになった。

寝台に組み敷かれた彼女の唇からは、淫《みだ》らに濡《ぬ》れた吐息が立て続けに零《こぼ》れ出す。

「あ……ふ、う……あっ」

メリッサは一糸纏《まと》わぬ姿で大きく脚を開かされ、その間に入り込んだダークブロンドに両手の指を絡めていた。

火照《ほて》った顔や首筋には汗が伝い、さっきまで散々嬲《なぶ》られていた胸の先端も、唾液で濡《ぬ》れて光っている。柔らかな乳房や内腿《うちもも》には、口付けによる赤い痣《あざ》がいくつも刻まれていた。

今日は敏感な花芽にはいっこうに触れられず、体内に舌を差し込まれることもない。

いっぱいに広げられた脚の間で、表面だけを舌で執拗《しつよう》に嬲られる。そんなに舐められたら花弁がふやけてしまうのではと思うほどだ。

蠢《うごめ》く舌に合わせて、下腹部の奥がきゅうっと窄《すぼ》まるような感覚をおぼえ、知らず腰が揺らめいてしまいそうになる。

（う、ぅ……すごく恥ずかしい……のに……）

柔らかな襞《ひだ》を一枚ずつ丁寧に舐められていると、蜜壷の奥までジンジンと熱く疼《うず》き、膣口からはとめどなく蜜が溢《あふ》れてくる。奥深くの部分が、まるで強請《ねだ》るようにヒクヒクと収縮を繰り返しているかのようだ。

「あっ、あ……」

快楽は緩《ゆる》やかに溜まり続け、メリッサの唇から悩ましい吐息が漏れる。

（はぁっ、あ……あれが、また来ちゃう……）

昨晩、散々教え込まれた絶頂の気配を察知し、子宮がキュウッと窄《すぼ》まって疼く。

ぎゅっと目を瞑《つむ》って身を硬くすると、花弁を貪《むさぼ》っていた舌が、先端でチロチロと触れるだけになった。

（んっ、どうして……？　あ、ぁ……）

その淡い快楽に、メリッサは何度も息を詰めては甘く吐き出した。やがてもどかしさに身をくねらせ始める。

あと少しなのに、急に愛撫《あいぶ》を浅くされた身体は、中途半端に溜まっていく熱に悶《もだ》えることしかできない。

「あ、あぁ……バジル……さ……」

もっと触れてほしいなどとは言えず、メリッサは喉を反らして啼《な》く。その間も自身の蜜洞がキュンキュンと収縮を繰り返し、トプリと蜜を吐き出しているのを感じた。

いつしかメリッサは、自分から彼の口元に秘所を擦《こす》りつけるようにして腰を揺らし始めた。

「あ……ふ、ぁ、あ、あ……」

理性が霞《かす》みかけ、ただ本能的に快楽を味わっていると、唐突に口を離された。

「自分で腰を揺らして……そんなに物足りませんか？」

バジルが薄く笑みを浮かべ、手の甲で口元を拭う。その仕草がひどく扇情的《せんじょうてき》に見えた。

無数の傷痕を露《あら》わにしていても、メリッサの目に映る彼は変わらず魅力的だ。

「そんな……こと、言わないでください……」

どうやらこういう時のバジルは、ちょっと意地悪くなるようだ。

決して乱暴な行為はしないし、言葉使いも丁寧なままなのに、メリッサの羞恥《しゅうち》を煽《あお》り、追い詰め、身も心も丸ごと絡め取ってしまう。

メリッサは眦《まなじり》に涙を浮かべながら顔を背《そむ》けた。気力を振り絞り、力の入らなくなっていた両脚を閉じたものの、秘裂はじんじんと疼き続ける。そのなんとも言えない感触についい内腿《うちもも》をすり合わせたくなる。

シーツを両手で握りしめ、身悶《みもだ》えそうになるのを懸命に堪《こら》えていると、顎《あご》を掴まれてそっと顔を戻された。

「すみません。恥じらうメリッサがあまりにも可愛らしいので、つい……もっと苛《いじ》めて泣かせたくなってしまいます」

満面の笑みで、さらっととんでもないことを言われてしまう。

メリッサが返答もできずにハクハクと口を戦慄《わなな》かせていると、閉じた脚の隙間にバジルの手が潜《もぐ》り込んできた。

「んっ！」

長い指で割れ目をなぞられ、たちまち身体の奥が苦しいほどに熱を帯びていく。そのまま焦《じ》らすように緩《ゆる》く動かされると、ぷっくり膨《ふく》らんだ花芽がヒクヒクと物欲しげに蠢《うごめ》いた。

「あ、あ……」

吐息と共に、切ない喘《あえ》ぎ声が漏れる。ピッチリと揃えていた脚ががくがくと震え、まるで誘うように少しだけ開いてしまう。

「指……入れますよ」

囁《ささや》きと共に、バジルの指が濡《ぬ》れそぼった花弁を開き、チュプン、と音を立てて蜜壷に埋められた。

「ん、あぁっ！」

バジルの指はメリッサに触れているうちに随分温まっていたが、蜜壺の中はそれ以上に熱くなっていたので、メリッサにはやや冷たく感じられた。

硬い指を内壁で無意識に締め上げながら、メリッサは体内の違和感に喉を反らして喘いだ。昨夜挿《い》れられたのは舌だけだった気がするが、その時以上にバジルが体内に入っていることを実感してしまう。

「狭いですね……痛みませんか？」

ゆっくりと抜き差しされながら問われ、メリッサは首を振る。

「い、痛くない、ですけど……っ」

押し広げられたような違和感は、ほんの一時《いっとき》のものだった。

次第に彼の指は温まってメリッサの体内に馴染《なじ》んでいく。それをじれったいほどゆっくりと抜き差しされると、メリッサの腰の奥にじわじわと淡い愉悦《ゆえつ》がこみ上げてくる。

内側で軽く指を曲げられた瞬間、衝撃が背筋を走り抜け、メリッサの腰がビクンと跳ねた。続いて秘所から愛液がとろりと溢《あふ》れ、腰が蕩《とろ》けそうになる。蜜壁がざわめいてバジルの指に絡み、ひくついてしまうのを抑えられない。

「……痛くないけれど？　なんです？」

きっと分かっているだろうに、バジルは真っ赤に染まったメリッサの耳たぶを甘噛《あまが》みしながら問いかけてくる。

「ふ、あぁ……はぁっ……や……」

はっきりと答えず首を振ると、根元まで埋め込まれていた指が、ギリギリまで引き抜かれた。そして膣口あたりでぬぷぬぷと浅く抜き差しされると、そこは彼の指に吸い付くように蠢《うごめ》き始める。

「ん、ん……」

「言えませんか？　こちらはこんなに正直なのに」

指先で浅い部分を攻めながら、バジルはもう片方の手でメリッサの乳房を掴んで吸いつく。赤く色づいた先端を舌先で弾かれると、きゅうっと膣口が締まって指を食い締めようとしているのが分かる。

「だ、だって……んんっ！」

乳首を舌で捏《こ》ねられながら、窄《すぼ》まった媚肉《びにく》も指先でぐにぐにと嬲《なぶ》られ、メリッサは堪《たま》らず泣き声をあげた。膝を立ててシーツを爪先で踏みしめ、自《みず》ら誘いかけるように腰を浮かせる。

「あ、ああっ！　っ……奥、が……からだ、熱くて……あ……あ、もっ、と……っ！」

途端に、二本に増やされた指を奥深くまで突き込まれた。そして中に溜まっていた蜜をかき出すかのごとく大きく動かされる。

緩急をつけてかき回され、絡み付く蜜壁の一点を強く押されると、全身が浮き上がるような感覚に襲われた。

「あっ！　や、そこ……は、ぁ……」

心臓が壊れそうなほどに脈打ち、呼吸も浅く速くなる。その間、片手で乳房を揉まれながら硬くなった先端を舌で捏ね回されると、蜜洞全体が収縮を繰り返し、指をさらに奥へ引き込もうとする。

突然、乳首を強く吸い上げられ、同時に内壁の弱い部分をぐっと押し上げられた。

「――――っ!!」

頭の中が真っ白になる。花芽を嬲られた時の絶頂よりも、ずっと深く強烈な快楽が全身を貫《つらぬ》いた。

ドクン、ドクンと体内が大きく脈動する。

「っ〜、はぁっ、はぁ……」

やがて全身から一気に汗が噴き出してくる。メリッサが大きく喘《あえ》いでいると、バジルが余裕そのものといった声で囁《ささや》いた。

「もう中で達《い》けるなんて、メリッサは覚えが速いですね」

内腿《うちもも》をスルリと撫《な》でられた。そんなわずかな刺激にも、大きく背筋が震える。

メリッサはまだ快楽の余韻に痺《しび》れている身体をなんとか俯《うつぶ》せにし、枕に顔を埋めた。

恥ずかしすぎて頭の中はグチャグチャで、鼻の奥がツンと痛くなってくる。

「うくっ……私、すごくいやらしい……呆れていませんか……?」

普通の女性の反応なんか知らないけれど、こうもたやすくグズグズに蕩《とろ》かされてしまうと、自分がひどく淫《みだ》らな女のような気がしてくる。バジルに背を向けたまま、手探りで毛布を引き寄せて身体を隠そうとしたら、その手首を掴まれ止められてしまった。

「まさか。メリッサが感じてくれればくれるほど、嬉しくて堪《たま》りませんよ」

舌でヌルリと背筋をなぞられる。

「ふああっ!」

反射的に喉を反らして枕から顔を上げると、すかさず上体を掬《すく》い上げられて起こされた。そのまま後ろ向きに彼の膝上に座らされ、ぎゅっと抱きしめられる。

「愛する女性を快楽で乱すのは、ラミアの男にとって最も誇らしいことですからね」

「そ、そういうものですか……?」

「ええ。この行為が生殖のためではなく、純粋な愛情表現だからでしょうが……メリッサがもっと私に溺《おぼ》れてしまえばいいと思ってしまう……」

耳元で囁かれる低くて甘い男の声が、腰の奥でズクリと響く。

「ですが人間の性交も、生殖より愛し合うために行《おこな》うことの方が多いのですから、似たようなものではありませんか？　それで乱れたからと言っておかしなことなど何一つありませんよ」

唆《そそのか》すような言葉の後、うなじを強く吸われた。チクリとかすかな痛みが走り、そこにも情交の証《あかし》が刻まれたのを感じる。

（そう言われると、そうかもしれないけど……）

バジルの言い分に納得しかけたものの、メリッサは少々戸惑う。

呆れられてないのは嬉しいが、気になっていることはもう一つある。

何しろ、バジルがこうして『慣らし』を一週間もしなければならないのは、メリッサが同族ではないせいだ。

メリッサは気持ちよくて堪らないが、彼自身は快楽どころか衣服を脱ぐことすらせず、余裕しゃくしゃくで平然そのもの。

メリッサだってバジルが大好きなのだから、一緒に気持ち良くなってほしいと思う……とはいえ、これをどう伝えたらいいのだろうか？

　悩んでいるうちに、身体の前に回されていた彼の手が、硬く尖った両胸の先端を弄《いじ》り始めた。薄く色づきぷっくりと膨《ふく》らんでいるそこを捏《こ》ね回されると、またすぐに身体中の熱が再燃する。胸の奥から秘所まで、ジィン……と焼け付くような痺《しび》れが伝わっていく。

「くふっ……あ……んんっ、バジルさん……待っ……」

　――このままでは、また自分だけ溺《おぼ》れてしまう。

　首を捩《よじ》って振り向くものの、そのまま唇を塞《ふさ》がれた。

「っは……ぁ、ん、ん……私……ぁ……」

　後ろから抱きかかえられた不自由な体勢のまま、口内を蹂躙《じゅうりん》される。

　やがて脚の間へ、胸から離れた片手が忍び込んできた。濡《ぬ》れそぼった花弁を二本の指で広げられると、外気に晒《さら》された入り口がひくつく。そこを濡らしているのは彼の唾液よりも、明らかにメリッサ自身の蜜の方が多い。

「さぁ、安心して、好きなだけ気持ち良くなってください」

　円を描くように緩《ゆる》く秘所を擦《こす》り上げられると、たちどころに身体中が痺れて力が抜けてしまう。

　新たに零《こぼ》れ始めた蜜が潤滑液《じゅんかつえき》となって彼の手の動きを助け、ちゅくちゅくと淫《みだ》らな音を立てた。

一度達した身体はたやすく快楽に染まり、柔らかく蕩《とろ》けた中に再び指を挿《さ》し込まれると、内壁がはしたないほど強くそれに吸いついた。

口内に侵入した舌と秘所に挿し込んだ指を同時にかき回され、日に焼けていないメリッサの内腿《うちもも》がビクビクと引きつった。

「う、ふぅ、ぅ…………っ!!」

メリッサはくぐもった嬌声《きょうせい》をあげて、あっけなくまた達してしまう。

くたりとバジルの胸に背を預け、荒い呼吸が静まり切らぬうちに、また丁寧で執拗《しつよう》な愛撫《あいぶ》が再開される。

「っ、はぁ……あ、あ……も、だめ……っ」

「まだ離せませんよ。万が一にもメリッサを傷付けたくありませんからね。念入りに慣らさないと」

バジルはニコリと微笑みながら、愛撫の手を緩めない。

結局、メリッサはそのまま快楽に溺れ、昨夜と同じようにいつの間にか意識を飛ばしてしまった。

糸が切れた人形のように崩れ落ち、そのまま眠ってしまったメリッサの身体を、バジルは昨日同様に濡《ぬ》れタオルで丁寧に清めた。

それから汗や体液で湿ったシーツも取り替えるべく、メリッサをそっと抱き上げて彼女の部屋の寝室へと運ぶ。

(……少し、調子に乗ってしまいましたね)

ピクリともせずに熟睡している少女を前に、バジルは反省する。

念入りに慣らしたかったのは本当だが、あまりにも愛らしく蕩《とろ》ける姿に、つい本来の目的を忘れて夢中になってしまったのだ。

艶《つや》やかな栗色の髪がかかる額に、そっと口付ける。

今朝ラミアの性交について話した時、メリッサは非常に驚いたらしく……いや、正確に言えば、明らかに恐れ慄《おのの》いていた。

すぐさまその二日間は飲まず食わずなのか、睡眠はどうするのかなど、矢継《やつ》ぎ早《ばや》に質問していたが、無理もないだろう。キリシアムの友好国に住んでいるとはいえ、人間がラミアの性交について詳しく知る機会は、そうそうないのだから。

バジルに限らずラミアの男の体液は、異性の体液と混じり合うことによって、特殊な回復効果を持つ強壮剤に変化する。

二日間も飲まず食わずで交われるのも、唾液を含めた全身の体液が互いの性的興奮を高め、なおかつ相手と自分の身体を回復させ続けるからだ。同時に睡眠や排泄《はいせつ》も一時的に必要なくなる。

ただ、ラミアの女性であれば同族ということもあって、それらの特殊な体液もすんなりと摂取できるのだが、異種族ではそうもいかない。

だから、一週間かけて少しずつ男の体液を摂取させる『慣らし』が必要なのだった。

今こうして疲れ果てて眠ってしまったメリッサも、眠っているうちにバジルの体液を吸収し、朝には元気に起きられるはずだ。

愛らしい寝顔にもう一度そっと口付け、バジルは音もなく部屋を出た。

そして自分の部屋に戻り、シーツを取り替える。が、寝台には入らず、衣装棚にしまい込んでおいた三叉槍《トライデント》を抱いて、窓辺で夜の薬草園《ハーブガーデン》と森を眺めた。

王の種子であるバジルは、決して眠らない。眠れない身体……と言う方が正しいだろう。

たとえ身体を横たえて目を瞑《つむ》っても、睡眠というものはバジルには訪れない。

古代文明から受け継がれた文書の中に、眠りとは死に似ているという一節があるらしい。ならば生きた死者であるバジルには、束の間の死は必要ないということなのだろう。

確かにこの身体は疲労も痛みも感じない。

だから自分には、休息も休暇も必要ないのだと、ずっと思っていた。

「……今の私を、昔の私が見たら仰天《ぎょうてん》するでしょうね」

手の中の三叉槍《トライデント》に向けて、バジルは独《ひと》り呟《つぶや》く。

周囲のラミアたちが次々と寿命を終えて入れ替わる中、バジルが蛇王と呼ばれる以前から共に戦い、そして今も一緒にいるのは、この槍だけになってしまった。

埋め込まれた鉱石ビーズは、魔法の効果が切れるたびに取り替えたが、水の代わりにバジルの血に浸《ひた》しながら鍛え上げたこの黒鉄の槍は、どれほどの激戦をくぐろうと、ひび一つ入らなかった。

バジルの言葉に対し、無機質な武器は窓から差し込む月光を反射しただけで、当然ながら何も答えてくれない。

それでも、人血の臭いの代わりに潮と魚の匂いを纏《まと》うようになった三叉槍は、この優しい休暇をなんとなく喜んでくれているような気がした。


「……おはようございます。バジルさん」

夏の早い朝日が窓から差し込む頃。バジルが朝食用のキッシュを作っていると、台所の扉が少し開いて、メリッサがそろそろと顔を覗かせた。

朝起きてすぐにバジルを見ると、前夜のことを思い出してしまうのだろう。ボッと頬を染めて、困ったようにソワソワする仕草が可愛らしくて堪《たま》らない。

「おはようございます。体調はどうですか？」

ニヤけてしまいそうになるのを堪《こら》え、バジルはにこやかに尋ねる。

「う……だ、大丈夫です。あ！　私はサラダを作りますね！」

メリッサはますます顔を赤くして早口で言うと、急いでエプロンを身に付ける。そうしてバジルに背を向け、サラダ作りに取り掛かってしまった。

（あんなに照れて、可愛いですねぇ）

後ろを向いていても、耳まで赤くなっているのがちゃんと見える。バジルとしてはそのまま抱きしめたい衝動を抑えるのに一苦労だ。

朝食の時もややぎこちない様子のメリッサだったが、麦わら帽子をかぶって長靴を履き、薬草園《ハーブガーデン》に出てしまえば、頭はすっかり薬草園の責任者に切り替わるようだ。

「今日も暑くなりそうですね」

彼女は眩《まぶ》しい青空を仰《あお》ぎ、薬草たちの様子を調べては、水やりに摘《つ》み取りとこまねずみのようにクルクルとよく働く。

その間も草花を見るメリッサの表情は生き生きと楽しげに輝いている。バジルはふっと口元をほころばせた。

単に若年で資格を取得したからでなく、バジルの目に映るメリッサの姿は、植物を愛し、自分の薬草園《ハーブガーデン》に誇りを持つ、一人前の栽培師のそれだ。

(オルディ……メリッサはこの薬草園の、立派な後継者ですよ)

老いによって天寿を全うしたオルディだが、バジルの記憶の中の彼は、今も屈強な青年のままだ。

キリシアムの城の薬草庭園で、大きな身体を屈《かが》めて熱心に草花を観察していた親友の姿が、メリッサと並んで見える気がする。

「バジルさん！　ちょっと相談に乗っていただけますか？」

籠《かご》いっぱいのミントを抱えたメリッサに呼ばれた。バジルは引き抜いた鉱石木の束を脇に寄せてからそちらに向かう。

「はい。なんでしょうか？」

「ギルドへ卸《おろ》すハーブの量なんですけど……」

バジルを見上げるメリッサは、やや自信なさげな表情だった。

彼女は栽培師としては申し分なくとも、マルシェの出店やギルドへの卸しなど、経営面に関してはまだ少し自信がないようだ。

しかし、人生経験の少ない十八歳に全てを求めるのは酷《こく》というものだろう。

バジルは帳簿や今年の気候などを参考に、自分なりの意見を述べた。……とはいえ、彼女が考えた計画で問題はなさそうだったから、バジルはそれを理論だてて肯定してやったにすぎない。

それを真剣に聞いていたメリッサは、やがてホッとしたように笑みを浮かべた。

「バジルさんがいてくれて、本当に良かった」

愛らしい笑顔でそう言われた瞬間、元からしていないはずの呼吸が止まるような思いがした。

周囲を助けて頼られることこそが、王の種子である自分が生まれた理由だったから、こんなセリフは星の数ほども言われてきたはずなのに……

どうして、とっさに返事ができなくなるくらい嬉しく感じるのだろう？

「……お役に立てて光栄です」

数秒の間をおいて、バジルはようやくそれだけ口にすることができた。

その晩もバジルは、湯浴みを終えたメリッサを素早く捕まえると、いそいそと自分の部屋に抱きかかえていった。

月明かりだけが差し込む薄暗い部屋で、呼吸をして生者となる。

「とてもいい香りがしますよ」

緊張に身体を硬くしているメリッサを寝台に組み敷き、湯上がりならではの香りを纏《まと》う細い首筋に口付けを落とす。

薄い夏物のネグリジェに手をかけ、前を留めるボタンを一つ外した。

目と唇を固く閉じて硬直しているメリッサを今夜はどうやって蕩《とろ》かそうかと思案しながら、二つ目のボタンに手をかけた時だった。

「っ、あああ!! バジルさん、ちょっと離れてくださいっ!!」

突然、メリッサがバジルの胸元に両腕を突いて叫んだ。もしもメリッサが猫だったら、ふぅっ！ と毛並みを逆立てていたことだろう。その剣幕に今度はバジルが硬直してしまう。

その隙に、彼女はささっと上体を起こし、寝台の端まで後ずさってしまった。

「……何か不満でしたか?」

思わずバジルも後ずさり、恐る恐る尋ねた。

人間の女性を抱くのは初めてでも、同族相手ならそれなりに経験はあるし、人間の生態も熟知している。その上でメリッサが快楽を得られるよう、精一杯頑張ったつもりだが、気付かないうちに失態を犯していたのだろうか……？

　すると頬を真っ赤に染めたメリッサは、何度か口ごもったあげく、とても言いづらそうに切り出した。

「不満というか……私も何かして、バジルさんに気持ちよくなってもらいたいんです。でも、どうすれば喜んでくれるのか分からなくて……」

「はい？」

　思いもよらぬメリッサの〝不満〟に、バジルは目をしばたたかせる。

「昨日も一昨日も、おかしくなるのは私だけで、バジルさんは全然変わらないし……」

　消え入りそうな声で訴えるメリッサに悪いと思いつつも、バジルは安堵のあまりつい噴き出してしまった。

「くっく……そんなことを気にしていたのですか」

「だ、だって……あ、もしかして私が初心者だからですか？　気にしないで、なんでも言ってください！　頑張ります！」

　腹をくくったと言わんばかりに勢い込み、メリッサは膝立ちになって近付いてきた。

（なんとまぁ……メリッサはつくづく予想外ですね）

　そう思うと同時に顔中が緩《ゆる》むのを止められず、バジルはメリッサを抱き寄せて、頬や額に口付けの雨を降らせた。

「私も存分に楽しんでおりますよ」

己《おのれ》の手で恋人を淫《みだ》らに花開かせていく行為に、自分がどれほど夢中になっていることか。この健気《けなげ》な少女はそれをよく理解していないらしい。

バジルは彼女にそう告げようとしたのだが、ふと思いついて口角を上げた。

「……そうですね。でしたら、自分で服を脱いでくれますか？」

「え？」

言葉の意図を掴みかねたらしいメリッサを、向かい合わせに自分の膝に座らせる。

「メリッサを脱がすのは非常に楽しいのですが、メリッサが自分から肌を晒《さら》して私を誘ってくれたら、とても魅力的でしょうから」

わざと羞恥《しゅうち》を煽《あお》る言い方で耳元に囁《ささや》くと、途端にメリッサの顔に動揺が走った。

「さ、さささ誘うって⁉」

「無理にとは申しませんが」

そう言いながら、ボタン一つ分だけはだけているネグリジェの首元をちょいと摘《つ》まむ。

「え、ええと………う、分かりました」

まだまだ初心《うぶ》な彼女は、明らかにたじろいでいたものの、前言を撤回する気はないようだった。きゅっと唇を結んで、ボタンに手をかける。

部屋は暗くても向けられる視線をしっかりと感じているのか、手が震えて上手く外せないようだ。何度も失敗しては、じれったいほどゆっくりと前を開いていく。

やがて細く開いた隙間からなめらかな素肌が覗く。淡く小麦色になった腕とは違い、まるで陽に当たっていない胸は驚くほど白い。

大きすぎず形のいい胸は、今夜初めて見たわけではないのに、メリッサ自身の手で露《あら》わにされていると思うと妙にいやらしく見える。

ようやくボタンを全て外し終えると、メリッサはチラリとこちらを見上げた。

バジルが視線で次の行動を催促《さいそく》すると、彼女は短く息を呑み、目を瞑《つむ》って肩から衣服を落とした。残るのは秘所を隠す下穿《したば》きだけ。メリッサは両手の腕を交差して胸を隠し、縋《すが》るようにもう一度見上げてくる。

「バジルさん……？」

震える声が、もうこれで許してくれと言外に訴えていた。目の端にはうっすらと涙まで浮かんでいる。

「上出来ですよ……想像以上でした」

いつの間にかすっかり見惚《みと》れていたバジルは、情欲に掠《かす》れた声で告げた。

性交に関するこだわりが非常に強いラミアは、基本的には半身を蛇にした状態で交わることを好み、今のバジルのように人間の姿で欲情することはまず有り得ない。

なのにメリッサを愛撫《あいぶ》しているると、まるでバジルの方が強烈な媚薬《びやく》を盛られているかのように、耐え難い欲情がせり上がってくるのだ。しかもそれは日に日に強くなっていく。

バジルはメリッサの手首を一纏《ひとまと》めに掴んで胸から外す。触れられてもいない先端は、もう赤みを増してツンと上向いていた。

「脱ぐところを見られて、興奮しました？」

「違……っ！」

「おや、本当ですか？」

バジルはクスクスと笑い、彼女の手を自分の肩に置くと、膝立ちになるよう促《うなが》した。

そうして柔らかな胸元に顔を寄せ、硬く膨《ふく》らんだ乳首に息を吹きかける。するとメリッサがビクンと身を震わせた。ラミアは嗅覚《きゅうかく》が非常に優れており、バジルはメリッサの身体が発する発情の香りを、ちゃんと嗅《か》ぎ取っていた。

ますます色づいた胸の突起を口に含む。その瞬間メリッサが短く息を呑む音が聞こえた。強く吸い上げてから舌で転がし、唇の合間に挟んで締め付けては、それが弾力を増していく様子を楽しむ。

「ん、ん……んんっ」

力加減に気をつけながら甘噛《あまが》みすると、メリッサの口から押し殺しそこねた声が漏れ、バジルの中の雄をいっそう煽《あお》る。

バジルは両方の胸を交互に攻めたててから、ヒクヒクと震えるメリッサの首筋に唇を寄せた。

このまま吸いつきたいのは山々だが、外から見える場所に情事の痕跡を付けるのは、さすがに憚《はばか》られた。メリッサの身体を慣らすのが目的なのに、毎度夢中になってしまいメリッサを困らせているのだ。昼間までメリッサを困らせたくない。

鎖骨の下まで唇を滑らせてから、思う存分肌を吸い上げて、赤い痕をいくつも刻む。

「こちらも、こんなにして……」

丸い尻の膨らみをなぞり、白い清楚な下穿《したば》きの中心を指先で押さえると、じゅわりと湿り気が広がった。

「あ……」

メリッサは泣き出しそうな声を出し、バジルの首筋に顔を埋めていやいやと首を振る。

柔らかな栗色の髪が揺れて、頬をくすぐった。

かまわず薄布の隙間から秘所へと指をもぐりこませ、ぬるついた小さな花弁を指で挟んで擦《こす》り上げる。ニチャニチャと卑猥《ひわい》な感触の柔肉を弄《もてあそ》びながら、真っ赤に染まったメリッサの耳朶《じだ》を優しく噛《か》んだ。

一昨日よりも、昨日よりも、もっと艶《つや》やかな声を聞きたい。バジルの与える快楽にむせび泣き、前後不覚になるほど乱れて縋《すが》りつく姿が見たい。

煽《あお》ってきたのは彼女なのだから、責任を取ってもらおう。

「私も楽しませてくれるのでしょう？　もっと感じて、可愛い声でたくさん啼《な》いてください。メリッサが感じるほど、私は興奮します」

空いている手で尻たぶを掴み、メリッサが腰を引けないように固定する。そうして柔らかな丸みを揉みつつ、今度は花芽の包皮を剥《む》き、ぷくりと硬くなった赤い中身を指の腹で捏《こ》ね回した。

「あ、あ、あぁっ！　そんな……ん、ああっ!!」

メリッサはバジルの肩にしがみつき、中腰のままガクガクと脚を震わせる。軽く達したのか、花弁がひくひくと蠢《うごめ》き、トプリと濃い蜜が溢《あふ》れ落ちた。

じっとり重くなった下着の紐を解いて剥《は》ぎ取ると、濡《ぬ》れそぼった下着と秘所を、愛液の細い糸が繋いだ。

下着を脇に置き、バジルはまたも火照《ほて》った秘裂をなぞると、ひくついている膣孔を探り当てた。花弁を押し広げ、グチュリと音をたてて指を一本、根元まで深く埋め込む。

「ああっ！　う……く、ふっ……あ、あ……」

しがみつくメリッサの手に力が入り、いっそう艶《なま》めかしくなった声が漏れる。もう一本指を増やしても、蕩《とろ》けた秘所はそれを柔軟に咥《くわ》えこみ、熱くて狭い媚肉《びにく》はウネウネと蠢きながら締めつけてくる。

いやらしく指に吸い付いてくるその感触に耐え切れずそのまま熱い蜜壷をかき回すと、滴《したた》る愛液がトロリとメリッサの太腿《ふともも》を伝い、流れ落ちていく。

バジルはもう夢中になって濃さを増す蜜をかき出し続けた。

その間にも内側の敏感な部分を何度も刺激して絶頂を促《うなが》すと、ほどなくメリッサは高い嬌声《きょうせい》をあげてガクガクと腰を震わせた。

男の指を咥え込んだ秘所が大きく痙攣《けいれん》し、あまりの歓喜を訴えるかのようにいっそう蜜を溢れさせる。そしてさらに奥へ吸い込むように細かい蠕動《ぜんどう》を繰り返した。

「あ、あ、あ……」

メリッサは背を反らして、ビクッ、ビクッと何度か大きく身を震わせた後、くたりと脱力してバジルにもたれた。火照った彼女の肌は淡い薔薇色《ばらいろ》に染まり、しっとりと汗を滲《にじ》ませて、シャツ越しに触れるバジルの身体までも温める。

身体を震わせるたびに、硬く上向いた乳首がシャツに擦《こす》れるのですら感じてしまうらしく、小刻みに何度も喘《あえ》いでいる。

「あ……バジル、さ……」

掠《かす》れた小さな声で呼ばれ、バジルはクラリと眩暈《めまい》を覚えた。

衝動的にメリッサを組み伏せ、膝裏に手をかけて胸につくほどに彼女の身体を折り曲げる。

そして彼女の秘所に顔を埋めると、熱い媚肉《びにく》に舌を這《は》わせる。

「ひっ!?　あ……ふ、ぁあ、あああ!!」

メリッサが腰を引いて逃げようとするがそれを許さず、感じやすい花芽を摘《つ》まんで蜜まみれの花弁にしゃぶりついた。濡壁の中に舌をこじ入れ、唾液を染みこませていく。

押さえた腿がビクビクと跳ね、メリッサは嗚咽《おえつ》のような喘ぎを漏らしながら、栗色の髪を振り乱してのたうつ。

淫靡《いんび》に愛らしく乱れる姿が、堪《たま》らなかった。

——今すぐにでも、メリッサの身体を全て開いて、貪《むさぼ》りたい。

強烈な欲求が鎌首《かまくび》をもたげ、気づけば己《おのれ》の両脚が長い蛇の尾に変わっていた。メリッサの脚を離し、寝台の上で蛇尾をズルリと動かすと、バジルは伸び上がって彼女と顔を合わせる。

「ふ、ぁ……っ!?」

半ば意識が混濁《こんだく》していたメリッサは、何が起きているのか分からないようだ。

しかし気遣ってやる余裕もなく、そのまま噛《か》みつくように唇を奪った。頬を掴んで口を開かせ、呼吸すら呑み込む勢いで口内を蹂躙《じゅうりん》する。

ちゅくちゅくと音を立てて粘膜をすり合わせ、口蓋を嬲《なぶ》り、小さな舌を捕らえて吸い上げる。無意識にか、小さな舌が愛撫《あいぶ》に応《こた》えようとしてたどたどしく動く。それが余計にバジルを恍惚《こうこつ》とさせた。

「ん……く、んんっ……ふ、ぅ……」

思う存分貪り、ようやく唇を離すと、苦しげに喘いでいたメリッサが、潤《うる》んだ瞳をぼんやりと周りに巡らせた。

自分の身体を、長い金色の蛇尾がグルリと囲んでいるのに気づいたようだ。

「すみません……メリッサがあまりにも可愛らしくて、人型をとっていられなくなりました」

彼女の首の後ろに腕を回して抱きかかえたまま、バジルはばつの悪い気分で白状した。

いずれ交わる時は半身を蛇にするのだし、普段からメリッサがこの姿を不快に思っている様子は見られない。それでも人間である彼女への礼儀として、せめて慣らしの期間中は人型で通そうと思ったのに、ついに我慢できなくなってしまったのだ。

とはいえ、大事な部分だけは急いで告げる。

「もちろん、慣らしの途中で無理に抱くことは決してしませんから、安心してください」

こればかりは断固として誓う。

メリッサを渇望《かつぼう》してはいるが、彼女の安全より自分の欲望を優先させるくらいなら、自分の尾で自分を締め上げるつもりでいる。

「は、い……」

メリッサがコクンと頷いてくれたことに、バジルは心底ほっとした。

ただ困ったことに、興奮しすぎてしまったせいで蛇尾を人間の脚に戻せそうにない。

「メリッサ……この姿で愛撫《あいぶ》を続けてもいいですか？」

念のため尋ねると、メリッサが不思議そうにバジルを見上げてきた。

「バジルさんの、しっぽ……きれいで……すき、ですよ？」

口の中が痺《しび》れ切っているのか、やや舌足らずな声で紡がれた言葉に、またしても心をわし掴みにされた。

「っ……本当に、メリッサは……」

バジルは呻《うめ》き、理性を焼き焦がしそうな欲情を懸命に堪《こら》える。

そして、疼《うず》いて堪《たま》らない蛇尾を柔らかなメリッサの裸身に絡ませ、さらに執拗《しつよう》で激しい愛撫を再開した。


「――これでよし！」

マルシェを明日に控えた夕暮れ。

メリッサは荷馬車に積み込んだ商品を入念に確認し、覆《おお》いをかけた。つい大きな声になってしまったのは、初めて祖父なしで挑むマルシェへの不安を振り払おうとしてだ。

納屋《なや》の一角では、近くの農家から借りてきた一頭の牡《おす》の馬が、飼い葉桶から大人しくカラス麦を食べている。

城下町までは歩いてでも行ける距離だが、さすがにマルシェへ出す大荷物を持っては行けない。

薬草園《ハーブガーデン》には荷馬車こそあったが、馬を飼うには手間がかかるので、必要な時だけこうして借りてくるのだ。

馬はこの薬草園の馴染《なじ》みであるため、不安そうにいななくこともない。

傾いた夕陽が、納屋にオレンジ色の光を投げかけていた。

（いよいよ、明日……）

募《つの》る不安に鼓動が速まる。だがここ数日、夕暮れが近付くにつれてメリッサの鼓動が速まる原因はもう一つあった。

メリッサは、傍らで鋤《すき》や鍬《くわ》などを手早く片付けているバジルの背をそっと横目で眺める。

慣らしの三日目の夜、途中で脚を蛇尾に変えてしまったバジルはとても気まずそうな様子だったが、メリッサは特に気にならなかった。

バジルがラミアであることを改めて実感はしたが、彼ならどんな姿でも愛しい。だから、彼が本来の姿である蛇尾の方が楽だというのなら、遠慮せずにそのままでいてほしい。次の日の朝、かなりの勇気を必要としたが、メリッサは彼にそう告げた。

それからの四日間、彼は寝台の上で蛇の半身をとるようになったものの、約束通り慣らしを途中で切り上げることはなかった。

本来なら今夜で慣らしを終えて、ようやくメリッサを抱くはずだったのだ。それを彼は、メリッサの都合を優先して我慢してくれている。

その優しさに感謝すると同時に、少し……いや、とても申し訳ない気分になっていた。

──暗い夜の寝室で、金の蛇尾がシーツの上を蠢《うごめ》く。

すでに今夜も、もう何度目かわからないほど舌や指でさんざん達《い》かされ、メリッサの裸身はしっとりと汗に濡《ぬ》れていた。

脱力した四肢をくたりと寝台に投げ出して、大きく喘《あえ》いでいるメリッサに、バジルがそっと覆《おお》いかぶさる。

生の体温を取り戻した彼の肌には無数の傷痕が浮いているし、その半身は長大な蛇の尾となっている。ただきっちりと衣服を着ているのは相変わらずで、せいぜいシャツのボタンを一つ外しているだけだ。

「蕩《とろ》け切って……とても可愛い顔をしてくれますね」

メリッサの顎《あご》に手をかけて自分の方を向かせ、バジルは嬉しそうに目を細めた。左右の違う色の瞳の奥には、欲情の火が揺らいでいる。

唇が重なり、半開きになっていたメリッサの口内へ、ぬめる舌がたやすく潜《もぐ》り込んだ。呼吸をしていてもバジルの舌は最初少しヒンヤリとしている。だが、メリッサを愛撫《あいぶ》するにつれて徐々に熱を帯び、今はもう熱いくらいだ。

その温度に彼の欲情を感じ、快楽に蕩け切ったメリッサの頭の芯が、さらにジインと痺《しび》れた。ほとんど力の入らない両腕を震えながらも伸ばして、赤い傷痕の輪が浮く首に縋《すが》りつく。

「くふっ……ぅ……」

柔らかな舌で口蓋を舐められる感覚は、何度されてもゾクゾクとメリッサの背骨を疼《うず》かせる。重ねた唇の角度を変えると、混じり合った唾液が口の端から零《こぼ》れ落ちた。

髪の中に片手を差し込まれ、軽くかき上げられる。その穏やかで優しい行為に、身体中がゆるゆると蕩《とろ》けそうになる。

恍惚《こうこつ》としたまま口付けを貪《むさぼ》っていると、不意にズルリと蛇尾が動いて、メリッサの左の太腿《ふともも》に絡みつく。そしてそのまま大きく持ち上げられた。

「んんっ⁉」

今夜はもう終わりだと思っていたメリッサは、突然のことに目を見張った。

充血し切り、濃い桃色に染まった秘所はテラテラと蜜に塗《まみ》れ、太腿まで濡《ぬ》れている。ほころんだ花弁の奥で、膣孔までひくひく動いているのが自分でも分かり、羞恥《しゅうち》でいっそう目が潤《うる》んだ。

尾はしっかりとメリッサの太腿を絡めたまま、さらに動き続ける。すると縦に開かされた脚の合間を、金の鱗《うろこ》がザラリと撫《な》でた。

「ひぁっ！　あ、ああっ！」

途端に鮮烈な快楽が突き抜ける。仰《の》け反《ぞ》った拍子に重なっていた唇が離れ、唾液と共に艶《なま》めかしい嬌声《きょうせい》があがった。

続いて赤く膨《ふく》らんだ花芽から、ひくつく秘裂、後孔までをもざらついた尾にズリズリと撫でられ、メリッサは彼のシャツを握りしめたまま、胸を突き出すようにしてさらに大きく仰け反った。

ふるんと揺れた胸の先端を、そのままパクリと咥《くわ》えられる。そしてもう一方の膨らみを揉まれながら、ぷっくりと充血し切った乳首を舌で交互に転がされた。

「あ……くふっ、あ、あ、うぅ……」

毎晩、執拗《しつよう》に愛撫《あいぶ》を繰り返されるごとに、メリッサの身体は敏感になり、淫《みだ》らな刺激に歓喜を覚えるようになっていた。今夜も散々全身を嬲《なぶ》られた後であるため、そんなことをされると身震いするほど感じてしまう。

「もう少しだけ……感じて、気持ちよくなる姿を私に見せてください」

「んあっ、はぁ、あ、ひ……あ、あっ！」

乳首を甘く噛《か》まれ、メリッサは喉を震わせて濡れた声を放つ。

意識を半ば飛ばしながら、いつしか自分からも腰を動かして、疼き続ける秘所を蛇尾に擦《こす》りつけていた。下肢に絡む蛇の尾が動くたび、ヌチャヌチャという水音とともに断続的な淡い絶頂に襲われる。

感じすぎて苦しいほどなのに、どうしようもなく気持ちいい。

メリッサの動きに合わせて、強く押し付けられた蛇尾が大きく揺れた瞬間、メリッサの体内で一際激しく熱が弾けた。

メリッサは甲高い嬌声《きょうせい》をあげ、バジルにしがみつく。何度も身を震わせて、熱い吐息を零《こぼ》した。

そうするうちに、膣口から新たにトプリと大量の蜜が吐き出された。

「……可愛いメリッサを、もっとゆっくり楽しみたいですが、明日は早くに出発しなければなりませんからね」

そんな呟《つぶや》きが聞こえ、火照《ほて》った頬に何度も愛しげに口付けられる。それから耳元で低く囁《ささや》かれた。

「メリッサ……愛しています」

情欲の篭《こも》った声が、腰の奥にズクリと響く。

男心に疎《うと》いメリッサにも、彼が抱きたいのをかなり我慢していることが分かった。するとまだ若干残っていた本番への不安と恐れが、とろとろに溶けていく。

待たせてしまった分、明日の晩からは丸二日間だろうと三日だろうと、彼の望むように抱いてほしい。

メリッサの唇が、自然にほころんだ。

「……私も、愛してます」

6　マルシェの日

早朝。

メリッサは玄関の鍵をしっかりとかけて、綺麗な朝焼けの空を見上げた。

ブラウスの襟元には、祖母の形見であるオパールのブローチが留められている。これは祖父が結婚の時に祖母へ贈ったもので、メリッサにとっては二人に見守ってもらうためのお守りでもあった。

メリッサはブローチをぎゅっと握った。

「おじいちゃん……行ってきます」

薬草園《ハーブガーデン》に向かって挨拶《あいさつ》し、肩掛けポーチにギルドの会員証がちゃんと入っているのをもう一度確認した。そして両手でパンと頬を叩いて気合を入れ、荷馬車の御者台《ぎょしゃだい》で待っていたバジルの隣に飛び乗った。

バジルは今日も、黒ずくめの衣装にマフラーとマスクという、怪しげな紳士の服装だ。

「お待たせしました」

黒い中折れ帽の奥で、二色の瞳が優しげに細められた。彼が軽く手綱《たづな》を動かすと、大柄だが大人しい葦毛《あしげ》の馬は、ゆっくりと馬車を引き始める。

軽快な音をたてる馬車に揺られながら、メリッサはふと彼の革靴に目をやった。

「バジルさん。今日もついてきてもらって、本当に良かったんですか？」

城下町には以前も一度行ったが、あの時はほんの数時間で帰った。だが、今日は早朝の出発になる上に、帰りも遅くなるかもしれない。

というのも昨日の郵便で、製薬ギルドの幹部コジモから手紙が届いたからだ。例の頼みたい仕事の詳細が決まったので、マルシェが終わったらギルドの支部へ来てほしいと書かれていた。

マルシェはいつも昼過ぎには終わるものの、コジモの用件が何時に終わるかは分からない。……つまりいつ靴を脱げるか分からない。

それに、マルシェにはたくさんのお客が来るし、ラミアの行商人もいるから、バジルの正体がもし誰かにバレてしまったら……と心配だった。

「ご心配なく。それに……私が行かなければ、マルシェにはエラルド君がついて行くことになりそうですしね」

「え？　なんで知ってるんですか？」

マスクの内側からボソボソと聞こえてきた言葉に、メリッサは驚いた。

昨日、メリッサが農家へ馬を借りに行った時、たまたま帰り道でエラルドの馬車とすれ違い、すごい勢いで呼び止められたのだ。

バジルを病人と思っているエラルドは、明日のマルシェの手伝いは自分がすると申し出てくれた。

親切な幼なじみの気持ちはありがたかったし、バジルに無理して革靴を履かせて連れ歩くよりは……と、一瞬承諾しかけたが、前からバジルにマルシェには絶対に自分が行くと言われていたことを思い出し、悩んだ末に断ったのだ。

それでもエラルドはなぜか絶対行くと主張し続け、どうしてもダメなら理由を言えと詰め寄ってきた。そこでメリッサは、エラルドをほとんど振り切るようにして逃げ帰る羽目になったのだった。

「……やはり。危ないところでした」

その一部始終を聞いたバジルは、ボソッと呟《つぶや》く。

「そりゃバジルさんから見れば、私もエラルドも頼りないかもしれないですけど……」

「いえ。そうではなくてですね……」

首をかしげたメリッサをチラッと見てバジルは何か言いかけたが、すぐにまた前を向いてしまった。

「とにかく私は、メリッサと出かけるためなら、靴下を二重に履いた上に、膝丈のブーツを合わせてもかまいません」

キッパリとそう言ったバジルだが、ふとその状況を想像したらしく、ブルッと身震いをした。それを見てあやうくメリッサは噴き出しそうになる。

そうしているうちに、青々と輝き始めた空のように、ようやくメリッサの気分も晴れてきた。

いつも御者台《ぎょしゃだい》に座って、メリッサを町まで連れていってくれた祖父は、呆気なくあの空の上へ行ってしまったけれど、最後に蛇王さまとの最高の出会いを用意してくれたのだ。

メリッサたちが広場に到着すると、すでに多くの出店者がそれぞれのテントに商品を並べ始めていた。

広場では入り口にいる係員が、出店者の名前を聞いて名簿を見つつ割り当てられた場所を教えてくれる。

メリッサも自分の出店場所を教えてもらい、さっそくバジルと荷馬車から商品を降ろし始めた。ちなみに空《から》になった荷馬車は、夕暮れまで広場で馬ごと預かってもらえる。

出店者は特に農家が多く、新鮮な野菜や果物、乳製品、肉類などが店先に並ぶ。他にも衣類や手工芸品を売る者もあり、また売り手も人間だけではなかった。

見れば赤い蛇尾をくるりと巻いたラミアの女性が、干した海産物を並べ、その隣では鮮やかな色彩の翼を持つ鳥人《ハーピー》の男女が二人、羽根と鉱石ビーズで造った魔道具を飾りつけていた。さらにその隣に店を出すのは、妖艶《ようえん》なドレスを纏《まと》った蜘蛛女《アラクネ》だ。

蜘蛛女たちは体内で伸縮性に富んだ特殊な織り糸を作り出すことができ、天性のファッションデザイナーでもある。店先には、セクシーな水着や衣服が所狭しと並んでいた。

ラミアの国と縁の深いトラソル王国では、魔物の中でも特に危険視されている人狼《じんろう》と吸血鬼だけが討伐対象となっている。他の魔物は、税を払ってさえいれば町で商売をすることも家を持つことも認められるが、実際のところ理念と現実は一致しない。

魔物が店を出そうとしても、なんだかんだと言って役所は許可を出さず、せいぜい裏通りでひっそりと営むか、行商のような形をとるしかない。もっとも友好的にしているはずのラミアでさえも、表通りに店を構えるとなると、いい顔をされないのだ。

それというのも魔物による犯罪が非常に多いせいなのだが、彼らが犯罪に走るのは大半は種族差別による生活苦からであり……

そんな不条理を抱えつつも、人と魔物は逞《たくま》しく日々を生き、世界の歯車は回っていく。

今日のマルシェに出店する者たちも、人や魔物関係なく手を動かしながら親しい相手に挨拶《あいさつ》し、天気が良くて良かったと喜び合っていた。雨でもマルシェは開かれるが、品物はダメになりやすいし客足も断然少なくなってしまう。

「――乾燥ミントを二百グラムと、薔薇《ばら》ジャム一瓶ですね。ありがとうございます」

メリッサは笑顔で客に商品を手渡し、すぐに次の客に向き直った。

次から次へと客がやってきて、休んでいる暇などとてもない。

バジルは後ろで、注文されるハーブを手早く計っては袋に詰めている。

何しろ、顔まで覆《おお》った怪しい黒ずくめの紳士は、接客には到底向かない。もちろん後ろにいても怪しいことには変わりないが、黙々と作業をこなすバジルからはすっかり気配というものが消えているようだ。客も周囲の店の人たちも特に気にすることなく、品物やお金をやり取りしている。

メリッサのところに来る客には以前からのお得意様も多く、今日初めて祖父が亡くなったと知って驚く人もいれば、メリッサが無事に後を継いだことをすでに知っていて、祝いの品を持ってきてくれた人もいた。

賑《にぎ》やかで目の回りそうな忙しさが続いたマルシェも、午後になると客足が激減する。

この頃になると品物を売りつくした店が後片付けを始める。メリッサもお使いに来た小さな姉弟に、最後のジャム瓶を手渡した。

「はい。これはおまけ」

ちょうど二つ残っていたミントキャンディーも一緒に渡すと、まだ七歳くらいの弟は、前歯の抜けた口で嬉しそうに笑った。

「これ、大好き！」

「ほら、ちゃんとお礼を言わなきゃ」

少しだけ年上らしいお姉ちゃんが、しかつめらしい表情を作って弟をたしなめる。

「おねーさん、ありがとう！」

二人は声を揃えて元気よく言うと、手を繋いで帰っていった。

メリッサは可愛らしい最後のお客さんを見送ってから、ホッと息を吐く。ずっとお客さんの相手をして喋り通しだったから、喉がヒリヒリする。それでもなんとも言えぬ充足感が全身に広がって、とても幸せな気分だ。

「お疲れさまでした」

ハンカチで額の汗を拭っていると、バジルが水筒を手渡してくれた。水筒の中身は、もう随分と生ぬるくなってしまっていたが、ヒリつく喉にとても心地好い。

「片付けは引き受けますから、少し休んでいてください」

そう言ったバジルは、すでにテキパキと空《から》の木箱を積み重ねている途中だった。よく見れば、もう裏方は大方片付いており、マルシェが初体験とは信じがたい手際の良さだ。

「あ、でも……」

代表者なら片付けまで自分でやるべきと思い木箱を持とうとすると、ヒョイと先に取り上げられた。

「ご遠慮なく。メリッサを休ませるのは、私の都合ですから」

「バジルさんの？」

キョトンとして聞き返すと、にこやかに目を細めた彼が耳元で囁《ささや》いてくる。

「メリッサがくたびれ切っていては、さすがに手を出しにくいです」

――都合というか、下心っ!!

「……え〜と、じゃぁ、はい……お願いします」

休暇を取るのも計画的っぽかったが、こんなところまで計画的なのか……と、メリッサは若干呆れつつも頬を染める。

「それならちょっと早めですけど、製薬ギルドに行ってもいいですか？」

「ええ、どうぞ。メリッサがギルドに行っている間に、私も少し寄りたい店がありますので」

「え？　そうなんですか」

彼に目的の店があるというのは初耳だったが、考えてみればバジルにだってたまには買いたいものくらいあるだろう。

「互いに用事を済ませてから、預けた馬車のところに集まるということでどうでしょうか？」

「分かりました。では行ってきます」

頷いたメリッサは、バジルに見送られ広場を後にした。

広場を出て目抜《めぬ》き通りを進むと、そこにはマルシェのテントではない、ちゃんとした店が立ち並んでいる。

賑《にぎ》やかな通りを歩くうちに、メリッサのお腹がクゥと小さく鳴った。そういえば家を出てから口にしたのは、さっきの水だけだ。

バジルが片付けを引き受けてくれた分、時間に余裕ができたので、メリッサは手近なカフェに入って、パンと紅茶の軽食を注文した。

今日はマルシェの日だけあってカフェも混んでいたが、通りに面したテラス席の隅っこに、なんとか一つ空席を見つけた。思っていた以上に疲れていたらしく、椅子に座ると、途端に根が生えたように動けなくなってしまった。

(はぁ……バジルさんが来てくれて助かった……)

今日のマルシェは今までになく大盛況だった。それでも次々に入る注文をバジルが正確に聞き取り、素早く品物を用意してくれたから、無事にこなせたのだ。

メリッサ一人では、客たちを長く待たせてしまったことだろう。

(試験には合格しても、やっぱり私は、まだ半人前だなぁ)

硬いパンを紅茶に浸《ひた》して口に押し込みながら、メリッサは一人反省会をする。

何気なく視線を巡らせると、ちょうど近くの席に座っているラミアの男女の姿が目に飛び込んできた。男の蛇尾は茶色のひし形模様で、女の方は鮮やかな黄緑色だ。

キリシアム風のチュニックを着た二人は、楽しそうに談笑しながらテーブルの下で二本の蛇尾を絡ませている。

いかにも仲睦《なかむつ》まじいラミアのカップルに、思わず見入ってしまいそうになり、メリッサは慌《あわ》てて視線を逸《そ》らす。そして急いで残りのパンを呑み込んで店を出た。

(こんなこと……考えても仕方ないよ……)

製薬ギルドへの道を脇目も振らずに歩きながら、メリッサは自分に言い聞かせる。

もしバジルの相手がれっきとしたラミアの女性だったら——彼は一週間も辛抱する必要などなかったのだ。そう思うと、どうしてもいたたまれない気分になる。

それに、幸せそうに尾を絡ませていたラミアたちの姿を見てしまった今は、もしラミアではないメリッサを抱いてバジルが満足できなかったら、という不安まで湧き上がってくる。

——結局のところ自分は、薬草園《ハーブガーデン》に関してもバジルに関しても、決定的な自信を持てないのだ。

マルシェでの充足感は消え去ってしまい、メリッサは疲れだけが残った足取りで、トボトボと石畳の道を歩いた。


「——やぁ、待っていたよ。メリッサ」

ギルドに着いたメリッサが、先日のように執務室に入ると、コジモは上機嫌で出迎えてくれた。

「早速だが、まずは一緒に伯爵さまの城へ行ってもらう」

そう言うと彼は、さっさと外出用のマントと帽子を身に付け始めた。

「お城に……？」

メリッサは驚いて、つい聞き返してしまった。

ギルドから斡旋《あっせん》される仕事は大概何かの栽培だし、コジモも先日『栽培の難しい植物』と言っていたので、てっきりここかギルドの工房で、対象となる植物を渡されるとばかり思っていたのだ。

その疑問を察したらしく、コジモは鷹揚《おうよう》に頷いた。

「実は、君に頼みたい仕事というのは、伯爵家直々の依頼なのだよ。大変名誉なことなのだから、こちらからクラウディオさまにご挨拶《あいさつ》へ行こう」

「え……」

コジモの口から出た名に、メリッサは再び驚く。幼い頃、伯爵家で一度だけ見かけた、金髪の少年の不貞腐《ふてくさ》れた顔が頭を過《よ》ぎった。

「何かまずいかね？」

「いえ、ただ……マルシェの後なので、今日は広場に馬車を預けてありまして……」

何とはなしに不安を覚え、メリッサは言葉を探す。

「ああ、確か預かりは夕方までだったね。問題ないよ。ここから使いを出して引き取りに行かせよう。預かり証を渡してくれるかね」

片手を差し出したコジモに、メリッサは慌《あわ》てて首を振った。

「馬車の預かり証は、一緒に来た連れが持っているのです。それで広場で待ち合わせをしていて……」

そう告げると、一瞬、コジモの細い目がレンズの奥で鋭く光ったような気がした。

「……ほう？　トリスタ薬草園《ハーブガーデン》は君一人だと思っていたが、誰か雇ったのかね？」

「い、いいえ、雇ったのでは……。休暇で滞在している、亡き祖父の友人なのです」

心なしかやや低くなったコジモの声に、メリッサはしどろもどろに返事をする。

彼はすぐに表情を和《なご》やかなものにすると、安心しろとばかりにメリッサの肩を軽く叩いた。

「そうか。では、君は僕が責任を持って家に送り届けるから、お連れさんへは先に帰ってもらうよう使いを出そう。もし行き違いになってお連れさんが迎えに来ても、ここの番兵に事情を伝えておけば、問題はないだろう？」

声の調子も優しいものに戻っていたが、反論を許さぬ勢いで一気にたたみかけられて、メリッサはたじたじとなる。

「は、はい……」

ためらいながら頷くと、コジモはふと表情を曇らせた。そして声を潜《ひそ》めて、メリッサに囁《ささや》きかける。

「……これは内密にしてほしいのだが、伯爵さまは風邪をこじらせて、かなり容態が悪化しておられるのだよ」

「え!?」

思わず驚愕《きょうがく》の声をあげてしまい、メリッサは慌《あわ》てて自分の口を手で押さえた。

マルシェでも、伯爵が体調を崩しているらしいという噂を小耳に挟んで心配していたが、まさかその話題がこんなところで出るとは思わなかった。

「伯爵さまは、そんなにお悪いのですか?」

メリッサも震える声を潜めながら尋ねると、コジモは痛ましげな顔で頷いた。

「何しろ、かなりのお歳だ。もう起き上がるのも難しい。王都からクラウディオさまが帰ってこられたので、領地の相続については安泰だが……」

「それで、クラウディオさまが……」

どうしていつものように伯爵ではなく、その息子のもとに行くのか不思議だったが、メリッサはようやく納得した。

同時に、あの優しい伯爵さまが伏せっている姿を想像してしまい、膝がガクガクと震えてくる。

そんなメリッサを宥《なだ》めるように、コジモは囁きかけた。

「聞けば君は、子供の頃から伯爵さまに目をかけてもらっていたそうだね」

「は、はい……本当に、よくしていただいて……」

「伯爵さまは君に会いたいと、うわ言で何度も仰っているそうでね。主治医の許可が出たら、クラウディオさまにご挨拶《あいさつ》した後で、面会したらどうかと思うのだが……」

そう言われると、もうメリッサは居ても立ってもいられなくなってしまった。

伯爵家直々の栽培依頼など、確かに名誉なことだろう。しかしそれよりも何よりも、病床の伯爵さまがメリッサに会いたいと言ってくれているのだ。今すぐにでも城へ駆けていきたい。

「お願いします！　伯爵さまに会わせてください」

メリッサは深々と頭を下げた。

バジルには申し訳ないが、言付けをしてもらえるというし、大恩ある伯爵さまと会えるのは、これが最後かもしれないのだから。

「では、すぐに行こう」

コジモに促《うなが》され、メリッサも急ぎ足で支部を出て馬車に乗った。

伯爵の城は、支部から馬車で十分とかからない。

優美な蜂蜜色《はちみついろ》の城は、流れる川を背に、三方を高い石塀に囲まれ、前方には重厚な門がある。

メリッサがこの城に入ったのは随分久しぶりだが、主《あるじ》が病《やまい》に伏せっているせいか、城の雰囲気はどこか重苦しかった。番兵や使用人も表情が暗く、城全体がまるで枯れた花園のようだ。

コジモはクラウディオへの面会の旨を番兵に告げて門を通ると、慣れた様子でメリッサを連れてひっそりとした城内を歩き、奥まった一室の扉をノックした。

「クラウディオさま、コジモです」

ややあって、部屋の中から不機嫌そうな青年の声が聞こえた。

「お前か……入れ」

コジモが静かにノブを回し、扉を開ける。彼に視線で促され、メリッサもその後に続いて部屋に入った。

窓のステンドグラスが美しい、深緑のカーペットが敷かれたこの部屋は、確か伯爵の執務室だったはずだ。

しかし、オーク材のどっしりした執務机に腰掛けているのは、柔和《にゅうわ》な老伯爵さまではなく、金髪の青年だった。彼が、あの時の少年なのだろう。豪華な絹服を着て、顔立ちも相変わらず整ってはいたが、不機嫌そうに寄せた眉や少し歪《ゆが》んだ口元からはどことなく傲慢《ごうまん》そうな印象を受けた。

伯爵さまには少しも似ていないとメリッサが思うのと同時に、クラウディオがフンと鼻を鳴らした。

「お前がコジモの推薦する栽培師か。ま、田舎娘にしては見られる方だな」

机に片肘をつき、値踏みするようにジロジロと眺めてくる青年に、メリッサは内心ムッとした。

(感じ悪い！　やっぱり、伯爵さまには全然似てないわ)

しかしクラウディオは、メリッサを不愉快にさせたことなど気付きもせず、コジモに尊大な口調で話しかける。

「おい、こんな小娘で大丈夫なのか？　確か育てるのが難しいと言っていただろう」

「ご安心ください。彼女の腕前は実に優れたものです」

コジモは淡々と返答し、傍らのメリッサに微笑みかけた。

「メリッサ、君なら僕の信頼に応《こた》えてくれるはずだ。今から君に育ててほしい種を見せよう」

——そして数分後。

メリッサは声も出せずに、立ち尽くしていた。

「返事はどうした。俺の言ったことが聞こえなかったか？」

無言で机の上を凝視《ぎょうし》しているメリッサに、クラウディオが不愉快そうな声を投げかけた。

「……ほら、メリッサ」

メリッサがなおも黙っていると、コジモから肘で軽く腕を小突かれた。あまりのショックに呆然としていたメリッサはたったそれだけでよろめきそうになり、慌《あわ》てて床を踏みしめる。

「……その……もしかしてこれは、試験のやり直しですか？」

縋《すが》るように目の前の二人を見比べたメリッサを、クラウディオが呆れたように睨《にら》みつけた。

「やっと口をきいたと思ったら、試験だと？　お前は頭がおかしいのか？」

「で、ですが……」

メリッサはゴクリと唾を呑み、執務机の上に視線を戻した。クラウディオが嗜《たしな》むと思われる高価そうなワインの瓶と磨かれたグラスの横に、小さな布が何枚か広げられている。

そしてその一枚一枚に、違った種が置かれていた。それらは全て、ギルドで固く栽培を禁止されている、危険な毒草の種ばかりだった。

「これをお前の薬草園《ハーブガーデン》で内密に育てろと、俺は言ったんだ。収穫量に応じて褒美は十分にやる。返事はどうした？」

端整な顔をしかめ、クラウディオが繰り返した。

冗談を言われているのでも試されているのでもないと、はっきり理解したメリッサは、傍らのコジモを振り仰《あお》ぐ。

「コジモさん！　どういうことですか⁉」

しかし、眼鏡《めがね》越しに返された視線は、冷ややかそのものだった。

「聞いた通りだよ。君はこの種を育て、収穫した薬草を高値で買い取ってもらう。ありふれた薬草よりも、よほど多くの金が手に入るだろう。何が不満かね？」

「お、お金の問題じゃありません！　ご存知のはずでしょう⁉　これは全部、毒……っ‼」

最後まで言う前に、焼けるような痛みと衝撃が頬に走った。唐突に立ち上がったクラウディオが、メリッサの頬を思い切り叩いたのだ。メリッサはよろめき膝をつく。

「うるさい。これだから田舎者は」

「クラウディオさま、顔は目立ちますので……」

コジモは声を潜《ひそ》めて言うと、メリッサの傍らにしゃがみ、顔を覗き込んできた。

「すまなかったね。しかし、君も身分の高い方への振る舞いには、もっと気をつけるべきだ」

「……私を騙《だま》したんですか？　伯爵さまが病気だなんて言って……」

こみ上げてくる涙を必死に堪《こら》えて、メリッサは抗議する。

「まったくの嘘じゃない。口実にはしたが、伯爵さまがご病気なのも、時折うわ言で、君に会いたいと言っているのも本当だ」

「だったら、すぐに伯爵さまに会わせてください。そして私は歩いて帰ります」

もう一秒たりともコジモの顔を見ていたくない。そう思って顔を背《そむ》けたが、前髪を掴まれて無理やりそちらを向かされた。

「こうして話してしまった以上、いい返事を貰うまで部屋から出すわけにはいかないのだよ。メリッサ、頼むから僕を失望させないでほしいのだが」

「……私の方は、もう十分すぎるほど貴方《あなた》に失望しました」

メリッサは痛みに顔をしかめながら、コジモを睨《にら》んだ。怒りと悔しさで、頭がおかしくなりそうだ。

しかし精一杯の侮蔑《ぶべつ》を込めて睨《にら》んでも、製薬ギルドにおける最も大事な心得と、メリッサの信頼を裏切った男は平然としていた。

「この毒草たちは、王都の裏ルートではとても高値がつく。単に禁止薬物というだけでなく、デリケートで栽培が難しいからね。しかし、君ならきっと見事に育てられるはずだ」

「お断りします！　おじいちゃんの大事な薬草園《ハーブガーデン》を汚《けが》すような真似は、絶対にできません！」

目も眩《くら》みそうな怒りの中できっぱりと宣言すると、コジモの薄い唇の端がニィッと吊り上がった。

「では逆に、その大事な薬草園を守るためなら、何でもできるのではないかね？」

「……え？」

「君の資格を剥奪《はくだつ》して薬草園を潰すなど、僕にはとても簡単なことなのだよ。この種を君が持ってきて、クラウディオさまに売りつけようとしたと告発するだけで済む」

あっさりと言い放たれたセリフに、メリッサは耳を疑った。この部屋に入って、もう何度衝撃を受けたか分からない。

「未熟な少女が無理をして祖父の後を継いだはいいが、どうにも経営が立ち行かずに、つい禁制品に手を出したと……どこにでも転がっている話だよ」

「そ、そんな嘘、誰も……」

「試してみるかね？　十八歳の小娘と、ギルドで多くの実績を積んだ僕の、どちらが信用されるか」

自信に満ちた男の声が、耳の奥でワンワンと鳴り響く。言い返してやりたいのに、メリッサの舌は痺《しび》れたように動かない。

メリッサは試験を受けるには若すぎると、口々に言っていたギルド幹部たちの顔が脳裏に蘇《よみがえ》る。どんなにメリッサが身の潔白を訴えたところで、彼らはきっと同僚《コジモ》の方を信じるだろう。

黙りこくってしまったメリッサの肩に、コジモが優しげに手を置いた。

「こう考えてはどうだろう？　君は自分の技術を使い、お祖父さんの薬草園を大切に守るだけだ。しかも、育てた草が生む利益は伯爵家の力を大きくし、結果的にこの領地をも潤《うるお》すことになる。気に病むことは何もない」

「……私が言うことを聞いたら、薬草園は潰されないんですか？」

俯《うつむ》いたままメリッサが尋ねると、コジモは何度も深く頷く。

「そうだとも。メリッサ、君はとても優しく賢い子だね。ギルドの調査は僕が誤魔化してあげるし、薬草園にも毎年十分に報酬が払われるように取り計らおう」

「そう、ですか……」

メリッサがノロノロ立ち上がると、黙って見ていたクラウディオが噴き出した。

「そうして初めから、大人しく言うことを聞けば良かったんだ」

伯爵の息子は上機嫌で椅子に反《そ》っくり返り、視線で種を示す。

「さっさと取れ。その瞬間からお前も共犯者だ。後は、死にかけの親父に会うなり帰るなり、好きにすればいい」

「……」

ぼんやりと虚《うつ》ろな目で、メリッサは毒草の種を見つめる。

祖父はいつも、栽培師になるなら毒草だけは決して育ててはいけないと言い、メリッサにもそう約束させていた。

『メリッサ。俺は毒草が憎いわけじゃない。奴らだってな、自分の身を守るために毒を持っちまっただけなんだ。悪いのは草じゃない。金に目が眩《くら》んでそれを悪用するヤツだ』

繰り返しそう言っていた亡き祖父に、メリッサは心の中で叫んだ。

(おじいちゃん！　どうしたらいいの!?　おじいちゃんとの約束も破りたくないし、薬草園《ハーブガーデン》も潰したくないよ！)

——種を受け取り、この場だけの口約束をして逃げ、すぐにギルドの他の幹部に訴える？

駄目だ。毒草の種を持っている以上、それこそメリッサが不利になるだけだ。何を言ってもみんなコジモに丸め込まれてしまうだろう。

（……そうだ！　家に帰ったら全部捨てて、発芽に失敗したって言おう！）

名案だとハッと息を呑んだ途端、不意に耳元でコジモが囁《ささや》いた。

「そうそう……今日は薬草園まで送っていく約束だったね。せっかくだから、君がこの種を植えるところまで、見学させてもらうとしよう」

「え!?」

蒼白になったメリッサのすぐ前で、細い目がレンズ越しにニタニタと笑っている。

「確か、お祖父さまの友人が来ているのだろう？　君が私欲で動いていると誤解されては気の毒だ。その人にも、僕から事情を説明させてもらうよ」

「……バジルさんに？」

ドクンと、心臓が大きく鳴った。もしやバジルまで毒草栽培の共犯にしようというのだろうか。

だが彼なら、いくらコジモが自分に都合よく言い繕《つくろ》おうと、絶対にメリッサの本意ではないと信じてくれるはずだ。脅迫にも屈したりせず、親友の遺《のこ》した薬草園を守るために戦ってくれるだろう。

だって、彼はとても強い力を持っている。ギルドの一幹部や辺境の伯爵家など足元にも及ばない、不死の蛇王さまだ。

（でも……そうしたら、バジルさんは……）

蛇王としての彼に頼るということは、彼の正体を明かすということだ。

それに、バジルはみんなに頼られすぎて疲れ切ってしまったから、国を離れてメリッサの薬草園《ハーブガーデン》に来たのだ。そんな彼を、今度はメリッサが争いに巻き込んで助けてと頼るのか？

ずっとただのバジルとして、薬草園にいてほしいと頼んでおいて……人を見る目がなくて騙《だま》されたのは自分のせいなのに、都合のいい時だけ蛇王さまに戻って助けてくれと？

両腕を自分の身体に強く巻きつけても、ちっとも震えが収まらない。ガチガチと歯の根が鳴る。

「お、お願いです……秘密にしてください。あの人は、どんな事情があってもこんなことを許したりしません……すぐ……明日にでも、帰ってもらいますから……」

蚊の鳴くような声で訴えた。

バジルを巻き込まずに済む方法はたった一つ。

彼にすぐさま薬草園を去ってもらうことだ。そう、例えば、『よく考えたけれど、やっぱり結ばれる相手は同じ人間の方がいい』とでも嘘をついて……

バジルは怒ってメリッサを軽蔑するだろうが、こうすれば彼はどこか他の場所で、ひっそりと隠居を続けられるだろう。

そんなメリッサの様子を眺め、コジモが慰《なぐさ》めるように頷いた。

「分かった。そうしてあげよう。……ただし、もし栽培に失敗したら、責任を放棄したとみなして、やはりトリスタ薬草園はギルドから除名させるよ」

「あ……ぁ……」

途中まで育てて枯れさせようという案まで全て見透かされて、メリッサは酸欠の魚のように喘《あえ》ぐ。退路は全て絶たれた。

「さぁ、種を取りなさい。お祖父さん思いのメリッサは、丹精を込めて世話してくれるだろうね?」

コジモに促《うなが》され、メリッサは震えの収まらない手を伸ばす。

(ごめんね、おじいちゃん。私は弱いから、こうするしかないの……)

ぎゅっと口元を引き結び、大好きな祖父に詫《わ》びた。

オルディ・トリスタが相手だったら、最初からこんな話は持ちかけられなかったはずだ。メリッサだから、こんな風に足元を見られた。力のない自分が、悔しくて堪《たま》らない。

——おじいちゃんの、大事な宝物……守れなくて、ごめんなさい！

次の瞬間、メリッサは執務机の上にあったワインボトルの細い首を握り、男たちが止める間もなく思い切り机の天板に叩きつけた。

ワインボトルが砕け、流れ出した真紅の酒が、全ての種を浸《ひた》していく。この恐ろしくも繊細《せんさい》な種は、どれもアルコールに触れただけで死んでしまうのだ。

急いで部屋を飛び出そうとしたメリッサの肩を、クラウディオの大きな手がむんずと掴んだ。

「このっ……！　やってくれたな、バカ女が！」

そのまま強い力で腹を殴られ、息が詰まって胃液が逆流する。

咳《せ》き込んでのたうち回るメリッサの腹や背中に、硬い革靴が容赦なく蹴りを入れてくる。

「クラウディオさま！　どうぞ、それくらいに……」

「簡単に言いなりになる、気の弱い娘だと言ったのはお前だろうが！」

逃げたいのに、身体中が痛くて目も開けられない。手足を縮めて身体を丸めるのが精一杯だ。

（このまま……死んじゃうのかな……）

次第に感覚が麻痺《まひ》してきて、朦朧《もうろう》とする意識の中で、ふと思った。

それでも、初めて誰にも頼らず、自分で答えを選べた気がした。


（――遅いですね）

夕暮れの広場で、バジルはメリッサの姿を捜していた。思ったより目的の用事で時間を食ってしまったから、てっきり先に来ているかと思ったのに。

（メリッサが気に入ってくれるといいのですが……）

バジルは辺りを見回しながら、ポケットの中の小箱を握る。

トラソル王国では結婚時に、男性から女性に宝飾品を贈るそうだ。特に種類などは決まっておらず、指輪でも髪飾りでも何でもいいらしい。

国を出る時、金策用に念のため何粒か真珠を持ってきていたので、考えた末にそれを髪飾りにしてもらうことにした。

それで、先日この城下町で見かけた宝飾店に、メリッサに内緒で行ってきたのだ。

宝飾店のオーナーは人間だったが、細工師には九尾猫《ナインテール・キャット》の女性が雇われていた。

金属加工や鉱石ビーズの製作なら吸血鬼の右に出る種族はいないが、自分勝手で傲慢《ごうまん》な彼らは、人間のみならず他の魔物とも上手くやっていけない。

一方九尾猫は、吸血鬼には及ばないながらも手先が器用な種類で、人間ならば数週間かかる細工物も、一日程度で製作してしまう。

それに他種族との共存という点においては、彼らは吸血鬼よりもはるかに器用なのだ。

件《くだん》の細工師も、急に無理を言ったにもかかわらず愛想よく相談に乗ってくれ、たった数時間で美しい花の形をした髪飾りを造ってくれた。

真珠とプラチナでできた可憐な髪飾りはメリッサによく似合うと思うが、肝心の彼女がいなくてはどうにもならない。

夏の長い陽がしだいに傾き、広場の馬車は次々に引き揚げていく。ついに残っているのはバジルだけになってしまった。

もう広場の門を閉めると係員に告げられて、仕方なく馬車を出す。

以前認定証を受け取りに来た時にメリッサから、あの背の高い建物が製薬ギルドだと教えられていたから、バジルはそこへ向けてゆっくりと馬を歩かせた。

しかし、通りを行き交う人々の中にメリッサの姿を見つけられないまま、すぐに製薬ギルドに着いてしまった。

「……失礼。トリスタ薬草園《ハーブガーデン》の者ですが、メリッサ・フィオレンツァ・トリスタはこちらにまだおりますでしょうか？」

馬車を降りて二人の番兵に尋ねると、彼らはバジルを胡散臭《うさんくさ》そうに眺める。やがて片方の番兵が口を開いた。

「あの若い栽培師の娘さんなら、ここの幹部のコジモさんと馬車で顧客のところに行ったぞ。遅くなるかもしれんから、娘さんは後で薬草園まで送る、先に帰っていてくれ、だそうだ」

「顧客……それはどちらの方ですか？」

いぶかしげなバジルの声に、もう一人が肩をすくめる。

「そこまでは俺たちも知らんよ。もしトリスタ薬草園からの迎えが来たら、そう伝えろと言い付けられただけだ」

「……そうですか」

どうやらこれ以上は聞き出せそうにないと、バジルは軽く礼をして踵《きびす》を返した。

御者台《ぎょしゃだい》に乗り、とにかく馬車を預けられる場所を探すことにする。

番兵たちに嘘を言っている様子はない。なのに額と右目の下にある鱗《うろこ》がやけに疼《うず》き、ひたすら胸騒ぎがする。

虫の知らせと言うのか、まだ人間たちと戦っていた頃に、何度かこういう疼《うず》きを覚えた。そのたびに思わぬ襲撃を受けるなど、手痛い思いをしたものだ。顔の半分を焼かれたのも、この疼きの後である。

——このまま薬草園《ハーブガーデン》に戻ってしまったら、この先ずっと……死んでも永遠に後悔し続けるような気がする。

不安を胸に製薬ギルドを後にしたバジルは、馬車も預けられる大きな宿屋を見つけて、宿泊の申し込みをした。

だいたいどこの店に行っても、季節にそぐわぬ厚着をし、マスクで顔を覆《おお》い隠しているバジルは怪しまれる。宿の受付係にも不審そうな目を向けられたが、やむなく呼吸をしてからマスクをずらし、傷だらけの皮膚を少しだけ見せる。すると、『ああ、ひどい傷痕を隠したかったんですね』と勝手に納得してくれた。

二階の部屋に入り、バジルは窓から外を眺める。夕暮れが迫る町に、無数の灯が煌《きらめ》き始めているのが見えた。

田舎とはいえ、そこそこ大きなこの町で、闇雲《やみくも》に一人の少女を捜すというのは無謀だろう。

今日の訪問相手を、メリッサは随分と信頼しているようだった。試験を受ける際に世話になったそうで、話を聞いた限りではその男に不審な点はなかった。

メリッサは本当に、その人物とどこかの顧客のところで打ち合わせしているだけなのかもしれない。それどころか、とっくに薬草園への帰途に就いているのかも……

そう思うのに、バジルの鱗《うろこ》の疼きはひどくなる一方で、一秒ごとに不安が募《つの》っていく。

ついにバジルは足早に部屋を出て、階段を下りた。

ちょうど夕食時で食堂は賑《にぎ》わい、宿の従業員は調理や給仕に大忙しだ。宿には馬たちのための干し草小屋もあり、バジルがスルリとそこへ入って行くのは誰にも見られなかった。

薄暗い干し草小屋の中で顔を覆うマスクを外すと、喉からシューシューとかすかな音を流す。

すぐに、足元で干し草の束がわずかに揺れた。香りのいい干し草の中から、青黒い蛇がニョッキリと顔を突き出す。

町中で蛇を探すのはなかなか難しいが、やはりこういう場所なら、とバジルは安堵した。

《へ？　今、呼んだのはアンタかい？　アンタ、ラミアだろ？》

呼び出された蛇は、バジルの姿を認めると驚いたようだった。顔の鱗でラミアだと分かったのだろうが、普通のラミアは半身が蛇とはいえ、純粋な蛇語など話せない。こうやって蛇語を自在に話せるのは、バジルくらいだ。
バジルは蛇の前にしゃがみ、帽子を取って挨拶《あいさつ》をすると、またシューシューと喉を鳴らした。
《はい。突然お呼びたてして申し訳ありません。実は、火急で協力を仰《あお》ぎたいことがございまして》
《ほぉ、今からかみさんとメシを捕まえに行くところだったんだが、俺たちと話せるラミアなんざ珍しい。何か困ってるなら言ってみなよ、顔色の悪い旦那》
丁重な言葉に、青蛇は気を良くしたらしい。グルリととぐろを巻いて鎌首《かまくび》をもたげ、舌先をチロチロと蠢《うごめ》かせた。
《俺はこれでも、この町の蛇にはかなり顔が利くんだ。裏路地のゴミ溜めから伯爵さまのお城まで、親戚や義兄弟がどこにでもいるからな》
《それはありがたい。実は、一人の少女を捜していただきたいのですが……》
バジルが事情を話そうとした時、干し草がもう一度揺れた。
《あなた、誰かお客さんでも……？　まぁ！　蛇語が聞こえたと思ったのに》
今度はややほっそりとした青い雌蛇が現れ、バジルを見ると、黒いつぶらな目をパチパチとしばたたかせた。

蛇は視力があまり良くない。代わりに嗅覚《きゅうかく》が発達し、その細い舌で臭いを感知するのだが、この妻蛇は思い切り首を高く持ち上げて、じーっとバジルの顔を凝視《ぎょうし》した。
《おお、メシは少し待ってくれ。この顔色の悪い旦那が、俺に人捜しを頼みたいらしくてな。ラミアでも蛇語を話せるってんなら、力を貸してやらんわけには……》
頼られているところを妻に見せられて嬉しいのか、青蛇は得意そうに尾っぽの先を振って説明する。だが、妻蛇は夫には目もくれず、プルプルと震えながら叫んだ。
《そ、そそそそのお顔色に、一色の目……バジレイオス陛下ではございませんかーーーっ⁉》
《……この旦那が、蛇王さま？》
唖然《あぜん》とする夫蛇に、妻蛇が今にも噛《か》みつきそうな勢いで怒鳴った。
《あなた！　蛇語をお話しになるラミアといえば、蛇王さましかいらっしゃらないでしょう！　それを、顔色の悪い旦那なんて……っ！　まさか、それ以上の失礼はしなかったでしょうね⁉》
《わ、悪い！　うっかり忘れてたんだ！》
たじたじとする夫へ、妻は舌を伸ばして威嚇《いかく》する。そこでバジルは必死で止めに入った。
《奥さま、どうかお気になさらず！　今は休暇中でして、ご主人にはあくまで個人的な

お願いを……》
思いがけない妻蛇の反応に、バジルも驚いた。
ここはキリシアムではないし、そもそも普通の蛇はラミアほど蛇王に心酔しないので、もし正体がバレてもそれほど騒がれまいと思っていたのだ。
しかし妻蛇は、長細い身体をピンと伸ばして、ベタッとひれ伏す。
《私はここで生まれ育ちましたが、祖母はキリシアムからこの国に渡り、その母である曾祖母《そうそぼ》は、蛇王さまのお庭に住んでおりました。蛇語も話せる陛下は全ての蛇の王者だと、そのご容姿も何もかも、我が一族には言い伝えられております！》
妻蛇はキラキラと黒い瞳を輝かせてバジルを振り仰《あお》いだ。そして夫をぐいぐいと頭で押して、バジルの前に突き出す。
《まさかこのような遠い地で、蛇王さまにお会いできるとは……！　どなたかをお捜しになっているのでしたら、うちの夫にお任せくださいな！》
《ありがとうございます》
バジルは青蛇夫妻へ丁重にお辞儀をし、気を取り直してメリッサという少女を捜したい旨を話した。そして彼女が広場に忘れていったハンカチをポケットから取り出して、二匹に差し出す。

メリッサの容姿を説明するよりも、白地に可愛らしい金魚の模様が散ったこのハンカチで、彼女の匂いを覚えてもらう方が早い。

《――一時間で町中を捜索できますので、ここでお待ちください！》

バジルが首にメリッサのハンカチをキュッと巻きつけると、夫蛇は妻と共にニョロニョロと干し草小屋から這《は》い出ていった。

その尾を見送りながら、バジルは数十年前に、よくキリシアムで顔を合わせていた雌《めす》蛇《へび》を思い出した。

神殿の裏庭に巣を構え、自分のことをとても慕ってくれていた彼女は、裏庭でたくさんの卵を産み育てたが、ある日庭の隅で寿命を迎えていた。寂しさを胸に、その亡骸《なきがら》を土に埋めたことをはっきり覚えている。

あそこには蛇が多かったから、あの妻蛇が彼女の子孫かどうかは分からないが、バジルは干し草の山に腰掛け、不思議な縁《えにし》に二色の瞳を細めた。

7　メリッサ・トゥルー

「──痛むかね？　簡単に診《み》たが、骨に異状はないようだ」

目が覚めたメリッサの耳に、まず届いたのはコジモの声だった。

「う……？」

メリッサはできる限り首を捩《よじ》り、自分の置かれている状況を把握する。

どうやらここは、物置部屋のようだ。板張りの狭い部屋には小さな窓つきの扉が一つあるだけで、その窓から差し込むオレンジの光が、所狭しと詰め込まれた掃除用具やロープの束を照らしている。

さんざん蹴られた全身はひどく痛み、わずかに身じろぎするだけでも悲鳴をあげたくなるほどだ。

しかし、どのみちそれ以上身体を動かすこともできず、悲鳴も満足にあげられなかった。

メリッサは部屋の真ん中にある柱に、座った状態で縛りつけられていたからだ。両足首は揃えて縛られ、口には厚い布の猿轡《さるぐつわ》まで噛《か》まされている。

コジモは扉の前に立ち、ゆったりと腕組みをしてメリッサを見下ろしていた。激しい暴行を受けたせいで眩暈《めまい》がして、部屋全体がやけにゆらゆらと揺れている気がする。

メリッサは精一杯の嫌悪感を込めて、銀縁眼鏡《ぎんぶちめがね》の悪党を睨《にら》む。せめて怒りで心を奮い立たせなくては、恐怖に押しつぶされてしまいそうだ。

「メリッサ。王都に行ったことはあるかな？　君くらいの年頃なら、あそこに憧れるだろう？」

唐突に妙な質問を投げかけられ、メリッサは眉をひそめる。王都へ行ったことはなかったが、その華やかさを聞いて、うっとりと想像に浸《ひた》ったことくらいならある。だが、それと今の状況と、何の関係があるのか？

いぶかしむメリッサを見て、コジモが薄い唇の端を吊り上げる。

「幸せなことに君は、これから一生王都で暮らせるよ」

「うう⁉」

メリッサが呻《うめ》いた瞬間、またグラッと大きく床が揺れた。そしてようやく、この揺れは眩暈によるものではないと気づいた。

メリッサとて、町のお祭りで小船に乗った経験はある。これは船の揺れ……そして扉の小さな窓の向こうをよく見ると、沈みかけた夕陽に照らされているのは城の一角。ここは恐らく、伯爵家の船着場にある船の中だ。

「世の中には、表向きにできない趣味を持つ者も多くてね。毒草だけでなく、人間も十分に価値のある商品となるのだよ。特に君のような、健康で美しい少女ならば、買い手はいくらでも見つかる」

驚愕《きょうがく》に目を見開くメリッサへ、コジモはニタニタと言葉を続ける。

「自分が仕出かしたことには責任を取ってもらわなくてはね。その身体で、種の代金を弁償してもらおう」

そして悪党は、ふぅと溜め息をついた。

「まったく。クラウディオさまにも困ったものだ。死体や傷物《きずもの》になっては価値が激減するというのに。あのままでは君を殺しかねなかった。宥《なだ》めるのに苦労したよ」

命を助けてやったと間接的に言われても、メリッサには露《つゆ》ほどの感謝の気持ちも芽生えなかった。

痛む身体を必死で左右に捩《よじ》るが、柱の後ろで手首を縛り上げているロープは、ますます皮膚に食い込むだけだ。

「やめたまえ、手首が傷《いた》むよ。君も安泰な未来を望むなら、これ以上は自分の商品価値を落とさないことだ。運が良ければ、多少はマシな飼い主の愛玩具《あいがんぐ》になれるだろう」

コジモはせせら笑いながら、部屋を出ていく。扉に鍵をかける音はしなかったが、それも当然だ。拘束はとても解けそうにないし、船の中の人間は全てコジモと同類だろう。つまりお金のためならば、良心も人も平気で売り飛ばす者たちだ。

夕陽はもうほとんど沈み、物置部屋に差し込む光も消えかけている。耳を澄ませば、外からはチャプチャプという水音や、話し声らしきものが聞こえる。

会話は切れ切れにしか聞こえなかったが、やはりこれは王都へ向かう船で、積荷は公《おおやけ》にできない盗品や禁制品ばかりのようだ。普通の運搬船は夜間の出航が禁じられているため、この船も怪しまれないように、明日の朝一番で出るらしい。

「っ……」

メリッサは猿轡《さるぐつわ》の奥でしゃくり上げた。もう怒りで恐怖を誤魔化すのも限界だった。やたらに動かした手首は、擦《こす》れてジンジンと痛むばかりだ。

(バジルさん……助けて！)

怖くて怖くて堪《こら》え切れず、つい心の中で叫んでしまった。

コジモたちの依頼を拒否したことは後悔していない。バジルを頼らないと決めたことも同様だ。

バジルは何も知らずに、薬草園《ハーブガーデン》でメリッサの帰りを待っていることだろう。いや、もしかしたら、コジモが使いを出したというのも嘘かもしれない。

何であれ、メリッサがこんなところにいるなどバジルが知るはずもないし、助けに来ることもできはしない。

そんな風に絶望していたからこそ、声も出せない中、思う存分にバジルに助けを求めた。叶うはずがない、願うだけなら彼に迷惑かけることはないと分かっていたから……

(……え?)

突然、床板の一部がグニャリと歪《ゆが》んだ気がして、メリッサはしゃくり上げるのをやめた。涙で視界が揺らいでいるだけかと思ったが、よく見ればチロチロと赤い糸のようなものが生えている。

すっかり腫《は》れぼったくなった目をこらすと、床と同じ色をした細い蛇がくねくねと身をくねらせているのが目に入った。メリッサの小指ほどの太さのその蛇は、扉の下にあるわずかな隙間から入り込んできたのだろう。

毒を持たない種だと知っていたので、メリッサはさほど脅えなかった。この身動きできない状況では、腹を空かせて齧《かじ》りつこうとする凶暴なネズミの方がよほど恐ろしい。

小蛇はメリッサの近くまで来ると、鎌首《かまくび》をもたげてチロチロと舌を出す。そしてビクンッと頭を一振りすると、驚くほどの素早さで扉の隙間から這《は》い出て行った。

（……私を見てビックリしたのかな？）

おかしな蛇の仕草に、メリッサは一瞬だけ状況も忘れて首をかしげたが、すぐに大好きな金色の蛇尾を思い出して、また涙を流してしまった。


――夜の川面は墨《すみ》を流したように黒く、細い三日月の光を反射させて穏やかに波打つ。

そんな中、伯爵家専用の船着場には、一隻の小型貨物船が停泊していた。積荷目録には、薬草や果物などの名称がズラリと書き込まれ、伯爵家が使う運輸許可証も添えられている。

ただし本当に載っているのは、この領地のいくつかの薬草園で内密に作られた麻薬や毒草で、よく見れば船員もどことなく人相の悪い男ばかりだ。

暗い甲板では見張りを押しつけられた若手の船員が二人歩いていたが、ふとランプを手にした方の男が、物置部屋の扉をチラリと見て足を止めた。

「あの女、なかなか悪くない面《つら》してたよな」

「おい、手を出すなよ。あれも売り物だぞ」

相棒の悪いクセを知っているもう一方の船員は、たしなめると同時に、気絶していた少女の顔を思い出した。

化粧っ気もないし身なりも垢抜《あかぬ》けなかったが、確かに顔の造作や体型は悪くなかった。手をかけて磨けば、王都の裏オークションで高値がつきそうだ。

「挿《い》れなきゃいいだろ。ちょっと触るくらいなら、減るもんじゃねーしよ」

相棒の下卑《げび》たそそのかしに、止めようと思っていた船員の心も揺らいだ。

少女を柱に縛りつけた時、真っ白な内腿《うちもも》がわずかに見えたのだが、そこには明らかに情事によると思われる鬱血《うっけつ》がいくつも散っていたのだ。純情そうに見えたが、しっかり恋人と遊んでいたのだろう。あの偉そうなコジモも処女だと思っていたらしく、傷物《きずもの》では値が下がると落胆していた。

「……そうだな。少しくらいいいか」

欲望に負けた船員は頷いた。相棒の言う通り、触るくらいなら減りはしない。それに最初から傷物なら、つい気分が昂《たか》ぶって手を出してしまっても、それほど大事《おおごと》にはならないだろう。

だが隣の相棒からの返事はない。代わりにゴキュリと妙な音が聞こえた。

「あ……?」

横を見ると、首を有り得ない角度に捻《ね》じ曲げられた相棒が、膝から崩れ落ちていくところだった。

力の抜けた相棒の手からランプが滑り落ちていき、いつの間にか後ろに忍び寄っていた黒ずくめの男が、甲板に落ちる前にそれを素早く掴む。

実際は声をあげる間もないその動作が、船員の目には、やけにゆっくりと見えた。

そしてランプを拾った腕が、滑らかに自分の首に巻きついてくるのを感じた船員は、最後に頚骨《けいこつ》が折られる音を耳の奥で聞いた。

――私は意外と図太かったらしいと、メリッサは朦朧《もうろう》とした意識の中で思った。

怖くて痛くて堪《たま》らず、こんな状況では一睡もできないと思っていたのに、どうやら泣き疲れて眠ってしまったようだ。

ずっと縛られていた手足にはとっくに感覚がなく、頭もぼんやりして起きているのかまだ夢の中なのかはっきりしない。

でも、やっぱり夢を見ているらしい。しかもとびきり素敵な夢を見ている。

来るはずのないバジルが静かにこの物置に入ってきて、声を出さないようにとそっとメリッサに耳打ちしてから、縄を解いて助けてくれた。

夢だから仕方ないけれど、抱き上げられて運ばれる間、プツンプツンと意識が途切れる。そのせいで思考が上手く纏《まと》まらない。

せめて夢でもバジルを見ていたかったのに、腫《は》れぼったい瞼《まぶた》がどうしても下がってくる。

やがて、どこか柔らかい場所に寝かされ、ヒンヤリした冷たい手が瞼にそっと乗せられた。この幸せな夢から醒《さ》めたくなくてうっとりと目を閉じていると、瞼の向こうから穏やかな声で尋ねられた。

「メリッサ……何があったのですか？」

夢の中で尋ねられるままに、ポッポッと今日のことを話す。

伯爵さまの病気や信頼していた人物の裏切り、そして毒草のこと……祖父との約束を守り、薬草園《ハーブガーデン》を捨てる決意をしたことまで、ふわふわした心地の中で全て話した。

ただ一つを除いては……

「――私を頼ろうとは、思ってくれなかったのですか？」

とても悲しそうなバジルの声が、幸せな夢に影を落とした。

「毒草の種を受け取り、その男と一緒に来てくれれば、私はメリッサも薬草園も、必ず守りました」

ああ、やっぱりと、メリッサも悲しくなる。

「ごめんなさい……。蛇王さまの力を使ってほしくなかったんです……私は、バジルさんが大好きだから……」

夢だからこそできる大それた告白をすると、瞼からふっと手が外された。

「メリッサは……私を守ろうとしてくれたのですね」

その声があまりにも苦しそうに震えていたから、思わずメリッサは目を開けた。冷たい手で冷やされた瞼は簡単に開き、バジルの顔がはっきりと見えた。

彼の手が今度は頬にそっと触れ、これが現実なのだとメリッサに知らしめる。

「……本当に、バジルさん？　本当に……夢じゃなくて……？」

「はい。町中の蛇に協力していただき、やっとメリッサを見つけられました」

薄暗い部屋を見渡すと、どうやらどこかの宿の一室に寝かされているようだった。

「あ、ぁ……」

改めて夢ではないと理解した瞬間、ヒクッと喉がひきつった。あれほど泣いたはずなのに、またどっと涙が溢《あふ》れてくる。

何も知らないはずのバジルが、どうしてメリッサの窮地《きゅうち》に気づいたのかまるで分からない。

痛む身体を起こそうとしたがやんわりと止められ、代わりにそっと覆《おお》いかぶさったバジルに唇を塞《ふさ》がれた。

冷たい唇は、啄《ついば》むように何度かメリッサの唇を吸ってから離れる。

「やはり私は腹立たしいです。貴女《あなた》に頼ってほしかった」

「ごめんなさい……」

目を伏せてメリッサが小さく呟《つぶや》くと、もう一度軽く口付けられた。

「……しかし、おかげで気づきました。愛する者に守られるというのは、こんなに苦しいものだったのですね」

「バジルさん……?」

思いがけない言葉にバジルを見上げると、彼はメリッサの両手に何か細長い棒のようなものを握らせた。

「ここは安全です。朝までには片付けて戻りますから、これを預かっていてくれませんか?」

一瞬の間を置いて、メリッサはそれがバジルの三叉槍《トライデント》だと気づく。

かつて蛇王バジレイオスが、幾多の敵を倒した伝説の槍。今は魚獲《と》りなんかに使われているけれど。

驚くメリッサに、土気色《つちけいろ》の肌をしたラミアは、ニコリと微笑んだ。

「蛇王がその槍を人間に振るうのは、職務の時だけでしてね」

「……」

槍を握りしめたまま、メリッサはゴクリと唾を呑んだ。バジルの口元は微笑んでいるのに、二色の瞳は見たこともないほどの冷酷な光を帯びている。

「それを預かってくれますね？　蛇王は休暇中なのですよ」

そう言ってメリッサが止める間もなく、彼は黒いマントを翻《ひるがえ》して部屋を出ていってしまった。


バジルは暗い川沿いの目立たぬ場所で、素早くチュニックに着替える。何が起こると思っていたわけではないが、ラミアは人間の姿で遠出をする時、大抵蛇の姿でも着られる衣服を持ち歩く。

それから脚を蛇尾に変えて静かに水に入った。

伯爵家の船着場まで泳ぐと、目元まで水面に出して例の貨物船の様子を窺《うかが》う。甲板では、船員たちが声を潜《ひそ》めて深刻そうに話し合っていた。

何しろ二人の船員が死体となり、物置に閉じ込めていた少女がいなくなっているのだ。しかし後ろ暗いことをしている最中なので、おおっぴらに騒ぐわけにはいかないのだろう。

十数人の男たちの中に、明らかに船乗りでない服装の者が二人いた。銀縁眼鏡《ぎんぶちめがね》をかけた背広姿の中年男と、いかにも貴族といった格好の不機嫌そうな若者だ。

あれがコジモとクラウディオだなと思っていると、案の定船員たちが彼らをそう呼んだ。

バジルは再び水に潜《もぐ》り、船着場と船を繋ぐ太いロープを引きちぎった。そしてその端をしっかりと掴んで、川の中央に向かって渾身《こんしん》の力で泳ぎ出す。

さすがにこの大きさの船を引くのは大変だったが、腹の底からこみ上げる、燃えたぎるような怒りが、バジルの身体にいつも以上の力をみなぎらせていた。

船上の人間たちが、急に動き出した船に驚きの声をあげている。その声が、余計に怒りを煽《あお》った。

交わりの邪魔をされたラミアの男は、極端に凶暴化する。そしてバジルはもう一週間も前から、メリッサを抱き始めたも同然であり――いや、交わりなど関係なくても、やはり同じ怒りを覚えたかもしれない。

縛られグッタリと気絶していたメリッサを見た瞬間、その場で船にいる全員を殺してやりたいという衝動にかられ、平静を保つのに苦労した。

一旦あの場を離れられたのは、メリッサから主犯と事情を確認するためと、何よりも彼女に惨劇《さんげき》を見せたくないという思いがあったからだ。

川の中央まで船を引き、岸辺まで十分な距離をとったところで、ようやくバジルはロープから手を離した。それから船体から垂れる別のロープを掴み、一気に甲板へと飛び上がる。大きく噴き上がった水飛沫《みずしぶき》が甲板に降り注ぎ、驚いた船員たちがバジルに剣や銛《もり》の切っ先を向けた。

「な……っ、ラミアか!?」

バジルは返答もせず、一番先に斬りかかってきた船員の剣を避け、その身体を蛇尾で締め上げる。全身の骨を砕かれた男が絶叫した。

続いて斬りかかってきた別の船員の手首を掴み、そのまま引きちぎる。ラミアの国が安定して以来、すっかり遠ざかっていた人間の血が、土気色《つちけいろ》の皮膚にベットリと付着していく。

悲鳴をあげて船尾へ逃げていくクラウディオとコジモの背を睨《にら》み、口元をニタリと吊り上げた。

たとえ川に飛び込もうとも、決して逃す気はない。

真っ赤に染まり始めた脳裏に、メリッサの声が響く。

『――蛇王さまの力を使ってほしくなかったんです……私は、バジルさんが大好きだから……』

あの言葉を聞いた瞬間、雷に打たれたような衝撃が走った。

密室でコジモたちから恫喝《どうかつ》されたメリッサが、どんなに恐ろしい思いをしたかは想像に難《かた》くない。助けを求めたくて仕方なかったはずだ。

なのに彼女は、バジルを頼るどころか、逆に争いから遠ざけようとした。

言葉で『愛している』と何万回告げられるよりも、彼女に愛されていることを実感できた。

けれど……バジルだって、同じだけメリッサを愛している。

自分が守られた代償に彼女が傷ついたというのなら、それだけで十分に苦しい。

(昔の私ならば……)

『蛇王バジレイオス』だった頃ならば、こんな感情は決して持たなかっただろう。

彼が敵とみなすのは、ラミアという種の繁栄を阻《はば》む者だけ。

自分が傷つけられようと、親しい誰かが傷つけられようと、それに対して個人的な怒りを覚えたことはなかったのだから。

――この変化が、いいものなのか悪いものなのかは分からない。

はっきりしているのは、この船に乗っている者たちがバジルという一人のラミアの愛する伴侶《はんりょ》を傷つけ、彼を激怒させたということだ。

今夜は月明かりも寂しい三日月で、今はそれすら雲に覆《おお》い隠されている。真っ暗な川の中央に浮いた貨物船では、阿鼻叫喚《あびきょうかん》の惨劇《さんげき》が起こっていた。

船員たちは、突然動き出した船と襲いかかってきたラミアに驚いたものの、救援を求める信号弾は上げなかった。何しろ警備艇を呼んで詳しく中を調べられれば、こちらが死罪となってしまう。

彼らは犯罪に手を染めているだけあり、いずれも腕っ節には自信があったし、よく見ればラミアはたった一人で、しかも素手だ。総員で武器を構えて取り囲めば、すぐに騒ぎを収拾できると過信していた。

その誤算の代償を、彼らは自身の命によって支払う羽目になる。

船のランプは叩き壊され、暗闇の中を逃げ惑《まど》う船員たちは、次々に凄惨《せいさん》な死を遂げる。蛇尾に締め上げられた骨は砕け、凄まじい怪力に肉が引きちぎられる。

(どうなっている!?　あのラミアは何者だ!?)

コジモは顔を引きつらせて、船尾の救命ボートを下ろそうと躍起《やっき》になっていた。

しかし彼の得意分野は、書類仕事と交渉である。船の設備などろくに触ったこともなく、ボートを固定するロープを手探りで外そうとするも、まるで上手く行かない。

傍らのクラウディオはといえば完全にパニック状態で、たった一つ残ったランプを握りしめヒステリックに泣き喚《わめ》いてコジモを罵《ののし》っている。

「お前が悪い！　こんな夜中につまらない用事で、俺まで呼んだりするからだ！　さっさと俺を逃がせ！」

コジモは返答の代わりに舌打ちをした。

野心溢《あふ》れる貴族や富豪たちに、暗殺道具となる毒草は実によく売れた。それ以外にただ単に毒薬そのものと、それを飲んだ相手が苦しむ様《さま》に魅《み》せられる者もいる。麻薬は裏社会の有力者たちに好まれ、いかがわしい売春宿や貧困層にバラまかれて、彼らの収入源となった。コジモはそういった顧客を何十人も抱えていた。

表向きは真面目な幹部としてギルドに尽くし、裏の商売で多額の収入を得る。そしてそれを投資に回し、資産をさらに増やした。

その金で何かしたかったとか、目標金額があったというわけではない。

ただコジモは、自分の資産の数字が増えるのが、たとえようもなく好きなのだ。

それが自《みずか》ら汗水を垂らして得た金でも、道端で拾った金でも、人を騙《だま》して奪った金でもかまわない。数字は数字だ。

思えば、学業に励んでいた子どもの頃に、すでにその片鱗《へんりん》は示されていたのだろう。試験では常に満点を目指し、それを得てしまうと、どうしてそれ以上の点数が存在しないのか、歯がゆくて堪《たま》らなかった。

カルディーニ伯爵領には、多数の薬草園《ハーブガーデン》が存在するだけでなく、住民の気質ものんびりとしていて扱いやすい。

すでにここでは、いくつもの薬草園を毒草と麻薬草の畑にしていた。難を言えば、川での検問が厳しいため、王都までは陸路で一週間かけて運ぶしかないということだ。

伯爵家の船着場を使い、伯爵家の運輸許可証をチラつかせれば、検閲《けんえつ》が緩《ゆる》くなって誤魔化せるのだが、現伯爵が毒草や麻薬で利益を得ることなど許すはずもない。

そこでクラウディオに目をつけたのだ。伯爵が年老いてから生まれたこの息子は、少年時代に退屈な田舎を飛び出して王都へ留学し、そこで同じ貴族のドラ息子たちとすっかり交流を深めてしまった。

温厚で真面目な父親とは似ても似つかぬ歪《ゆが》んだ性根は、生まれつきなのか甘やかされたせいなのかは分からない。もしかしたら、国中に名を馳せた武芸の達人であり、学問も優秀だった若き日の父親に、自分は遠く及ばないという鬱屈《うっくつ》からきたものかもしれない。

どうあれ伯爵の息子は、自分の花を美しく咲かせる努力を放棄し、根腐《ねぐさ》れる道を選んだ。彼はコジモの誘いに乗り、伯爵家を継いだらコジモに川のルートを好きに使わせて、毒草生産にも積極的に関わるという契約を結んだ。

こうなると邪魔な伯爵には、一刻も早く消えてほしかったが、薬草の産地だけあって伯爵の主治医は毒物にも詳しい。下手に毒殺もできずにいたところ、ちょうど伯爵が風邪で体調を崩してくれた。しかも高齢で治りも悪い。

ようやくクラウディオが権力を握ることができた——そう思った矢先に、これだ。

「早くボートを下ろせ!!」

クラウディオが泣き喚《わめ》きながら、コジモの背をやたらに拳で叩く。焦りと苛立《いらだ》ちが限界まで達していたコジモは、ついに怒鳴った。

「邪魔をするな！　引っ込んでいろ！」

二十近くも年上なのに今まで常に低姿勢だった男から、突然罵声《ばせい》を浴びせられたクラウディオは硬直する。しかし、すぐに顔を真っ赤に染めて怒鳴り返す。

「貴様！　誰に向かってそんな口をきいている!?」

「自力では何もできない、馬鹿な貴族の息子に向かってだ！　お前に比べれば……」

怒りで声を裏返しながら、コジモは脳裏に一人の少女の顔を思い浮かべた。

祖父が亡くなったので代表者試験を受けに来たと、製薬ギルドを訪ねてきた、いかにも内気そうな十八歳の少女。

オルディ・トリスタ栽培師は有名だったが、正直なところこの孫娘にはそれほど期待できないと思った。ただ、トリスタ薬草園《ハーブガーデン》の価値は十分知っていたから、とにかく試験だけは受けさせて恩を着せようと算段したのだ。

ところが、確実に落ちると思っていた少女は、素晴らしく優秀な栽培師であることを試験で証明して見せた。

使える、と思ったコジモは、彼女に毒草栽培をやらせてみることにした。飴《あめ》と鞭《むち》を巧みに使えば、十八歳の小娘など簡単に屈服させられると、確信していたのに……。

「私のメリッサを裏切り、傷つけた報いは、存分に受けていただきますよ」

唐突に、コジモの真後ろで流麗な声が放たれた。

いつの間にか甲板は静まり返り、音も立てずに近寄ってきていた襲撃者は、長い蛇の半身をコジモの身体に巻きつける。

「メリッサの……!?　まさか……」

トリスタ薬草園に滞在しているという客人が、まさかこのラミアだというのだろ

うか？

　しかし、コジモが尋ねる間もなく、強烈に全身が締め上げられた。骨が折れて内臓が潰れ、全身を激痛がつんざく。

「汚《けが》らわしい口で、彼女の名を呼ぶな」

　静かだが激しくも深い怒りを込めた声で囁《ささや》かれ、虫の息となったコジモはドサリと甲板に落とされる。

　ビクビクと全身を痙攣《けいれん》させるコジモの目に、金色の蛇尾が腰を抜かしたクラウディオに巻きつく光景が映った。

（どうして……あんな、弱そうな……小娘……メリッサ……）

　薄れゆく意識の中、コジモは彼女と同じ名を持つ薬草を思い浮かべた。

　市場《しじょう》ではごく安価で、どこでも手に入るありふれた薬草《たくま》レモンバーム――メリッサ。花は小さく目立たないが、その生命力は思いがけず逞しい。

　そしてこの薬草は、精油にした途端、驚くほど高価になるのだ。

　他の薬草とのブレンドでなく、純粋なレモンバームだけの貴重な精油『メリッサ・トゥルー』。その市場価格を思い出そうとしたが、コジモの命はその前に終焉《しゅうえん》を迎えてしまった。

その頃、メリッサの目の前には、初夏の陽射しにきらめく薬草園《ハーブガーデン》があった。

祖父と祖母がベンチに並んで座り、いつものようにとても楽しそうに小突き合っている。

薔薇《ばら》のフェンスの前で寄り添っているのは、顔はよく見えないが、きっと父と母だ。だってあの香り高い薔薇は、父が交配させて創り、母の名前をつけて結婚の贈り物にした薔薇だから。

見慣れた薬草園に、あるはずのない光景。

どれだけ丹精込めて手入れをしようと、世界中の金銀財宝を投資したとしても、決して造り上げることのできない、メリッサが本当に欲しかった薬草園の姿。

メリッサは呆然と立ち尽くしたまま、それを見つめていた。足元には一面に青々としたレモンバームが生い茂り、そよ風になびいている。

——そっちに行かせてよ！　どうして私だけ、置いていっちゃったの⁉

今すぐ四人のところへ行きたいのに、足はピクリとも動かず、声すら出ない。まるで長靴の底から根っこが伸びて、メリッサも薬草の一部になってしまったようだ。

もどかしく薬草園を見つめていると、足元の茂みから、金色の蛇尾がシュルリと伸びてメリッサの身体に巻きついた。

ヒンヤリした金の鱗《うろこ》におずおずと触れ、ふと顔を上げると、薬草園から四人が嬉しそうに手を振っていた。祖父は笑いながら、袖でごしごしと目元を拭っている。

自信がなくて丸まっていた背中を、皆にトンと押してもらえた気がした。

――そうだね……そこに行くのは、もっと先になるよ。私はバジルさんの隣で、できるだけ長生きをしたいの……

そう心の中で呟《つぶや》いた瞬間、不意に目が覚めた。

今度こそ、夢を見ていたようだ。メリッサは三叉槍《トライデント》をしっかり抱きかかえて、宿のベッドに横たわっていた。

もう一つのベッドには、きちんと身支度を整えたバジルが腰掛け、革靴を履いた足先を忙《せわ》しなく動かしている。帽子とマスクだけは外していたが、それもすぐに身に付けられるようサイドテーブルに置いてあった。

「具合はどうですか？」

メリッサが上体を起こすと、バジルはこちらのベッドに座り直し、ヒンヤリした土気《つちけ》色《いろ》の手で乱れたメリッサの前髪を心配そうに払う。

昨夜は気がつかなかったが、メリッサは宿から借りたらしい簡素な寝間着に着替えさせられ、身体中の打ち身やすり傷も、きちんと手当てされていた。

「あ……もう平気です」

メリッサが手首や肩を軽く回して見せると、ようやくバジルは安心したように表情を緩《ゆる》めた。

「バジルさん……本当に、ありがとうございました」

「いいえ。伴侶《はんりょ》を守るのは当然の務めです」

バジルはサラリと受け流したが、ふと深刻そうに眉をひそめた。

「ああ、実は昨日の件で、折り入って頼みがあるのです」

「っ……はい！　何でしょうか⁉」

メリッサは即座に姿勢を正す。その拍子に脇腹の打ち身が痛んだが、顔に出さないようぐっと堪《こら》える。

昨日、バジルがあれからどこで何をしてきたのかは知らないが、メリッサを助けたことで、彼は伯爵の息子と製薬ギルドの幹部を敵に回してしまったのだ。悪いのは絶対にあちらだが、メリッサとて世の中はいつも正しい方が勝つとは限らないことぐらい知っている。

そんな彼に自分は一体何ができるのかと、ドクドクと速まる鼓動を感じていると、バジルがゆっくりと口を開いた。

「メリッサが昨日、広場に忘れていったハンカチですが……あれを、とあるご夫妻に譲っていただけませんでしょうか？」

「……え？　もしかして、あの金魚柄のですか？」

拍子抜けして、メリッサはお気に入りのハンカチを思い浮かべる。そういえばマルシェで使った時に、木箱の上へ置き忘れたような気がする。

「はい。メリッサの捜索にご協力いただいたお礼をしたいと申し上げたところ、あのハンカチを家宝にしたいとおっしゃったので……」

「……家宝⁉　ただのハンカチですよ⁉　あ、痛……っ」

叫んだ拍子に脇腹が痛み、メリッサは呻《うめ》いてうずくまる。

「メリッサ⁉　やはり医者を……」

「大丈夫です……それより家宝っていうのは、普通はこういうものを言うんじゃないんですか⁉」

三叉槍《トライデント》を持ち上げて見せると、バジルは困ったように肩をすくめた。

「申し訳ありませんが、さすがにそれは差し上げられなくて……それに価値観というのは、それぞれですからねぇ」

「はぁ……そうですか……」

「メリッサには私から、新しいハンカチをプレゼントいたしますが、だめでしょうか？」

「い、いえっ！　結構です！　ハンカチならまだ持っていますから、どうぞお好きなように使ってください！」

確かに気に入ってはいたが、何年も前に買った三枚セットのセール品だ。家の引き出しには、色違いがまだ二枚残っている。

「ああ、良かった」

嬉しそうに胸を撫《な》で下ろすバジルの傍らで、メリッサは非常に複雑な心境だった。

（あれが家宝って……それなのに……）

手に持った三叉槍《トライデント》に視線を落とし、メリッサは目の端にぶわっと涙を浮かべる。

安物のハンカチが、どこかの家で家宝にされているのに、国章にまでされた伝説の槍は、魚臭いバケツに放り込まれたり、干魚《ほしざかな》を作る物干し竿《ざお》にされたりしているのだ。

「三叉槍さんっ!!　私はちゃんと、三叉槍さんのことを尊敬してますからね！　なんなら、これから毎日、お風呂で綺麗に洗って磨きます！」

思わず、不憫《ふびん》な三叉槍をぎゅっと胸に抱きしめて叫ぶと、少しむっとした顔のバジルに、あっさりと取り上げられてしまった。

「これの手入れは自分でしますので、どうぞお構いなく。そんな羨《うらや》ま……いえ、手間をかけさせるわけにはまいりません」

そしてバジルは、メリッサの顎《あご》に手をかけて上を向かせると、息もつかせぬ勢いで唇を奪った。

身支度と簡単な朝食を済ませてメリッサたちが宿を出ると、町は何やら大騒ぎだった。

大勢の警備兵が駆け回り、人々は川の方を指しては熱心にしゃべりまくっている。

メリッサとしてはこれからどうすればいいのか不安だったし、病床の伯爵さまのことも気になっていたが、バジルに『何も心配しなくていいから、とにかく今日は帰るように』と促《うなが》された。

メリッサはチラリと城に視線を向けたが、伯爵城に続く道にも立ち入り禁止のロープが張られ、ピリピリした顔の警備兵が見張りをしている。とてもじゃないが伯爵に会える状況ではなさそうだ。

それに、これ以上バジルに迷惑をかけたくない。メリッサは大人しく御者台《ぎょしゃだい》の隣に座り、黙って馬車に揺られていた。

バジルも無言で手綱《たづな》を取っていたが、町を出て人気《ひとけ》のない静かな田舎道に入ったところで、不意に口を開いた。

「……昨夜、内密で伯爵にお会いしました。どうやら体調は快方に向かっていましたよ」

「本当ですか⁉」

思わず声をあげてバジルを見つめたが、彼はまっすぐ前を向いたまま、静かに頷いた。

「ええ。あまり愉快でないお話をしましたが取り乱すこともなく――身体も心も頑強《がんきょう》な方でした」

それきりバジルは口を閉ざしてしまったので、メリッサもそれ以上は聞けなかった。

――コジモやクラウディオが死んだことや、禁制薬草を大量に積んだ船が発見されたこと、そしてコジモが他の栽培師にもそれらの薬草の栽培をさせていたことなどをメリッサが知ったのは、それから数日後だ。

エラルドが配達してくれた新聞には、船上の惨劇《さんげき》が大々的に取り上げられており、コジモの一味が王都で敵対していた裏組織の仕業ではないか、などといくつかの憶測が綴《つづ》られていた。

製薬ギルドでは、コジモの他にも禁制薬草の生産に関わっていた幹部がいたらしく、国の本格的な調査が入ったそうだ。

彼らに加担して毒草を生産していた者や、断って破産に追い込まれた者など、共犯者も被害者も数え切れないほどいて、王都の役人は忙殺《ぼうさつ》されているらしい。ただし記事の最後には、たまには役人もしっかり働くべきだとチクリと書かれていた。

それから程なくしてカルディーニ伯爵から、直筆の招待状と馬車による迎えが来た。

そこには後見人も一緒にと記されており、メリッサはバジルと共に、昔と比べ随分と痩《や》せてしまった伯爵と無事対面できた。

伯爵はまだ本調子ではなく、さらには息子が犯罪に加担していたことや悲惨な最期《さいご》を遂げたことを知り、随分と心を痛めたようだ。

息子の放蕩《ほうとう》ぶりについては以前から彼の悩みの種で、最近では息子を廃嫡《はいちゃく》し、遠縁の者を後継者として迎えようとしていたのだが、手続きをしている最中に倒れてしまったのだという。

幸いというべきか、この事件はあくまでもコジモ主導で行《おこな》われたもので、クラウディオは彼に唆《そそのか》されて手を貸しただけ、ということが役人の調べで明らかになった。

伯爵の息子が実際に手を下したのは、メリッサへの脅迫と暴行、それに伯爵家の船着場をコジモに貸したことのみらしい。

父が倒れてから、彼は城内でこそ暴君として振る舞っていたようだが、まだ伯爵家を継いだわけでもなかったので、好き勝手できなかったようだ。クラウディオによる領外への被害はまだ出ておらず、しかも彼は悪人らと共に凄惨《せいさん》な末路を迎えてしまった。

周囲の証言などもあり、病床で息子を阻止できなかった老伯爵が責任を問われることはなく、メリッサは心から安堵した。

「――しかし、私が領主としても、クラウディオの親としても至らなかったのは事実だ。メリッサには、許されないことをしてしまった……」

そう陳謝《ちんしゃ》し涙する老伯爵の、すっかり弱々しくなってしまったその手を、メリッサはしっかりと握りしめた。

「私はもう元気ですから、伯爵さまもお元気になってください」

クラウディオは許せないけれど、伯爵を恨む気持ちはない。

いくら血肉を分けた親子でも、所詮は生まれた瞬間から、別の存在なのだから。

8　蛇王さまは新婚中

そんなこんなで、二週間が慌《あわ》ただしく過ぎていった。

トリスタ薬草園《ハーブガーデン》にも毒草騒ぎの件で調査が入ったが、後ろ暗いところは何もないので当然無事にパスしたし、メリッサの打ち身やすり傷もすっかり癒《い》えた。

しかし……。

「おや、もうこんな時間ですか。お休みなさい、メリッサ」

メリッサが入浴を終えて居間に戻ると、バジルは読んでいた本をパタンと閉じ、時計を見てそう言った。それから本を棚に戻して、そそくさと自分一人で二階へ行こうとする。

「バジルさん！」

メリッサは思い切ってその背に飛びついた。彼の背中に額をくっつけ、震える唇を必死で動かす。

「……もう、一緒に寝てくれないんですか？」

口付けは宿屋の時のものが最後で、薬草園に帰ってからバジルは、一度もそういうことをしようとしなかった。

以前のように触れたりもせず、メリッサが入浴を終えると、こうしていつも素早く自分の部屋に引っ込んでしまう。

怪我を心配してくれているのだと思っていたが、縛られた時の手首のすり傷ですらもうすっかり治っているのは知っているはずなのに……

やはり色々と手の掛かるメリッサは、女性ではなく、友人の孫としか見られなくなったのかと不安で堪《たま》らなくなった。

そして今、バジルからの返事がないことにさらに不安になったメリッサは、そろそろと顔を上げた。するとバジルが首を捩《よじ》り、肩越しに困惑し切ったような視線を向けている。

予想通りだったかと、メリッサは涙を堪《こら》えて手を離す。

「……ごめんなさい。困らせちゃって」

「本当ですよ。いけない子ですね」

バジルが振り向き、押し殺したような声と共に、メリッサを抱きしめた。片手で頬を包み、唇を寄せる。

「んっ!?」

大きく目を見開いたメリッサの視界に、左右の色が違うバジルの瞳が飛び込んできた。

氷のように冷たい唇が強く押し付けられたかと思うと、紙一枚ほどの隙間を開けてわずかに離れる。彼の口が薄く開き、ひゅっと息を吸い込んだ時の空気の揺らぎが、メリッサの唇にも伝わってきた。

「バジルさん……っ⁉」

彼の顔をしっかり見上げる間もなく、再び唇が重ねられる。まだ少しヒンヤリとした舌が、スルリとメリッサの口内に潜《もぐ》り込み、彼女の舌を絡め取った。

そのまま強く吸い上げられ、舌の付け根から溢《あふ》れる唾液を啜《すす》られる。舌を擦《こす》り合わせると、ゾクンと甘い疼《うず》きが湧いて、メリッサは背筋を震わせた。

「んんっ……ふ、ぅ……ん……」

飢《う》えたように口腔を貪《むさぼ》られながら、頭の中で驚愕《きょうがく》と戸惑いがごちゃまぜに渦巻く。

それでも、苦しいほど強く自分を抱きしめてくれる手が嬉しくて、目頭が熱くなった。

視界がぼやけて目尻に涙が滲《にじ》む。すっかり息が上がってしまったメリッサを見つめて、バジルが低く呟《つぶや》いた。

「メリッサは人間ですし、慣らしてはいても、最初に抱く時は慎重に加減するつもりでした。なのに、怪我の回復を待つうちに我慢しすぎたせいか、始めたら歯止めがきかなくなりそうな気がして……」

「え」

不穏な空気に、メリッサはゴクリと唾を呑む。バジルの両目が、蛇が獲物を前にした時のそれになっている。顔にも傷が浮かび、生者の身体になったようだ。

「もう我慢しません。これから二日間、今すぐ付き合っていただきます」

きっぱりと宣言されると同時に、横抱きにされた。素早くバジルの寝室に運ばれる間、メリッサはあわあわあわと尋ねる。

「あ、あの！　慣らしから、だいぶ時間が経っちゃいましたけど……」

「ご心配なく。三ヶ月程度は有効のはずです」

バジルは即答し、まるでメリッサを逃がすまいとするかのように、抱きかかえる腕に力を込める。

久しぶりに入る彼の部屋は、相変わらずきちんと片付いていた。バジルはメリッサを抱きかかえたまま寝台に座る。

今夜は月が随分と大きく、窓から差し込む青白い月光が、室内を明るく照らしていた。

「メリッサに触れたくて触れたくて、堪《たま》りませんでした」

情欲に上ずった声で耳元に囁《ささや》いてくる。ぬるりと耳の付け根を舌が這《は》い、カプリと耳朶《じ》を噛《か》まれて、メリッサはビクンと首をすくめた。そのままクチュクチュと食《は》まれると、濡《ぬ》れた音が耳の奥に大きく響く。

「ふ、ぁ……」

喉がひくついて、勝手に甘く鳴った。

しっかりとメリッサを抱きしめていた手が徐々に移動し、背中や腰を撫《な》で始める。

さらに肩や肘、うなじと、これまで触れずにいた時間を埋めるようにそこかしこを撫でさすり、湯上がりで垂らしていた栗色の髪をくしけずる。

やがてネグリジェの上から乳房を掴み、布ごしでもはっきり分かるほど勃《た》ち上がった乳首をキュッと摘《つ》まむ。

「ん、あぁっ！」

鮮烈な刺激が胸の奥へ響き、メリッサは思わず高い声を放つ。

「ほら、大丈夫ですよ。メリッサの身体もきちんと覚えていますから」

胸の先端をクニクニと弄《いじ》りつつ、バジルが熱っぽい声とともに、耳の孔《あな》へ吐息を吹きかける。

「あ、やぁ……バジルさん……お願い……」

懸命にふるふると首を振り、メリッサはバジルのシャツを両手で握りしめた。

彼の言う通り衣服越しに触れられただけで、メリッサの身体は教え込まれた快楽をすぐに思い出した。

けれど……もっと、ちゃんと触れてほしい。メリッサだって、ずっと触れられるのを我慢していたのだ。布越しなんかじゃなく、直《じか》にバジルの体温を感じたい。

羞恥《しゅうち》に頬を染めながら、バジルを見上げて訴えた。

「お願い……ちゃんと触ってほしいんです……だから……」

脱がせて、と最後まで言わないうちに、クルンと視界が反転した。仰向《あおむ》けに寝かされたメリッサの両脇に手を突いて、バジルは覆《おお》いかぶさるように身を寄せてくる。

「危険ですよ。そんなに可愛らしいことを迂闊《うかつ》に言っては……本当に、手加減できなくなりましたから」

優しい声音で物騒なセリフを吐き、バジルがニコリと微笑む。

メリッサを見つめる両目は、さらなる情欲の熱を宿し、今にも獲物に食いつこうとする捕食者といったところだ。

「メリッサは、自分が私をどれほど夢中にさせているのか、もっと自覚すべきですね」

首筋をカプリと噛《か》まれ、性急な手つきでネグリジェのボタンが次々と外されていく。

そして卵の殻を剥《む》くように、スルリと脱がされた。

ようやく直に胸に触れられ、久しぶりに感じる感触にメリッサは息を詰める。

下から掬《すく》い上げるように揉まれれば、柔らかな膨《ふく》らみはバジルの手の中で自在に形を変えていく。硬くなった先端をクリリ、と親指の腹でそっと転がされて、メリッサは思わず唇を噛んだ。

絶妙な力加減で揉みしだかれながら、もう片方の先端を口に含まれた。チロチロと舌先でねぶられ、唇の合間に挟まれ、吸い上げられる。

「あっ！　ぁ……っは……ぁ、ああ……」

双方の胸を、それぞれ指と口で攻められると、メリッサの唇は自然にほどけ、艶《つや》めいた喘《あえ》ぎが零《こぼ》れ出す。

身体の奥からジリジリと熱がこみ上げ、肌がしっとりと汗ばんでくる。

平らな下腹部がひくひくと痙攣《けいれん》し、勝手に腰が揺らぎそうになるのを懸命に堪《こら》えた。それでも身体の奥から溶け出した蜜がじんわりと下穿《したば》きを濡《ぬ》らし始め、メリッサは閉じた内腿《うちもも》をかすかにもじもじさせる。

そんなメリッサの反応に気を良くしたらしく、バジルが胸から口を離し、満足そうな顔を上げた。

シュルリとシーツの擦《こす》れる音がしたかと思うと、メリッサの視界の端に鈍《にぶ》い金色が映った。バジルの脚が金の鱗《うろこ》を持つ蛇尾となり、メリッサの周りを囲っている。

次に彼は、今まで一度もしなかったことをし始めた。身体を起こすと、メリッサの前で衣服を脱ぎ始めたのだ。

シャツを脱ぎ、腰巻を外す。初めて見た彼の裸身は逞《たくま》しく引き締まり、顔と同じように凄惨《せいさん》な傷痕が無数にあった。腰の部分は、人の肌から徐々に蛇の尾へと変わっていて、境目辺りに切れ込みのようなものがある。そして腰の左右には、小さな薄いひれがついていた。

明らかに人間とは違う、魔物であるラミアの身体。

メリッサの視線に気づいたバジルが、身を屈《かが》めて顔を寄せてくる。

「……後悔していませんか？」

ほんの少し眉根を寄せて尋ねる声は、かすかに不安を孕《はら》んでいるようだった。

ようやくメリッサは、不安だったのが自分だけではなかったことを知った。バジルだって、自分が人間の娘を愛することをどれほど思い悩み、不安に思っていただろうか。

けれど、魔物であろうと不死の蛇王であろうと、メリッサは彼を愛している。

両手を伸ばし、赤い輪の刻まれたバジルの首を引き寄せて口付けた。

「バジルさんに……抱いてほしいんです」

顔から火が出そうなほど恥ずかしかったけれど、混じりけのない本心を伝える。

途端にぐいっと顔を引き寄せられて、口付けが深くなる。

「メリッサ……貴女《あなた》を私の伴侶《はんりょ》にして、身も心も手に入れたい……」

わずかに開いた隙間から、狂おしい声で呼ばれる。

手探りで下穿《したば》きを剥《は》ぎ取られたかと思うと、絡みついた蛇の尾によって脚を大きく広げられる。

バジルの長い指が、すでに潤《うる》んでいた秘所に触れてくる。濡《ぬ》れた秘裂を、クチュリと音をたてて擦《こす》り上げられ、メリッサは重ねた唇の隙間からくぐもった嬌声《きょうせい》をあげた。

思わず引きかけた腰を、長い蛇の尾がしっかりと押さえ込む。

そのまま指はゆっくりと秘所を蠢《うごめ》き続けた。敏感な花芽をつつき、薄い花弁を捏《こ》ね、ふっくらした左右の陰唇を揉んで蜜のぬめりを全体に広げていく。

「っふ、あ、ああ……ん、う、ぅ……」

捕らえられた太腿《ふともも》がブルブルと震え始めた頃、柔襞《やわひだ》をかき分けて、蜜孔に指が一本潜《もぐ》り込んだ。

「んんぅっ！」

しばらく何も受け入れていなかった狭い道が、反射的に男の硬い指を締めつける。

しかし内側の粘膜をヌチュヌチュとかき回されると、すぐに蜜壁は蕩《とろ》け出し、誘うようにざわめき始めた。

腰の奥にむずむずとした疼《うず》きが広がり、肌がゾクリと粟立《あわだ》つ。

突き入れる指を二本に増やされ、クプンと蜜が溢《あふ》れた。それは尻の合間を伝い落ち、シーツの染みを広げていく。

「とても熱くて、柔らかいのにきつく絡みついてきますよ。この中に挿《い》れたら、どんなに気持ちいいかと、待ち焦がれておりました」

三本まで指を増やしてかき回しながら、バジルが陶然《とうぜん》とした表情でメリッサを見つめる。

彼の上擦《うわず》った声にメリッサも劣情を煽《あお》られ、半泣きで喘《あえ》ぐ。

「や、あぁ……も……とけちゃう……」

揃えた指を根元まで入れられ、上向きに押されるたびに、頭の神経が灼《や》かれそうな愉《ゆ》悦《えつ》を覚えてビクビクと腰が跳ねる。

脚に絡む尾がズリズリと蠢《うごめ》き、太腿《ふともも》や足首を擦《こす》られる感触が堪《たま》らない。

頭の中に心臓が移ってしまったように、ドクドクと耳の奥が脈動する。

「あっ、はぁ……っ……は、ぁ……」

蜜壁がバジルの指をいっそう締めつけたところで、むき出しにされた花芽を親指の腹で軽く押された。

「ふああっ！」

それだけで、メリッサはあえなく果ててしまう。

弓なりに反らした身体がシーツに落ちる。メリッサはそのままガクガクと絶頂の余韻に身を震わせた。

荒い呼吸を繰り返していると、蛇の尾がゆっくりと肌を滑り、脚から離れていく。達したばかりの身体にはそれさえも強い刺激となり、メリッサは悶《もだ》える足先でシーツをグシャグシャに踏みしめた。

閉じたままヒクヒクと痙攣《けいれん》する瞼《まぶた》に、労《いたわ》るような優しい口付けが落とされた。

バジルは再びメリッサの膝裏に手を当てて、大きく開かせる。

「そのまま、目を閉じていた方がいいですよ。あまり……見て気持ちのいいものではないでしょうからね」

そう言われると、逆に気になるものだ。メリッサはつい薄く目を開き、彼の下腹部に視線を向け……全身を強張《こわば》らせた。

バジルの下腹部の切れこみから出ている、性器と思《おぼ》しき赤黒いもの。それはメリッサが想像していたよりも格段に長大で、しかも周囲をたくさんの太い棘《とげ》が覆《おお》っている。

（なっ!?　あ、あああれ、絶対に、すごく痛いよ!!）

逃げ出したくなる気持ちを必死で堪《こら》え、両手でシーツを握りしめる。

ぎゅっと目を瞑《つむ》って歯を喰いしばったが、太腿《ふともも》をぐっと抱えられた瞬間、「ひっ」と喉を鳴らしてしまった。

「……メリッサ、痛みはないはずですから」

宥《なだ》めるように頬を撫《な》でられる。薄く目を開けると、月光だけの暗い部屋でも、バジルの顔が薄《うっす》らと見えた。その目は情欲を宿していたけれど、決してメリッサを傷つけないと言いたげに、優しく細められていた。

「は……はい……」

なんとか発した声は、情けないほど掠《かす》れていた。それでも随分恐ろしさは薄れ、強《こわ》張《ば》っていた身体から少しだけ力が抜ける。

クチュリと音を立てて、二枚の花弁の間に彼の硬い先端が押しつけられた。

濡《ぬ》れそぼった秘所に触れるそれは、信じられないほど熱い。

しかし後はすぐに押し入ろうとせず、準備が整うのを待つかのように、広げた花弁をニチャニチャと擦《こす》る。

「ふぁあっ！」

　メリッサの腰をゾクゾクとした淫《みだ》らな快楽が這《は》い上る。溢《あふ》れ出した大量の熱い蜜が、膣口と彼の屹立《きつりつ》との間から零《こぼ》れた。ぬらついた花弁も、甘えるようにちゅくちゅくと雄の先端に吸いついているのが分かる。

　あられもなく性交を強請《ねだ》る自分の身体を抑えられず、メリッサは羞恥《しゅうち》で消えたくなる。

　それでも、下腹部からせり上がるもどかしい疼《うず》きに、堪《たま》らず腰を揺らめかせた。

　次の瞬間、指とは比べ物にならないほどの質量を持つ塊《かたまり》が、蜜のぬめりの助けを得て小さな秘裂へと侵入を始めた。

「う、うぅ……」

　十分すぎるほど濡れている上に、今まで散々慣らされてきたおかげか、痛みは感じない。が、圧迫感が凄まじい。

　ジリジリと身体を押し開かれながら、シーツを握りしめていると、不意にバジルが動きを止め、メリッサの両手を自分の肩に掴まらせた。

「っは……だめ……爪、立てちゃいます……」

　たとえ彼が痛みを感じない身体でも、傷をつけてしまうのは忍びない。

「構いませんよ」

　バジルがニコリと笑い、メリッサの唇を指でなぞった。

「これからメリッサ《レモンバーム》をたっぷりいただくのですから。どんな傷だってすぐに治ります」

「え、でも……」

いくら名前が同じでも、メリッサは薬草ではないのに。

そんな冗談にうろたえているうちに、腰のくびれをぐっと掴まれた。

「んっ、あああああ！！！」

熱い楔《くさび》が一息に押し込まれ、火傷《やけど》しそうなほどに熱い雄が狭い蜜洞をみっちりと埋め尽くす。

奥深くまで穿《うが》たれた衝撃にメリッサは全身を強張《こわば》らせ、堪《こら》え切れずに両手の爪をバジルの肩に食い込ませた。

頭が真っ白になって、気絶しそうなほど気持ちいいのだと理解できるまでに、しばらくかかった。

その間言葉も出せずにハクハクと喘《あえ》ぎ、やがて必死で呼吸を整えながらバジルを見上げる。

「は……ぁ、ぁ……なんで……みんな、最初は痛いって……」

圧迫感こそ大きく少し苦しいものの、処女膜を裂かれる痛みなど微塵《みじん》も感じない。

満たされている箇所からは、甘い疼《うず》きが絶え間なく這《は》い上がり、思わず腰が揺れそうになる。性器の棘《とげ》はイラクサや薔薇《ばら》の硬いそれとは違い、適度な柔軟性を持っていて、膣壁を擦《こす》り上げることでさらにメリッサの性感を高めてくる。

「それですが……」

バジルが少しばかり気まずそうな顔をした。

「慣らしの間に、男の体液によって処女膜が溶けるそうなのですよ。ラミアには元々無いものなのでそうなってしまうのかもしれませんね」

「そ……ですか……ぁんっ！」

答え終わらないうちに腰を揺すり上げられ、語尾が跳ね上がった。奥の窄《すぼ》まりを軽く突かれると、子宮が打ち震えて、身体が仰《の》け反《ぞ》る。

「しかし、そんな質問が出るということは、メリッサも気持ち良くなっているのですね？」

続けて何度も小刻みに奥を突きながら、バジルが上機嫌な声で囁《ささや》く。

「ひっ、あ、あああっ、ん、ああ!!」

答えようにも、揺すり上げられるたびに神経が焼き切れるほど強烈な快楽に貫《つらぬ》かれるため、まともな言葉にならない。返答の代わりに蜜洞を収縮させて、思い切り体内の雄を締め付けてしまった。

「っ……はぁ……まったく、どこまでもいけない子ですね……優しくしてほしくないのですか？」

バジルは掠《かす》れた声で呟《つぶや》くと、メリッサの顎《あご》を掴んで唇を重ねる。

「あ、あぁ……あ、ふぅ……」

優しくしてほしいに決まっているけれど、今度は口の中を舌で深く犯されてまともに喋れない。

それでもバジルがメリッサの身体で感じているのだと思うと、幸せで堪《たま》らなかった。

強張《こわば》っていたメリッサの手もようやく動き、輪のような傷のある首筋や、逞《たくま》しい背中を撫《な》でる。それからサラサラした細いダークブロンドの髪を、夢中でかき抱いた。

素肌の胸が重なり、互いに早鐘のように鳴っている鼓動まで伝わってくる。

尖った胸の先端が大きな裂傷痕の刻まれた胸板に擦《こす》れ、甘い喜悦《きえつ》にメリッサは小さく身を震わせた。

「メリッサの中は、熱くて狭くて、気持ちよすぎて……油断すると、すぐに達してしまいそうですよ」

恍惚《こうこつ》とした囁《ささや》きとともに、バジルがゆっくりと腰を引き始めた。蕩《とろ》けた媚肉《びにく》を柔らかな棘《とげ》に掻かれると、壮絶な快感が弾けて蜜壷はぎゅっと収縮する。

「あ、んんんっ!!」

するとよ計に擦られる刺激が強くなり快楽が高まる。

先端近くまで引き抜かれては、またゆっくり押し込まれ、狭い蜜洞はバジルの雄に慣らされていく。

「は、はぁ……っ……はぁ……ぁ……あぁ……も、もう……」

ぬちぬちと焦《じ》れったい抽送《ちゅうそう》を繰り返されるごとに淫靡《いんび》な火照《ほて》りも強まり、メリッサの身体を内から焦がす。

切ないようなもどかしい熱に浮かされ、自然と腰が浮き上がる。頭の芯まで茹《ゆ》だってしまいそうで、耳の奥がジンジンと鳴り、眦《まなじり》からは涙がポロポロ流れた。

奥まで届いた雄茎をまた引き抜かれそうになり、メリッサは無意識のうちに両脚を強くバジルの腰に絡めていた。

「ん、あぁっ！　おねが……ん……はぁっ……熱い……もっと……っ！」

じくじくと疼《うず》いて堪らない奥を、もっと突いてほしい。強く激しく動いてほしい。

羞恥《しゅうち》に苛《さいな》まれながらも、メリッサは淫《みだ》らに腰を揺らめかせ、もどかしい思いでバジルを見上げた。

左右の色が違う瞳が、貪欲な捕食者の光を宿してメリッサを見つめ返す。

途端に、腰の後ろを持ち上げられて、ぐっと奥に突き入れられた。

蹴った。


「あっ！　くうぅっ!!」

硬い切っ先に子宮の窄《すぼ》まりを強く突かれ、その衝撃に頭の奥まで揺さぶられた。

メリッサは大きく仰《の》け反って喘《あえ》ぐ。バジルの腰に絡めていた脚が外れ、何度も宙を蹴った。

するとその足首に蛇尾がクルリと巻きついて、いっそう大きく開かされた。

「愛しい伴侶《はんりょ》の、お望《のぞ》みのままに」

バジルが口端を上げ、己《おのれ》の唇をチロリと舐める。そしてそのまま腰を大きく動かし始めた。

「ひゃっ!?　はぁっ……くふっ、あっ、ああっ！　ん、あ……あ、ああ!!」

激しい抽送《ちゅうそう》に、擦《こす》り上げられた蜜壁がきゅうきゅうと痙攣《けいれん》を繰り返す。結合部から蜜の飛沫《しぶき》がじゅぶじゅぶと噴き零《こぼ》れ、シーツを濡《ぬ》らした。

二人分の荒い呼吸と、寝台のきしむ音が部屋に響く。

鮮烈すぎる性感に全身を灼《や》かれ、メリッサは必死でバジルにしがみついた。

急速に膨《ふく》れ上がる快楽が、腰だけでなく手足や背中、首と、どこもかしこも疼《うず》かせる。

「はっ、あ、あ……バジ、ル……さ……っ!!！」

最奥に何度も深く突き込まれ、脳裏に閃光が散った。ガクガクとメリッサは身を震わ

せ、大きく痙攣《けいれん》した蜜壁で雄茎をきつく締め上げる。

「っく……すごい締め付けですね。そんなに気持ちよかったですか？」

バジルが感嘆の声をあげてメリッサの腰を掴み、そのままグチュグチュと大きく音を立てて揺さぶる。

達したばかりの敏感な壁を抉《えぐ》られ、メリッサは全身をビクビクと震わせた。熱い息を吐き出し、強すぎる快楽に嬌声《きょうせい》をあげる。

「あっ！　や、そこ……ああ……ぁ――――っ！」

一度絶頂に押し上げられた身体はたやすく煽《あお》り立てられ、たちまち膨《ふく》れた熱が再び弾ける。

ひくつく蜜壷が、何度も濃い蜜を吐き出す。肉棘《にくとげ》にかき回されたそれが、細かな泡を立てて結合部から滴《したた》った。

「メリッサは、ここも大好きでしたね」

蛇尾の根元がメリッサの腰の下に潜《もぐ》り込んでそのまま持ち上げる。すると挿《さ》し込まれる雄の角度が変わった。

蜜壁の中間にある、メリッサのとても感じる場所。慣らしの期間中に指で散々嬲《なぶ》られ、何度果てたことか。その箇所を、硬い先端でごりごりと抉《えぐ》られる。

「んっ！　ああ！　あ、あ、っ！」

鮮烈な刺激が突き抜け、メリッサは高く上げられた腰を、さらに突き出すように跳ね上げる。

バジルは蛇尾を器用に駆使し、メリッサを支えて腰の角度を変えさせては、さらに感じる場所を探り当てていく。

次第にメリッサの意識が混濁《こんだく》しかけた頃、もう何度目かも分からぬ絶頂と同時に、「うう……」と低く呻《うめ》いたバジルに抱きしめられた。

子宮に密着した雄の先端から、ドクドクと熱い精の飛沫《しぶき》を浴びせられているのがわかる。

「あ、ふ……ぁぁ、はぁ……」

どうしようもないほど幸せで、夢中でバジルに縋《すが》りつく。膣奥へ注がれる熱い奔流《ほんりゅう》に、恍惚《こうこつ》の喘《あえ》ぎが止められない。

やがてようやく精を吐き出し終えた雄がズルリと抜けていく感覚に、メリッサはすっかり脱力し切った身体を大きく震わせた。

蜜壷の中は快楽の余韻にヒクヒクと蠢《うごめ》き続け、かすかに開いている膣口からは混ざり合った愛液と精がトロリと溢《あふ》れる。

（あ……もう、二日も、経ったの……）

メリッサはぼんやりと、窓の外の夜空へと視線をやる。

頭が痺《しび》れ切って、時間の感覚なんかまるでなかった。いつの間にそんなに時間が経っていたのだろう……

バジルの手がゆっくりと、優しく髪を撫《な》でてくれる。それがひどく心地良くて、瞼《まぶた》が自然に落ちていく。そのままうっとり目を閉じていると、唐突にひょいと抱き上げられた。

「ふぁっ!?」

バジルの腰……蛇と人との境目で後ろ向きに座らされて、思わず間の抜けた声をあげてしまう。

それ以上に驚いたことには、たった今精が放たれたばかりのはずなのに、メリッサの濡《ぬ》れそぼった内腿《うちもも》には硬くそそり立った棘《とげ》つきの雄が当たっているのだ。

しかもその雄は、あんなにメリッサの体内をかき回したものとは思えないほど綺麗に乾いている。

「は……あ、あの……？」

メリッサは唇を戦慄《わなな》かせ、首を捻《ひね》って恐る恐るバジルを振り仰《あお》いだ。

メリッサの首筋に口付けを落としながら、バジルが嬉しそうに含み笑いをする。

「聞かれなかったので言いませんでしたが、ラミアの性器は二つあって交互に使えるのですよ。こちらが終わる頃には、最初の方がまた使えるようになります」

「ええ!? それじゃ……まだ……」

「まさか、もう二日経ったと思いましたか？　まだほんの数時間ですよ」

にこやかな宣告に、メリッサは自分の顔から血の気が引いていくのを感じた。

――交互って……あれを何回も繰り返し!? 無理！　絶対無理!!　せめて休憩をください っ!!

「いや、その……待っ……あっ、やぁっ！」

訴える間もなく大きく開いた両膝を抱えられて、軽々と持ち上げられてしまう。

そして流しこまれた精と蜜で潤《うるお》い切っている秘所へ、二本目の性器がピトリと添えられた。

「あっ！　ん、あぁっ！」

そのまま腰を落とされ、メリッサの蜜壺はズブズブと太い屹立《きつりつ》を呑み込んでいく。

後ろからしっかり抱きしめられながら、自《みずか》らの体重で串刺しにされ、メリッサは喉を反らして高い啼《な》き声をあげた。

バジルはその体勢で蜜壺の前面を強く擦《こす》り上げながら、メリッサの両胸を指先で弄《いじ》り始めた。

「あっ、あ……ぅ、……」

やわやわと乳房を揉まれ、硬く尖った先端をきゅっきゅっと何度も摘《つ》ままれると、胸の奥から貫《つらぬ》かれている箇所まで、ピンと快楽の糸が繋がる。

そのたびにメリッサはあられもない嬌声《きょうせい》をあげ、体内の雄を締め上げた。真っ赤に火《ほ》照《て》った頬を、感じすぎて溢《あふ》れた涙が幾筋も伝っていく。

「そんなに泣いて……ああ、こちらも触ってほしかったのですか」

バジルが意地悪くクスリと笑い、片手を下ろして充血し切った敏感な花芽に触れる。

「ん、ああっ!!」

指の腹で強く擦《こす》られ、メリッサの瞼《まぶた》の裏で快楽の火花が散る。絶頂の衝撃に爪先がきゅっと丸まり、膝から下が何度もビクビクと宙に跳ね上がった。

そんなメリッサの両脚に蛇尾がまたくるくると絡みつき、メリッサの身体は脚を大きく開いたままの体勢で固定されてしまう。

「は、はぁ……、あ、あぁ……」

大きく喘《あえ》ぎながらバジルに背を預けていると、音をたてて首筋を吸われた。ツキンと刺す痛みまでが強い快楽になって、男を受け入れている媚肉《びにく》を震わせる。

「散々焦《じ》らされたあげく、あんなに煽《あお》られたのですから。メリッサの可愛い姿を、気の済むまで堪能させていただきますよ」

バジルがメリッサの腰を掴み、ゆっくりと下から突き上げ始めた。

「ぁふ、や……だめっ……はぁっ……あ、あぁっ！」

まだ息も整わないまま、メリッサは悲鳴をあげた。

内側にまだ残っている精をすり込むようにグリグリとかき回されていると、堪《たま》らない愉悦《ゆえつ》がこみ上げてくる。

「ふ……はぁ、ん……お、おねが……っ……許……くぅ……んっ、はぁ……」

子犬の鳴き声にも似た甘い声をあげながら、必死でバジルを振り仰《あお》ぐ。

「メリッサ……愛しております」

同時に恍惚《こうこつ》に満ちた表情で、額にちゅっと口付けられた。

手加減してくださいと訴えたかったのに、眦《まなじり》に溜まった涙を唇で優しく吸い取られると、頭の芯までうっとりと痺《しび》れて何も言えなくなる。

「愛しすぎて、理性など飛んでしまいます。メリッサのことしか考えられない……メリッサも、私のことしか考えられなくなるほど溺《おぼ》れてください……」

とびきり甘ったるい蕩《とろ》けそうな声で、耳元に囁《ささや》かれる。

——あ、あ……ずる、い……

さっきまで強気で余裕だったくせに、急に甘えたりして……

もうとっくにメリッサは彼を愛しすぎてしまって、彼のこの身勝手な要求をはねつけられずにいるのに。

返事を促《うなが》すようにチロリと唇を舐められると、メリッサは自分から口付けを深くして応《こた》える。

そして結局。

休暇中でも十分に狡猾《こうかつ》な蛇王の甘い責め苦に、メリッサは二日どころか三日間も啼《な》かされ続ける羽目になったのだった。

エピローグ

――バジルとメリッサが結ばれて二週間。

今日はエラルドの宅配馬車が来る月曜日なので、バジルはいつものように大人しく自室に篭《こも》っていた。

手持ち無沙汰《ぶさた》になった彼は、部屋の隅に置かれた小さな書き物机の椅子に腰掛け、引き出しから取り出した小箱を眺める。

白い包装紙と金色のリボンでラッピングされた小箱の中身は、結婚の贈り物としてメリッサに渡すはずだった髪飾りだ。

(……普通に渡せばいいだけの話なのですがね)

バジルの予定では、マルシェの日の夜、メリッサを抱く前にこれを贈る予定だった。

ところが、あのとんでもない事件が起こり、全ての予定が狂ってしまったのだ。

薬草園《ハーブガーデン》に無事帰っても、肉体的にも精神的にも大きな傷を負った彼女に手を出すなど、とてもできない。怪我が治るまでと我慢しているうちに、今度は歯止めのかからなくなった自分が、メリッサを傷つけてしまうのではないかと怖くなってきた。

そのためメリッサの傷が完治してからも髪飾りの小箱を眺めつつ、悶々《もんもん》と悩んでいたところ、彼女から二回目の飛びつきを喰らったというわけだ。

——一人のラミア……いや、男として言わせてもらうなら、あの状況では少しばかり理性を失っても仕方ないと思う。

三日間、夢中でメリッサを貪《むさぼ》っている間、髪飾りのことなど完全に忘れていた。

思い出したのは、翌日の夕方。メリッサがようやく起き上がれるようになってからだ。

その時に渡せばまだ良かったのに、己《おのれ》の失態に動揺しまくっていたバジルは、とっさに小箱を引き出しに放り込んで隠してしまったのだ。

……そして、今に至る。

髪飾りの存在すら知らないメリッサがそれについて何か言うはずもなく、バジルは度重なる失態を思うたびに、自己嫌悪に陥《おちい》るのだった。完全にタイミングを逃した婚礼の贈り物を、いつどんな顔をして渡せばいいのか、見当がつかない。

思えばキリシアムを建国して安定させるまでには、山ほどの困難があった。

蛇王としてならば、そんな問題も冷静に受け止め、最善の解決方法を素早く考えられた。

なのにバジルの個人的な悩みとなると、途端にそれができなくなってしまう。

昔、オルディにも言われたことだ。

一個人として、王の役目に疲れ果てているのに、それを素直に認めもしなければ対処もせずに、ひたすら我慢し続けていたことが、その最たる証拠だと……

（くっ……今日こそ渡します！）

確か昨日も一昨日も同じ決意を固めたはずだが、叶わなかった。今度こそはと気合を込めて、小箱を睨《にら》んだ時だった。

森の小道をやってくる馬車の音が、かすかに聞こえてきた。立ち上がって窓の外を見ると、やはりエラルドの馬車だ。

音を聞きつけたメリッサが、門の方へ歩いていくのも見える。

バジルはすぐそこまで来た馬車に視線をやり、小さく呟《つぶや》いた。

「……いつまでも先延ばしにしたところで、何も解決しませんね」

ずるずると先延ばしにしていた重要な問題は、髪飾りの他にもあるのだ。

窓を開けて、両脚を長い蛇の形に変える。そして傍らに置いてあった麦わら帽子をかぶると、窓枠を掴んで外へと身を躍らせた。家の外壁に蛇尾を滑らせ、瞬時に音もなく地面に下り立つ。

「バ、バジルさんっ⁉」

薔薇《ばら》の絡まる門の前に立っていたメリッサが焦って声をあげた。

ちょうど門の前に馬車をつけたエラルドも、ラミアの姿を明かしたバジルを見て、唖《あ》然《ぜん》としている。

「メリッサ。すみませんが、エラルド君と大事な話があるので、少しだけ席を外してください」

バジルはそう言い、メリッサをひょいと抱き上げた。

素早く玄関ポーチを上り、驚愕《きょうがく》しているメリッサを家の中へ押し込んで扉を閉める。念のため、扉は蛇尾の端でしっかりと押さえた。

「諸事情から、あまり私の姿を公《おおやけ》にしたくなかったものですから……今まで隠していて申し訳ありません」

バジルは麦わら帽子を取り、御者台《ぎょしゃだい》から降りたエラルドにきちんと顔を見せる。その上で彼を欺《あざむ》いていたことについて詫《わ》びた。

「へぇ……っていうか……」

エラルドは曖昧《あいまい》に口の中で呟《つぶや》き、不躾《ぶしつけ》なほどじろじろとバジルを上から下まで眺めた。

「バジ……いや、まさか……」

困惑顔のまま、小声でブツブツと言っては、首を捻《ひね》っている。

彼は商売柄、大勢の客から話を聞く機会があるため、遠い地のこともよく知っているのだそうだ。

恐らくラミアの王は左右の色が違う瞳に死人の肌色、そして金の蛇尾を持っているのだと、どこかで聞いたことがあるのだろう。

バジルは頷き、彼の考えを肯定した。

「はい。バジルと呼ばれていますが、本名はバジレイオスです」

「っ!!」

やっぱり!! と言わんばかりに、エラルドは目を剥《む》いて仰《の》け反《ぞ》る。

「ガキの頃にオルディじいさんから、蛇王さまと会ったことがあるって聞いてたけど……友人とか……会ったことがあるどころじゃねーだろうが……」

彼は呻《うめ》くと、チラリと空を仰《あお》ぐ。そうしてその先にいる相手に抗議するように顔をしかめた。

「とにかく、なんて呼べばいい？　蛇王さま？　今さらだけど、敬語とか使うべきなのかな？」

「今までと同じでお願いします。ここでは、一個人のバジルですから」

そう言うと、エラルドは息を吐いて肩の力を抜いた。

「んじゃ、バジルさん。念のために聞くが、メリッサはあんたの本名を知ってるんだよな？」

「はい。君に黙っていたのは私のためなので、どうぞ責めないでください」

「……そんなことするかよ」

そう言いつつも、エラルドの声は少々不満そうだった。理性では分かっていても、彼としてはメリッサが自分に隠し事をしていた……それも、彼女が一緒に暮らしている相手のこととあっては、さぞかし面白くない気分だろう。

そんな彼の気分をさらに悪くさせるのは心苦しかったが、バジルはあえて淡々と告げた。

「それから……こちらについては謝りませんが、私はこれからもここに住むと決め、メリッサを伴侶《はんりょ》としました」

それを聞いた時のエラルドといったら。

バジルは一瞬、彼が卒倒するのではないかと思った。

彼はあんぐりと口を開け、これ以上ないほど大きく目を見開いて硬直していた。

一発くらい殴られるかと思っていたのだが、そんな余裕もないほど驚かせてしまったらしい。

エラルドは何度か深呼吸してから、ようやく低い声を発した。

「けど……あんたは魔物だろ…………俺の言いたいこと、分かるよな？」

「はい。私がメリッサを伴侶としている限り、彼女から子孫を残す道を奪うことになります」

素直に返答した。

バジルがどう足掻《あが》こうと、これだけは覆《くつがえ》せない部分だ。

最初に考えていたように、まっとうな後見人としてメリッサに接するならば、見所のある薬草栽培師の婿《むこ》を探して引き合わせるか、エラルドからの好意に気づかせて、彼との仲を取り持つべきだった。

いや、メリッサが薬草園《ハーブガーデン》の存続のために、見知らぬ薬草栽培師と見合いするとなれば、彼はきっと自分が薬草園の手伝いをすると言い出すだろう。

エラルドが栽培師に向くかどうかは疑問だが、体力もあるし、なかなか頭の切れそうな青年だ。力仕事や、メリッサが苦手とする経営部分などを助けられるなら、それこそ申し分ない相手となる。

何より人間の彼との間には、確実ではなくとも、子どもを授かる可能性が十分にあるのだ。

——それらの理屈を全て理解してはいても、バジルはメリッサをエラルドに……いや、他のどんな相手にも渡せない。彼女を手離せない。

エラルドはしばし無言でバジルを眺めた後、不意に頭をガシガシと掻いた。

「バジルさん。正直に言わせてもらうけど、麦わら帽子が絶望的に似合わないぞ」

思いがけない言葉にバジルは面食らい、同時に少しばかりショックを受けた。

「おや、そうですか」

自分ではとてもしっくりすると思っていた麦わら帽子を眺めると、エラルドが拗《す》ねたような声で続けた。

「でもさ……すっげぇ悔しいけど、あんたがメリッサの隣にいるのは、すごく自然な感じがした。だから、まぁ……魔物か人間かなんて、大した問題じゃねーんだろうな」

悔しいという言葉の通り、とても苦々しげな声だ。なのにバジルに向けた目には、憤《ふん》慨《がい》や憎悪といったものは微塵《みじん》もない。

そして彼は、玄関の扉を押さえている蛇尾に向けて顎《あご》をしゃくった。

「開けてやってくれよ。俺たちが何を話してるのか、気になって仕方ないんだろ」

バジルが振り向くと、メリッサがカーテンで半分顔を隠しながら、居間の窓に張り付いているのが見えた。

「ええ」

思わず噴き出しそうになって、バジルは蛇尾を扉から離す。

エラルドがこっちに来るように手招きすると、メリッサは顔を真っ赤にして窓から離れ、玄関から飛び出してきた。

詳しい会話は聞こえずとも、エラルドの驚いた表情などから、バジルが正体を明かしたことくらいは察したのだろう。

「エラルドっ！　今まで黙っててごめんね。バジルさんがここにいること、あまり人に知られたくなくて……」

両手を振ってしどろもどろに説明しようとするメリッサの額を、エラルドが指先で軽くつついた。

「俺がそんなにおしゃべりだと思ってんのかよ。失礼な奴だな」

「そ、そういうわけじゃないけど……」

「つーか、結婚したなら、さっさと言いやがれ。蛇王さまを婿《むこ》にしたなんて、よく頑張ったじゃねーか」

それを聞いたメリッサは、今度は耳まで真っ赤にして、帽子を引き下ろし顔を隠してしまった。

エラルドは人差し指でメリッサの帽子を軽く弾くと、馬車の荷台からさっさと小麦粉の袋や干し肉などを降ろし始めた。

そして何事もなかったように、また来週運ぶ品をメリッサに聞き、馬車を走らせて木立の中へ消えていった。


「――少し待っていただけますか？　メリッサに渡さなければいけないものがあります」

食料品を全て貯蔵庫に納め終わると、バジルは薬草園《ハーブガーデン》に戻ろうとしたメリッサを引き止めた。

突然の言葉に不思議そうな顔をする彼女に、居間で待っていてくれるように告げる。

決意が挫《くじ》けぬうちに、急いで自室から髪飾りの箱を取ってきて居間に戻り、メリッサの手に握らせる。

「え……？　開けてもいいですか？」

不思議そうに彼女から尋ねられると、柄にもなく急に恥ずかしさがこみ上げてきた。

バジルは顔を逸《そ》らして頷く。

「どうぞ」

リボンを解いて包装紙を慎重に開くガサゴソという音がし……続いてメリッサが息を呑む音が聞こえた。

「これ、もしかして……」

「すみません。本来なら伴侶《はんりょ》とする前に渡すべきでしたが、タイミングを逃してしまって……」

ようやくバジルが振り向くと、メリッサは髪飾りを手に硬直していた。

「……もしかして、気に入りませんでしたか？」

真珠の付いた花の形の髪飾りを身じろぎもせず凝視《ぎょうし》している彼女に、不安になって尋ねた。

婚礼の贈り物は、相手の女性には秘密で用意するものらしい。自分が相手の好みをどれだけ理解しているか、形にして示すという意味があるそうだ。

なのでオルディは妻に、彼女がもっとも好きな色の石を組み込んだブローチを贈り、彼の息子は、貴金属より生花を好む恋人に、新種の薔薇《ばら》を贈って結婚を申し込んだのだ。

それでバジルも、メリッサの持ち物などから、彼女の好みそうなデザインを予想して頼んだのだが……

「い、いえっ！　そうじゃなくて……っ！」

パッと顔を上げたメリッサは、酸欠の魚のように口をパクパクさせながら、切れ切れに声をあげる。

「ビックリしたんです。だって、キリシアムには婚礼の贈り物なんて習慣は、ないんじゃないかと……」

「ええ。キリシアムにはありませんね」

そもそも魔物には、婚姻という習慣からしてほとんど浸透していない。

「ですが、私がメリッサの伴侶《はんりょ》として暮らすのは、トラソル王国ですから。こちらの風習に倣《なら》うのも悪くはないでしょう」

瞳を潤《うる》ませたメリッサから見つめられると、いっそう気恥ずかしくなる。顔を背《そむ》けたいのを必死で我慢していると、不意にぎゅっと抱きつかれた。

「バジルさん……ありがとうございます。すごく嬉しいです」

感極まった声で呟《つぶや》かれ、バジルは自分の理性がプチンと切れる音を聞いた。

——今日の薬草園《ハーブガーデン》の仕事は、メリッサが眠った後にでも片付けましょう。

眠る必要のない不死の蛇王は、勝手に決定する。

蜜期《みつき》以外のラミアとて、伴侶を思う存分愛《め》でて蕩《とろ》けさせたいという欲求は持っているのだ。

そして彼は、命の源《みなもと》である薬草と同じ名を持つかけがえのない伴侶を抱き上げ、寝室に直行した。

番外編　そんな貴方が大好きです

――バジルがメリッサに婚姻の証《あかし》を贈ってから二週間。

今日は、朝からしとしと降る細い雨が、薬草園《ハーブガーデン》に適度な水やりをしてくれていた。

外の作業ができない雨の日を、メリッサは軟膏《なんこう》やジャムなどを作る時間にあてている。

しかしいつものようにバジルが手伝ってくれたので、どの作業も午前中のうちにすっかり片付いてしまっていた。

雨合羽《あまがっぱ》を着た郵便屋さんがやってきたのは、二人で昼食の後片付けをしている時だった。

「あ」

郵便屋さんから受け取った茶封筒に、メリッサはドキリとする。宛先《あてさき》に『トリスタ薬草園』とだけ書かれた、キリシアムの消印付きの封筒は、見覚えのあるものだった。

「バジルさん、お手紙です」

メリッサはそれをそのまま台所で最後の皿を拭いていたバジルのところへ持っていく。

「後はのんびりするだけなんですから。早く読んできちゃってください」

バジルに封筒を押し付けて二階へ追いやり、メリッサは布巾《ふきん》を片付けて居間に行く。

そしてソファーの上でクッションを抱え、ソワソワと落ち着かない気分で天井を見上げた。

するとすぐに居間の扉が開き、困惑顔のバジルが姿を見せる。彼は、例の小さめの封筒を二通持っていた。

「どうかしたんですか？」

ドキドキしながら尋ねると、バジルはメリッサの隣に座り、封筒の片方を差し出した。

「こちらはメリッサ宛《あて》です」

「私に!?」

驚いたが、確かに封筒の宛名《あてな》にはメリッサの名前が記されていた。開くと、白い便箋《びんせん》と細長い紙片が入っていた。

便箋には、いかにも几帳面《きちょうめん》そうな細かい文字が綴《つづ》られている。

『はじめまして。わたくしはバジレイオス陛下の留守をお預かりしております、ミルトルと申します。

メリッサさま。このたびの陛下とのご結婚、心よりお祝い申し上げます。つきましては、ぜひ新婚旅行にキリシアムの観光をお薦《すす》めしたいと思い、勝手ながら汽車のチケットを同封いたしました。

こちらには珍しい植物も多くございますので、気が向かれましたら、いつでもお立ち寄りくださいませ』

「……だ、そうです」

メリッサは手紙を読み上げると、同封されていた紙片をバジルに見せる。それはまさしくキリシアム行きの汽車のチケットだった。

「く…………ミルトル君……っ」

バジルが額を押さえて深い溜め息をつく。

「先日彼に宛《あ》てた手紙に、こちらで伴侶《はんりょ》を得たので帰れませんと書いたのですが……そう来ましたか」

「これってやっぱり、バジルさんに帰ってこいって催促《さいそく》してるんですよね？」

「そうでしょうね。そして帰ったが最後、メリッサともども国から出してもらえなくなる予感が……何しろ、チケットが片道分しか入っていない」

今度こそ確実に軟禁コース……！　と、頭を抱えて呻《うめ》くバジルを前に、メリッサはなんだか笑いたくなってしまった。

「やっぱりバジルさんにも、苦手な相手はいるんですね」

「それはもう。靴も靴下も苦手ですし、食べ物の好き嫌いだってありますよ。悩みも多数あります」

バジルが軽く肩をすくめて苦笑する。

しかし、そんな蛇王さまの普段の姿を知るにつれ、メリッサにとって彼は、世界で一番大切な存在となったのだ。

「そうですね、とりあえず今の一番の悩みは……」

バジルがメリッサから封筒をひょいと取り上げて、腰を抱き寄せた。

「そろそろ蜜期《みつき》に入りますが、今度はメリッサを寝込ませない程度に加減できるか……ということです」

「……え？」

一ヶ月前を思い出し、メリッサは青ざめる。

初めて、本当に身体を繋げたあの時。

バジルに愛されて、自分も彼を愛して、信じられないほど幸せだった。全身が蕩《とろ》けそうなくらい気持ちよかった。それは認める。

——だが、しかし……っ！

正直に言えば、あの時は丸一日過ぎたあたりから、メリッサはもうほとんど意識がなかった。

ぬるま湯に浸《ひた》っているような朦朧《もうろう》とした意識の中、二つの性器で交互に貫《つらぬ》かれ、溢《あふ》れるほどの精を注がれて、ひたすら快楽に喘《あえ》がされた。バジルと繋がること以外は何も考えられず、自分からも何度も淫《みだ》らに求めてしまったような気がする。

終わった後、丸三日間も繋がっていたと知らされた時は、耳を疑ったものだ。

だがさすがに長く繋がりすぎたようで、結局メリッサは、その後も一日グッタリと寝込む羽目になった。

（う、うぅ……次は、もうちょっと手加減してくれるといいんだけど……）

幸せは幸せでも、それに伴《ともな》う負荷を考慮すると、やはり及び腰になってしまう。

「あの、そういえば……そもそも蜜期《みつき》って、何月何日なんですか？」

メリッサは壁に掛かったカレンダーをふむふむとチェックしているバジルに尋ねる。

衝撃的なことが色々ありすぎて、大切なことを聞いていなかった気がする。

「特に日にちは決まっておりません。季節の変わり目に一度、伴侶《はんりょ》との都合のいい日を選んで行《おこな》います」

にこやかな笑顔でサラリと答えられ、メリッサは硬直した。

「季節の変わり目って、それじゃ……」

「約三ヶ月ごとですね。一ヶ月前のアレは初めて愛を誓い合うということで特別でしたが……」

――うわあぁ!! あんなにすごいこと、年に一回だと、勝手に思い込んでいましたよ！

思わずメリッサは、胸中で絶叫する。

……もっともあの日以来、まるきり何もされていないわけではない。

蜜期以外にも、伴侶を愛していれば普通に愛撫《あいぶ》はすると言われ、今もほぼ毎晩のように口や手で蕩《とろ》かされてしまっている。

慣らしと同じで、性器の挿入はないし、バジルも衣服を脱がない。ただこれはラミアとしてごく普通のことだというので、慣らしの時のような罪悪感を抱かずに済んでいた。

「おや。心配でしたら、次の蜜期に備えて、もっと奥まで念入りに慣らしておきましょうか」

バジルが首をかしげ、メリッサの顔を覗き込んだ。

気のせいか、その口元にはどことなく意地悪い微笑みが浮かんでいるようで……

「も、もっと奥……？」

恐々《こわごわ》と聞き返すメリッサに、バジルの顔がさらに近付く。ドキリとして反射的に目を瞑《つむ》ると、ちょんと唇を啄《ついば》まれた。

「一つ、試してみたいことがあるのです。お願いを聞いてくれますか？」

「え？　はい……何ですか？」

目を開けると、ニコニコと上機嫌な顔をしたバジルが、人間そっくりに形作られた自分の二本脚を示した。

「人の姿のまま、メリッサを抱いてみたいのです」

「……？」

思わぬ発言に、メリッサは何度か瞬《まばた》きをした。

ラミアは人型では交わらないと聞いていたし、実際バジルも性的な興奮が高まると蛇の姿をとってしまうようだったが……

メリッサの視線を受け、バジルはやや気恥ずかしそうに苦笑した。

「私も不思議なのですが、メリッサを愛撫《あいぶ》しているうちに……人の姿のままでも強く欲情するようになってしまいましてね」

人とラミアが結ばれるのはかなり珍しいが、前例がなかったわけでもない。だからこそ『慣らし』という行為が生まれたのだ。

そしてその少ない前例の中でもさらに少数ではあるが、バジルと同じく人型で欲情するようになった者もいるそうだ。

恐らくメリッサの体質が、度重なる愛撫によりバジルの体液を吸収しやすくなっていったのと同様に、バジルの体質もメリッサの体液で人間と性交しやすいよう変化しつつあるのでは……と、彼は己《おのれ》の見解を述べる。

そうなるかならないかは、伴侶《はんりょ》との相性や個々の体質によるのだろう。

ともあれそれらの前例によると、舌で唾液を染み込ませるより、もっと体の奥の方でより多くの体液を注げば、それだけ女性の身体の耐久性も増す……らしい。

「……とはいえ、私の本音は別にありますがね」

バジルは微笑み、土気色《つちけいろ》の冷たい手でメリッサの頬を撫《な》でた。

「蜜期《みつき》以外にも、人の姿で適度にメリッサと愛し合えたら、とても幸せなのですが……よろしいですか？」

愛しくて堪《たま》らないというように、色の違う双眸《そうぼう》を細める彼に、メリッサは思わず見惚《みと》れてしまう。

「そ、そういうことだったら、別に……私はいつでも、構いませんけど……」

かぁっと頬を赤らめつつ、コクンと頷いた。

普段はメリッサだけが愛撫《あいぶ》されていたけれど、人間の姿で交わることで彼も一緒に気持ちよくなってくれるならとても嬉しい。

「ああ、良かった」

バジルが嬉しそうに微笑み、ひゅっと息を吸って心臓を動かす。次の瞬間メリッサは、あっと声をあげる間もなくソファーの上に押し倒されていた。キルトカバーをかけたこのソファーは、簡易ベッドとしても使えるほど大きく、ふかふかと柔らかい。

「えっ⁉　今、ここで、ですか⁉」

あまりの性急さにメリッサは驚く。

「いつでもいいと言ってくれたではないですか。それに、今日はもうのんびりするだけなのでしょう？」

「それは……っ！」

いつでも、とはあくまでも夜、寝室にいる時の話。昼間からここで、いかがわしいことをしたいと言ったわけではない。

しかしバジルは、そんな抗議を聞くつもりはまるでないらしく、さっさとメリッサの靴を脱がし、ブラウスのボタンをプチプチと外していく。

「だっ、だめ……ですって、ここじゃ……ぁんっ！」

鎖骨に甘く噛《か》みつかれ、腰を疼《うず》かせる甘い快楽に嬌声《きょうせい》が零《こぼ》れた。

毎晩、手や口だけであれだけ蕩《とろ》かされているのだ。メリッサの性感帯など、とうの昔に熟知されている。

スカート越しに腰をゆるゆると撫《な》でられ、突っぱねようと伸ばした両手からフニャリと力が抜ける。そうなると拒絶するどころか、甘えるようにバジルのシャツへ指を絡ませるだけになってしまう。

それをいいことに彼は、メリッサのブラウスの前をすっかりはだけさせ、胸を包む下着のホックも素早く外してしまった。

さほど大きくはなかったメリッサの胸は執拗《しつよう》に愛撫され続けているうちに、以前より一回りは大きくなっている。そのため下着を剥《は》がされた途端、窮屈《きゅうくつ》に押し込められていた乳房がふるんと震えながら飛び出す。

その真っ白な膨《ふく》らみを即座に唇で食《は》まれ、メリッサはピクンと身体を震わせた。

「ぁ……んっ」

「とても敏感でいやらしい身体になりましたね。素敵ですよ」

薄桃色の先端を舌で弾いて尖らせながら、快楽を仕込んだ張本人がにっと笑う。

「や……っ、なんてこと言うんですか……っ」

余りの羞恥《しゅうち》に目が眩《くら》みそうで、思わず両手で顔を覆《おお》い隠す。その隙にスカートの裾から彼の手が忍び込んできた。足首からふくらはぎ、膝や太腿《ふともも》まで、丁寧にさわさわと撫《な》でさすられる。

「っく……っ……」

不意に内腿《うちもも》をつうっと指でなぞられ、背筋にゾクゾクと快楽が這《は》い上る。

メリッサは目と口をきつく閉じ、さらには両手で口を覆ってこみ上げる嬌声《きょうせい》を必死で堪《こら》えようとした。

いつも夜の寝台でむせび泣かされているが、ここは昼の居間だ。外は雨で薄暗くても、灯りが煌々《こうこう》とついている。

こんなところで……と思うのに、スカートの中で腰や臀部《でんぶ》を執拗《しつよう》にまさぐられると、鼓動が速まってしっとりと肌が汗ばんでくる。

しかも自分の普段着が肌に絡んで擦《こす》れる感覚が新鮮で、メリッサは余計にいけないことをしている気分になった。

はだけたブラウスから零《こぼ》れる乳房を揉まれ、尖った乳首を強く吸い上げられると、気持ちよくて瞳が潤《うる》んできた。

メリッサの身体を疼《うず》かせる淫靡《いんび》な火照《ほて》りもますます増していく。

「んっ、ん……はぁ……」

次第に声を殺すのが難しくなり、悩ましい嬌声が切れ切れに漏れていく。ブラウスの下に潜《もぐ》り込んだ手に脇腹を擦られれば、溜め息のような吐息まで零れた。

頬を赤く染めて眉をひそめ、半裸で悶《もだ》えている己《おのれ》の姿が、バジルの興奮を余計に煽《あお》っていることなど気付かずに、メリッサはただ喘《あえ》ぎ続ける。

「はぁ……ぁ……んんっ！」

下着ごしに割れ目をなぞられ、ビクンと腰が跳ねた。続いて小さく円を描くように指先で花芽を嬲《なぶ》られると、ジンジンとした愉悦《ゆえつ》が膣奥へと伝達する。

「寝台でなくても、しっかりと濡《ぬ》れていますよ。むしろ、いつもより感じやすいくらいのようですが？」

下着の布をずらし、くちゅくちゅと音を立てて秘裂をかき回しながら、バジルがやや意地の悪い指摘をする。

「あ、ぁぁ……言わな……で……っ」

荒い呼吸の最中、メリッサは泣き声をあげる。

認めたくないが、羞恥に苛《さいな》まれつつもメリッサの身体は与えられる快楽にいつも以上の喜びを感じていた。

火照《ほて》り切った身体の奥が耐え難《がた》く疼《うず》き、蜜洞は物欲しげにヒクヒクと蠢《うごめ》いている。

下着の紐を解かれ、蕩《とろ》け切った熱い蜜口に指を一本差し込まれると、歓喜したようにきつく締め付けてしまう。

「ひ……や、ぁ……あ……」

自分がどれほどの痴態《ちたい》を晒《さら》しているかを思い浮かべると、いっそうゾクゾクと肌が粟《あわ》立《だ》った。

三本まで増やされた指に蜜壷をかき回され、乱れたスカートの中からジュプジュプと卑猥《ひわい》な音が聞こえてくる。

次第に高まる熱にメリッサの太腿《ふともも》がブルブルと震え出し、靴下を履いた足先がソファーの座面を踏みしめる。

「あ、あぁ……ふっ……ぁっ⁉」

近付く絶頂に、身体をぐっと硬くした時、唐突に指が引き抜かれた。

指を締め付けていた膣口を強く擦《こす》られた衝撃と、なおも収まらない疼きに、ビクビクと打ち震える。そんなメリッサを、バジルが抱き起こして膝に座らせた。

彼の両脚を跨《また》いだまま向かい合わせになった二人の腰元を、メリッサのスカートがふわりと覆《おお》う。

いつの間にかバジルは、黒い腰巻き布の金具をいくつか外して、前をくつろげていた。腰をぐっと引き寄せられると、密着した彼の下腹部との合間に、熱い塊《かたまり》の存在を感じる。

「あ……」

下腹部へ擦りつけられたその熱に、思わずメリッサは小さく声を漏らしてしまった。

人間の状態での彼の性器は、スカート布が邪魔をして見えない。

たとえ見えたとしても、メリッサは人間の男性器をまじまじと見たことはないのだから、これが普通の人間と同じものなのかは判断できなかっただろう。

メリッサの淡い茂みに押し付けられている雄は、あの肉棘《にくとげ》こそついていないものの、ラミアの時と同じくらい太くて長く、普段の彼の体温からは想像もつかないほど熱い。

毎晩、指や口だけでも十分すぎるほど果てさせられていたが、熱い雄を埋め込まれた時のあの強烈な感覚を思い出すと、ドクンと心臓が跳ねる。

腰が勝手に揺らぎ、瞳が潤《うる》んで口の中には唾液が溢《あふ》れてきた。

（やだ……私……）

欲情に正直すぎる自分の身体に、いっそう羞恥《しゅうち》を覚える。

「このまま、挿《い》れてもいいですか？」

彼の囁《ささや》き声も情欲で上擦《うわず》っていた。そのまま火照《ほて》った耳朶《じだ》を甘噛《あまが》みされて、メリッサの肩はビクンと跳ねる。

そっと頭を引き寄せられ、唇が重なった。慈《いつく》しむように何度も柔らかく重ねられたかと思うと、ヌルリと口腔に舌を差し込まれて、次第に深く絡めとられる。

「っふ……ん、ぅ……」

身も心もぐずぐずに蕩《とろ》かすような口付けに、頭の芯が痺《しび》れていく。恍惚《こうこつ》のまま、メリッサもバジルの首に両腕を回して抱きついた。腰からゾクゾクと這《は》い上る愉悦《ゆえつ》に背筋を震わせながら、口内を這う柔らかくて熱い舌に、自分の舌を熱心に絡めて応《こた》える。

やがて濡《ぬ》れた音をたてて唇が離れ、口端に溢《あふ》れた唾液を舐め取られた。

じくじくと身体を疼《うず》かせる欲求に耐え切れず、メリッサは甘い喘《あえ》ぎを漏らしながらようやく先ほどの彼の問いにコクコクと頷く。

「っは……はぁ……挿《い》れて、ほしい……です……」

すると腰に手を添えられて、膝立ちになるよう促《うなが》された。彼の両肩に手を突き、ガクガクと震える腰を少しだけ浮かせると、熱い屹立《きつりつ》の先端が花弁をクチュリと擦《こす》った。

「ひゃ、ぁんっ」

たったそれだけなのに、痺れるような強い快楽が背筋から頭までつき抜けて、腰が砕けそうになる。

膝からはすでに力が抜けてしまい、自力で身体を支えられなくなったメリッサは、バジルにしがみつく腕にいっそう力を込めた。はだけたブラウスから覗く乳房が、互いの上体の合間で押しつぶされて形を変える。尖って敏感になった先端がバジルのシャツに擦れて、チリチリした疼痛《とうつう》が胸の奥まで響く。

彼の片手がスカートの中に潜《もぐ》り込み、蜜をタラタラ滴《したた》らせている秘所へと屹立を押し当てた。位置を確かめるように小さく前後になぞり、蜜孔にクプリと先端を埋める。

そしてそのままメリッサの腰を両手で掴み、ゆっくりと下ろし始めた。

「んっ！　あ、あ、あぁっ！」

濡襞を硬い雄で擦り上げられ、内で感じる熱にメリッサは喘いだ。

全身を満たしていく愉悦に、眩暈《めまい》がする。

十分すぎるほどのぬめりが潤滑液《じゅんかつえき》となり、狭い蜜洞はバジルの雄を何なく呑み込んでいく。

あの鮮烈な刺激をかきたてる肉棘《にくとげ》はないものの、その分雄茎そのものに蜜壁がピッチリと密着し、堪《たま》らない充足感をメリッサに与えてくれる。

「あ、あ、ぁ……」

腰の奥からせり上がる快楽に、メリッサは喉を震わせる。

まだ挿入の途中だというのに軽く達してしまい、蜜壁がうねって雄茎を締めつけ、まだ入り切らぬ部分を愛液で濡らしていく。

「ふ、ゥ……ぁ、ああ、はぁ……」

悩ましい吐息を立て続けに漏らし、メリッサは瞳を潤《うる》ませてバジルに縋《すが》りついた。

頭がぼうっと茹《ゆ》だり、羞恥《しゅうち》もどこかに行ってしまう。

ようやく最後まで腰を落とし切り、コツンと互いの恥骨が当たると、バジルは宥《なだ》めるようにメリッサの背をさすった。

「は……ふぁ……あ、はぁ……」

その間も背骨を這《は》い上る愉悦《ゆえつ》に、メリッサはゾクゾクと身を震わせる。

ほとんど力の入らない腕をバジルの身体に絡めたまま、メリッサは唾液に濡《ぬ》れた唇から、荒い呼吸を吐き出した。

いっぱいに広げられた蜜壁が、あさましいほどヒクヒクと蠢《うごめ》いては、雄茎に絡みついて歓喜する。

「っ……人型で交わる日が来るなど、想像もしませんでしたが……」

バジルが眉をひそめて小さく呻《うめ》いた。

「ぁ、ふ……バジル……さん、も……きもちいい？」

快楽に痺《しび》れる舌を動かして尋ねると、眦《まなじり》にちゅっと唇を落とされた。

「はい……半身がどちらであろうと、同じぐらいメリッサを感じますよ……」

情欲と愛情をたっぷり孕《はら》んだ瞳で見つめられ、メリッサの心臓がきゅぅと疼《うず》いた。思わずバジルの首を引き寄せ、そこに刻まれた傷痕に口付けをする。

彼に課せられた重すぎる役割も、長すぎる生も、とても辛く大変だったろうけれど、彼が生き続けて、こうして自分と巡り合ってくれたのが嬉しくて堪《たま》らない。

「バジルさん……大好き……」

そう囁《ささや》いて、頬の傷痕や目元の火傷痕にも、そっと唇で触れる。バジルは幸せそうに目を細め、メリッサのなすがままになる。

やがて彼も、メリッサの頬や額に口付けの雨を降らせ始め、どちらからともなく唇が重なった。

「んっ……ん、ぅ……」

唇を割り開かれ、熱い舌がメリッサの口内に侵入する。積極的に舌を絡め返すと、体内に埋め込まれた彼の情欲がビクンと震え、メリッサをさらに煽《あお》り立てた。

ラミアは人型の姿で交わるのを好まないはずなのに、バジルが自分と同じように気持ちよくなっている事実がさらにメリッサの心を満たす。

愛おしさが溢《あふ》れて、もっともっと彼を感じさせたいという欲求がこみ上げてくる。

密着した胸を夢中で擦《こす》りつけ、蜜洞の中で脈打つ雄をきゅっと締め付けた。

「……っ」

バジルが短く息を呑み、メリッサの腰をぐっと掴んだ。

「メリッサは本当に、私を狂わせてしまいますね……」

熱に浮かされたようにバジルは呟《つぶや》き、ペロリと己《おのれ》の口端を舐めると、そのままメリッサの腰を激しく揺さぶり始めた。

「あっ！　ああっ！　はぁ、あぁっ！！」

下からも突き上げられ、抜き差しのたびに結合部から溢れた蜜が互いの腿《もも》を濡らす。

硬い切っ先で膣肉を穿《うが》たれる刺激に、メリッサは喉を震わせて喘《あえ》いだ。

深く繋がりながら何度も唇を重ね、舌を絡めて互いに吸い上げる。

「あぅ、ぁ……いい……あ、ぁ……バジルさん……もっと……」

子宮口をグリグリと捏《こ》ね回すように突かれ、メリッサは小さな舌を覗かせながら、快楽にむせび泣く。

こみ上げる愉悦《ゆえつ》に突き動かされるまま、自分でも腰を揺らめかせ、快楽を貪《むさぼ》った。

キュウキュウと蜜壷を蠢《うごめ》かして雄を締め付け、甘い喘《あえ》ぎをあげる。

やがて一際荒々しく奥まで貫《つらぬ》かれた瞬間、昂《たか》ぶり切っていた身体は強烈な快楽に灼《や》かれ、視界が真っ白に爆《は》ぜた。

「ん、あ、あああっ！」

メリッサは首を仰《の》け反《ぞ》らせ、ガクガクと身を震わせて達した。

ふわふわとした浮遊感に包まれ、脱力した身体を心地よい気だるさが満たす。

「は、はぁ……はぁ……ぁ……」

バジルにくたりと身体を預け、メリッサは大きく喘ぐ。

そのまま絶頂の余韻に恍惚《こうこつ》としていると、背中に手を添えられて、繋がったままソファーの座面に押し倒される。

「あっ……ぁんっ」

体位を変えた拍子に、埋め込まれた雄の先端が内壁を強く抉《えぐ》り、メリッサは濡《ぬ》れた声をあげた。

バジルがメリッサの上に覆《おお》いかぶさり、片脚を抱える。

「っ……気持ちよくて、堪《たま》らない……動きますよ……」

わずかに上擦《うわず》った声と共に、汗の滲《にじ》んだ額へ口付けを落とされた。

「ふぁっ!?　あぁ……はっ……あぁ……」

まだ息も整い切らぬうちに、体内の雄が敏感になった内壁を擦《こす》り始める。

深く埋め込まれた雄が半ばまで引き抜かれたかと思うと、また沈められていく。

そのゆっくりした抽送《ちゅうそう》は、次第に激しさを増す。

肌の打ちつけられる音と、ジュプジュプと蜜の泡立つ卑猥《ひわい》な音が部屋に響く。

メリッサの乱れた衣服から覗く真っ白な胸元や内腿《うちもも》も赤みを帯び、火照《ほて》った頬に愉悦《ゆえつ》の涙が幾筋も伝う。

過敏になった肌は、衣服の擦れる感触にさえも快楽を覚え、メリッサはすぐにまた次の絶頂を迎えようとしていた。

バジルが腰を打ちつけながら、揺れ弾むメリッサの乳房に吸いついた。尖った先端を唇で食《は》まれ、舌で弾かれる。

「ああぁっ！」

胸の奥をビリリと貫く快楽と共に、最奥の窄《すぼ》まりを突き上げられ、メリッサはビクビクと身体を震わせる。

絶頂の衝撃にぎゅっと身体を強張《こわば》らせたメリッサは、バジルのシャツを両手で握りしめ、何度も小刻みに震えては、奥から熱い蜜をどっと溢《あふ》れさせる。

膣壁が大きく収縮し、バジルがくっと小さく呻《うめ》いた。腰を抱え直され、ひくつく媚肉《びにく》をなおも硬い雄で容赦なく蹂躙《じゅうりん》される。

「ああっ！　ふぁ、ぁ……も……変に、なっちゃう……っ」

一突きごとに、立て続けに絶頂へ追い上げられ、メリッサの脳裏で白い火花が散り続ける。

「本当に、愛しい……もっと、もっと感じてください……」

バジルが熱の篭《こも》った囁《ささや》き声をかけてくる。彼の声も情欲に掠《かす》れていて、メリッサの背筋はゾクリと震えた。

どうしようもなく、この人が好きで好きで堪《たま》らないのだと、改めて思い知らされる。

打ちつけられる腰の動きが激しさを増し、嬌声《きょうせい》をあげてメリッサが果てると共に、蜜壷をいっぱいに満たしていた雄が、またぐんと膨《ふく》らんだ。

バジルが呻き、さらにきつく抱きしめられる。その瞬間、雄を絞り上げる蜜洞の最奥へと、熱い飛沫《しぶき》が叩きつけるように注がれた。

「はっ、はぁ……はぁ……う、ふぅ……」

ヒクヒクと身を震わせながら、メリッサは断続的な吐精を受け止めた。細かく収縮を繰り返す膣内へ熱い精を噴きかけられるたびに、何度も背筋を震わせる。

やがて額に汗を滲《にじ》ませたバジルがメリッサの上に倒れこむ。

二人は快楽の余韻の中、互いに熱い息を吐きながら抱き合った。


――どれほど、そうして抱き合っていただろうか。

快楽の残滓《ざんし》と心地好い疲労感に包まれたまま、半ば朦朧《もうろう》としていたメリッサは、不意にふわりと横抱きにされて我に返った。

「ひゃっ⁉」

いつの間にかバジルは簡単に身づくろいを整えており、衣服を乱したままのメリッサを抱えてソファーから立ち上がっていた。

「身体を綺麗にしますから、このまま一緒に浴室へ行きましょう」

ニコリと彼は楽しそうに微笑み、そのままスタスタと浴室に向かう。

「え。お風呂……一緒にですか⁉」

今までも、激しい情事にぐったりした身体を濡《ぬ》れタオルで清めてもらったことはある。

けれど、一緒に入浴というのは初めてなので、思わず驚愕《きょうがく》の声をあげてしまった。

そんなメリッサを、バジルがチロリと横目で見る。

「サンには以前、お風呂で洗ってあげると言っていたではありませんか。私だってメリッサを洗いたいし、洗ってほしいのです」

そう言った彼の口調は、ほんの少し拗《す》ねているかのようだ。メリッサはキョトンと目を丸くした。

『サン』という名前には聞き覚えがないし、なぜ自分が名前も知らぬ相手にそんなことを……と、そこまで考えて、ようやく思い当たった。

「それって、もしかして三叉槍《トライデント》さんのことですか？」

バジルが来てからそんなセリフを言ったのは、確かその時だけだ。

「ええ。私はそう呼んでおります」

「名前、あったんですね……初めて知りました」

世の中には聖剣、聖槍などと呼ばれる武器がいくつかあり、どれも大層な名前が付けられている。

しかしバジルの槍は、国の紋章にまでなっているのに、ただ三叉槍とだけ呼ばれ、固有の名前は聞いたことがなかった。

（それにしても、変わった名前だなぁ）

チラリとそんなことを思う。するとまるでメリッサの心の声が聞こえたかのように、バジルが口を開いた。

「実はこの名前、周囲からはいまいち不評でしてね。皆は名前でなく三叉槍《トライデント》と呼ぶので、名無しと思われているのです」

（うーん……確かに、国宝級の武器の名前としては、似合わない気がする……）

メリッサが胸中で頷いていると、唐突に耳朶《じだ》をヌルリと舐められた。

「ふぁっ！」

「……メリッサがサンを甘やかすと、つい妬《や》いてしまいます」

腰が蕩《とろ》けそうな甘い声を耳の奥に注ぎ込まれ、ゾクゾクと全身が震えた。

「私も、メリッサに思い切り甘やかしてほしいです……甘えてもいいですか？」

返事を催促《さいそく》するように、チロチロと唇を舐められる。

「あ、ぁ……」

翻弄《ほんろう》されるままに頷くと、バジルはたちまち満面の笑みを浮かべ、メリッサを抱いたまま素早く浴室に入った。

鉱石ビーズを取り付けた浴室の蛇口は、赤い石のハンドルを捻《ひね》ると湯が出て、青い石のハンドルを捻《ひね》れば冷水が出る。

そうしてバスタブに湯を溜めている間に、バジルは手早くメリッサの服を脱がせ、自分も裸になった。

それから洗い場の椅子にメリッサを座らせると、彼女の身体に温かなシャワーをかけていく。

バスタブに入れた数種類の薬草の粉が、湯をごく淡い緑色に染め、浴室の中を心安らぐ香りで満たす。

だが、その間メリッサはどうにも気恥ずかしくて堪《たま》らず、椅子の上で身体を強張《こわば》らせていた。

（うぅ……やっぱり、恥ずかしい……）

そんなメリッサとは裏腹に、バジルは非常に楽しそうだった。十分にメリッサを濡《ぬ》らすと、後ろから手を回してぴったり閉じていた脚を開かせ、まだ柔らかく蕩けている蜜壷へと指を沈める。

「バ、バジルさんっ!?　や……そこは……」

真っ赤になったメリッサはとっさに脚を閉じようとしたが、もう片方の手で素早く膝を押さえられてしまった。

「まずこちらを洗わないといけませんね」

「ん……っ、ん……」

そのまま指を動かされると、先ほど奥に注がれた白濁がバジルの指を伝って、膣口からトプリと零《こぼ》れ出るのが見えた。

あまりの羞恥《しゅうち》に、メリッサは思わず両手で顔を覆《おお》う。

「や……ぁ……」

洗うと言いながら、バジルの指の動きは明らかに快楽を引き出す意図を持っていた。まだ火照《ほて》っている内壁をグニグニと押され、湧き上がる愉悦《ゆえつ》にメリッサは太腿《ふともも》をブルブルと痙攣《けいれん》させる。

「っふ、んぅ……」

こみ上げる嬌声《きょうせい》を必死で堪《こら》えようとするが、わずかに漏れた声さえも浴室ではやけに大きく反響し、バジルを煽《あお》る。

かき出される白濁は、徐々に透明に変わり、トロトロとバジルの指を伝う。今や中から溢《あふ》れるのは愛液だけだ。それを確認してようやくバジルは蜜壷から指を引き抜いた。

「は、はふ……はぁ……」

安堵と共に、メリッサは切ない息を吐いた。

ついさっき、あれほど達したばかりだというのに、快楽の残滓《ざんし》をすっかり再燃させられてしまい、全身が疼《うず》いて堪《たま》らない。

「辛いですか？　これから身体もしっかり洗いますから、もう少し我慢してくださいね」

バジルは笑顔でわざとらしいセリフを吐くと、今度は自分が椅子に腰掛けて、メリッサを膝に座らせる。そして己《おのれ》の手の平に、液状石鹸《せっけん》をたっぷりと垂らした。

この薬草園《ハーブガーデン》で取れる何種類かの薬草を煮詰めて作った薬液は、髪も身体も洗える優れもので、マルシェでも人気の品だ。

軽く摩擦を加えるだけで真っ白な泡がモコモコと立ち、甘い花の香りが疲れた体を癒《いや》してくれる。

石鹸でぬめる手が、メリッサの脇腹をニュルリと撫《な》でた。

「ひゃんっ！」

くすぐったさに悶《もだ》えてしまったメリッサの裸身を、バジルの手がニュルニュルとまさぐり、その指先が胸の突起を摘《つ》まんだ。そしてヒクンと震えて尖ったそれをなおも執拗《しつよう》に嬲《なぶ》られる。

いつもと違う感触に、ゾクリと肌が粟立《あわだ》つ。腰の奥まで響く淫靡《いんび》な快楽に、メリッサは背を反らして喘《あえ》いだ。

「やっ……は、ぁん、っ……あぁっ！」

その拍子に、泡でぬるついた身体が滑り、バジルの膝から落ちそうになった。

「きゃっ！　ぁ……」

瞬時に蛇の尾が現れ、硬いタイルにぶつかる前にメリッサを掬《すく》い上げる。濡《ぬ》れて光る金の蛇尾は、柔軟にその身をくねらせてメリッサの身体に巻きついた。

「暴れると、危ないですよ」

ぬるぬるとメリッサの肌へ手を滑らせながら、バジルが口角を上げた。彼は薬液のボトルを再び取り上げると、今度はメリッサの胸元に直接ふりかける。

「んっ……」

トロリとした薬液の冷たさに身をすくめると二つの膨《ふく》らみの間に、蛇尾の先端がニュルリと這《は》い上がってきた。

「えっ!?　あっ、んんん……っ！」

ぬめる尾が蠢《うごめ》くたびに、白い柔らかな泡が胸元で膨らんでいく。いつもとは違うぬめり気が、身体を這い回る尾の感触をより淫猥《いんわい》なものに感じさせた。メリッサはガクガクと腰を震わせる。

「んぅ……はぁっ……あ、あぁっ……」

胸元に溜まった泡の中で、尾が乳房の片側に絡みつき、根元から絞り上げては尾の先で乳首を嬲《なぶ》っている。

「私の身体も洗ってくれるのでしょう？」

情欲の篭《こも》った声とともに、メリッサの太腿《ふともも》や腰にも巻きついていた蛇尾が、ズリズリと肌を擦《こす》り始める。

「ふぁっ！　う、んんっ……あっ、ぁ……あ」

肌の奥へと染み渡っていく甘い疼《うず》きに身悶《みもだ》えていると、脚の合間にバジルの手が忍び込んできた。

ニュプリ……と秘裂をなぞられて、メリッサは高い嬌声《きょうせい》をあげる。火照《ほて》ったまま放置されていた秘所への刺激が堪《たま》らない愉悦《ゆえつ》となって、目が眩《くら》むほどだ。

「ひっ、ああっ！」

そこから溢《あふ》れる蜜と泡が混ざり合って、バジルの指でぬらぬらと秘所全体に塗り広げられていく。

続けて花弁を指先で挟んでクニクニと捏《こ》ねられ、再び秘裂に浅く指を埋められる。

「あぁっ！」

メリッサは知らぬうちに身をくねらせ、自《みずか》らバジルの尾や手に裸身を擦りつけていた。

そうしているうちに身体に巻きついた蛇の尾が時折ビクンと跳ねる。自分の行為でバジルも感じていると思うと、いっそうメリッサの気持ちも昂《たか》ぶった。

「は、ぁ……ふ……も、だめ……きちゃう……」

バジルの肩に縋《すが》りつき、腿《もも》を痙攣《けいれん》させて訴える。

「いいですよ。メリッサが気持ちよくなる姿は、何度見ても飽きませんから」

そう言って返礼のようにぬめる指先で花芽を撫《な》で回されると、あっという間に膨《ふく》らんだ熱が弾けた。

艶《つや》やかな嬌声《きょうせい》と共に、メリッサはガクガクと腰を震わせ、絶頂が訪れたことを知らせる。

バジルは蛇の尾を脚に戻し、脱力したメリッサを膝の上に横抱きにして、シャワーで泡を流していく。

緩《ゆる》い水流にもメリッサの過敏になった肌はビクビクと反応し、熱い息を立て続けに吐いては身を震わせてしまう。

綺麗に泡を流し終えると、バジルはメリッサを抱えてバスタブに入る。ただし普通に浸《つ》かるのではなく、メリッサの手を取ってバスタブの縁へ掴まらせ、湯の中で自分に向けて腰を突き出す格好にさせた。

「くっ……ん……」

浴室の熱気と、恥ずかしい姿勢への羞恥《しゅうち》があいまって、頭がクラクラと揺れる。

突き出したお尻に熱く滾《たぎ》った雄を擦《こす》りつけられ、メリッサはビクンと背を反らした。

「あ……本当に、ここで……？」

まだ力の入り切らない腕で必死に身体を支えながら、火照《ほて》った頬をいっそう赤く染める。

「あんなに可愛らしい姿を見せられては、もうこれ以上我慢できません」

淫靡《いんび》に微笑まれると同時に、硬い切っ先を膣口にグリグリと押し付けられて、メリッサの背筋にはゾクリと愉悦《ゆえつ》が駆け上る。

「く、ふ……ぅ……」

膝がガクガク震えて、鼻に抜けるような甘えた声が漏れた。

お腹の奥がキュンと切なく疼《うず》き、蜜壺が物欲しげに蠢《うごめ》く。

早くあの硬い雄を挿《い》れて、思い切り満たしてほしい。

恥ずかしすぎて口には出せないけれど、赤みを帯びて充血した秘所は、新たな蜜を潤《うる》ませてひくつき、その本音を露《あら》わにしている。

耐え切れずメリッサは誘うように腰を揺らしてしまう。するとバジルはメリッサの腰を掴み、ゆっくりと後ろから貫《つらぬ》き始めた。

「あ、あ、あ……」

浴槽の縁を握りしめ、ゾクゾクと頭の芯まで痺《しび》れさせる快楽に、背筋をしならせる。

「っは……中がとても熱くて、のぼせてしまいそうですよ」

根元まで押し込むと、バジルは恍惚《こうこつ》とした声を漏らし、メリッサの背中や肩口に何度も吸い付く。普段は衣服に隠れている濡《ぬ》れた白い肌に、赤い痣《あざ》を思うさま散らしてから、徐々に腰を動かし始めた。

次第に速く、激しくなっていく二人の動きに、湯がパシャパシャと跳ねる。

「あっ……ふ、あ、あっ……あ！」

メリッサの艶《つや》やかな嬌声《きょうせい》が、浴室に大きく反響する。恥ずかしくて声を抑えたくても、最奥を突き上げられるたびに、堪《こら》えようのない快楽がこみ上げる。

下を向いた乳房が動きに合わせてフルフルと揺れ、水滴が飛ぶ。

バジルが片手でメリッサの腰を支えたまま、もう片手を伸ばして乳房を掴んだ。そのままやわやわと揉まれ、先端を指でキュっと摘《つ》まれると、そこから子宮まで快楽が突き通る。

「んぅっ！　あ、ぁんっ！」

背を仰《の》け反《ぞ》らせ、メリッサは衝動のままに喘《あえ》いだ。蜜壷がぎゅっと収縮し、早くそこに精を放ってほしいとばかりに雄をいっそう強く締め付ける。

「……っ」

バジルが息を呑み、律動を速めた。

叩きつけるように最奥まで突かれ、子宮口の窄《すぼ》まりを捏《こ》ね回されると、目の前がチカチカと瞬《また》いて、頭の中にも白く湯気がかかる。

湯の跳ねる音と甘い啼《な》き声、それに二人分の荒い呼吸が、湯気とともに浴室に満ちていく。

火照《ほて》った全身をほんのり薔薇色《ばらいろ》に染め、メリッサはガクガクと手足を震わせた。胸を弄《いじ》っていた手が下へと滑っていき、今度は花芽をクリクリと転がされる。

奥まで貫《つらぬ》かれながら、一番感じやすい箇所を攻め立てられ、メリッサの目の前には細かな星がいくつも散った。

「ふ、あああああっ！！」

両腕をピンと突っ張り、背を弓なりに反らしてメリッサは絶頂を迎える。

同時に蜜壷にきつく締め上げられた雄も、大きく震えて精を吐き出した。

「はぁ……は、はぁ……あ、ぁぁ……ふ……ぁ……」

後ろからバジルに抱きしめられながら、メリッサは何度も奥に吐き出される熱い飛沫《しぶき》の感触に喘《あえ》ぎ続けた。

やがて長い吐精を終えて雄が引き抜かれると、そのまま弛緩《しかん》した身体をバジルに抱えられて、再び洗い場でシャワーをかけられる。

上機嫌なバジルにくたりと背を預けながら、メリッサは両手で顔を覆《おお》った。

（ふわぁ……恥ずかしいこと、しちゃった……）

自分の顔は今、茹《ゆ》でタコみたいに真っ赤になっているのではないだろうか……

ぼんやり考えていると、メリッサの秘所にグチュリと指が埋め込まれた。

「ひぁっ!?」

「責任をとって、またきちんと洗いますから」

「あ、あのっ！　バジルさん……っ」

「何ですか？」

――これじゃ、永遠に終わらない気がするんですがっ!?

心の中ではそう叫んだものの、とてもご満悦そうなバジルを見ると、メリッサはモゴモゴと口篭《くちご》ってしまう。

「……う、何でもないです」

赤くなった顔を背《そむ》けて、小声で呟《つぶや》いた。

――そして結局。

浴室でまた睦《むつ》み合った末に、すっかりのぼせてしまったメリッサは、カバーを替えたソファーにぐったりと横たわっていた。

さすがにやりすぎたと反省したらしいバジルは、メリッサの額を濡《ぬ》れタオルで冷やしたり、水を持ってきてくれたりなど、甲斐甲斐《かいがい》しく世話を焼いた。そして今はメリッサの向かいにある小さいソファーにて、三叉槍《トライデント》を黙々と磨いている。

メリッサは薄く目を開けて、黒光りする伝説の槍を眺めた。

全体に凝《こ》った模様が彫り刻まれた柄《え》は、柔らかな布で磨かれて艶《つや》々《つや》と輝き、不思議な魅力を以《もっ》て見る者を惹《ひ》きつける。

巷《ちまた》の伝説によれば、この三叉槍は、とある吸血鬼の魔道具師が造ったものらしい。

人を犯し生き血を啜《すす》る吸血鬼は、非常に優れた魔道具や武器を製作できるものの、性格に問題がある者が多く、彼らとの取引は困難を極めるという。

蛇王バジレイオスも、山奥に隠れ住んでいた偏屈《へんくつ》な吸血鬼と苦労して交渉した末に、この槍を造らせたそうだ。

そして、後に蛇王の半身と謳《うた》われるこの槍は、幾多の敵を貫《つらぬ》こうとも折れることなく、主《あるじ》とともに長い戦いの時代を駆け抜けた――

……とメリッサは聞いていたから、その槍が今や魚獲《と》りや干魚《ほしざかな》を吊るす竿《さお》として使用されていると知った時は仰天《ぎょうてん》した。

しかし、これはバジルのものである。家宝にして飾ろうと物干し竿にしようと、彼の自由だ。それにぞんざいに扱っているように見えても、彼はこうしてちゃんと大切に手入れをしている。

（サン……かぁ。変わった名前だけど、バジルさんは、ちゃんと名前を付けてたんだなぁ）

まさか、この槍を崇《あが》めることでバジルに妬《や》かれるとは思わなかった。

けれど、メリッサがこの槍を特別な目で見てしまうのは、誰よりも長くバジルと共に過ごし、彼に愛されている存在だからだ。

だってバジルは、蛇王という肩書きから逃れるための休暇にも、この槍だけは同行させたのだ。彼にとって特別なものだという何よりの証拠だろう。

そう思うと、バジルへの愛しさの分だけ、この三叉槍への愛着も深まるのだ。

「……バジルさんは、どうして三叉槍さんに、その名前をつけたんですか？」

横たわったままメリッサが尋ねると、バジルは手を止めて顔を上げた。

「これを作った魔道具師は、東の文化を好んでおりましてね。この模様は全て『漢字』という東の国の文字だそうです」

彼の声音は、なんとなくホッとしているように聞こえた。もしかして先ほどからメリッサが怒っているのではないかと心配していたのだろうか?

バジルは立ち上がってこちらに来ると、メリッサによく見えるように三叉槍《トライデント》の柄《え》を差し出す。

「え……これ、模様じゃなかったんですか」

そう言って、どう見ても奇妙な模様にしか見えないそれらを眺めていると、バジルが文字の一つを指した。そこには『三』という字が刻まれている。

「これは三叉《トレヴィ》を表す文字で……東の国では3を、『サン』とか『ミッツ』とか言うそうなのです」

「あ、三叉槍だから……」

納得するメリッサの前で、バジルが『三』を眺めながら呟《つぶや》いた。

「この槍ができた時、魔道具師から名前を決めろと言われました。ただの殺戮《さつりく》の道具ではなく、私の使命を共に担《にな》う半身としたいなら、これに名をつけ魂《たましい》を込めなければならないと」

じっと槍を見つめるバジルは、遠い昔の日を思い出しているような目をしていた。

やはり、この槍はただの武器ではなく、彼の半身そのものなのだろう。

だからこそバジルは、遠慮の欠片《かけら》もなくこの槍を扱いながら、いつでもどこにでも連れていくのだ。

その深い絆《きずな》を目の当たりにし、メリッサは胸が熱くなる。じんわりと涙で滲《にじ》み始めた視界の中、バジルがゆっくりと口を動かした。

「最初は、トライデントだから『トラ』にしようかとか、『ミッツ』では言いにくいので『ミッチー』にしようかとか、色々考えたのですが……」

真剣そのものなバジルを前に、メリッサは絶句する。

――ふあああっ!!　ネーミングセンス、ひどすぎるっっ!!

メリッサの心の叫びは、思いっきり顔に出てしまったらしい。バジルは気まずそうに溜め息をついて肩をすくめた。

「これでも真面目に考えたのですが、私は名付け親には向いていないようですね。件《くだん》の魔道具師にも、ふざけるなと散々罵倒されたあげく、いい名前を付けるまで槍は渡さないと突っぱねられまして。一昼夜粘《ねば》り、最終的にサンで妥協してもらいました」

「そ、そうだったんですか……」

メリッサはつい、三叉槍の命名に頭を悩ませているバジルの姿を思い浮かべてしまった。

「ふ、ふふっ……」

そして思わず含み笑いを漏らす。

「バジルさん、私……」

――何でもできそうなのに、こうして苦手なものもちゃんとある、『普通』な貴方《あなた》が、やっぱり大好きです！

まだ少しふらついたが、メリッサはゆっくりと上体を起こし、愛しさを込めてバジルの頬にキスをした。

書き下ろし番外編

カルディーニ領の新名物

月に一度のマルシェが開かれる日。

爽《さわ》やかな秋晴れの空の下、カルディーニ城下町の広場は、朝から大賑《おおにぎ》わいだった。

今日は、メリッサが代表者となって二回目の出店である。

本来ならば先月のマルシェに出店するはずだったのだが、例の毒草事件のせいで翌月のマルシェに予定されていた薬草園《ハーブガーデン》が出店できず、一ヶ月ずれてしまったのだ。

とはいえ、薬草園同士で困ったときは助け合うものだし、天気にも恵まれた。メリッサは晴れやかな気分で出店に臨《のぞ》む。

（それにしても、こんなに凄い数のお客さん、初めて！）

メリッサは客に対応しながら、心の中で驚きの声をあげた。

行き交う客の数が余りに多くて、向かいの店がまったく見えない。

物心ついた時にはもう、祖父がマルシェに出店するのについてきていた。

天気が良い日のマルシェはいつだって混雑していたが、これほどの賑わいは初めてだ。賑わいに呼応してか、メリッサのところへ買い物に来る客もいつになく多い。バジルが裏方で機敏に手伝ってくれていなければ、とても対応できなかっただろう。

しかし、メリッサはそれについて、もう落ちこむまいと決めていた。

先日、彼女はバジルにこう打ち明けた。自分はトリスタ薬草園の責任者なのに、前回のマルシェへの出店がバジルの助けなしではきっと満足にできなかったのを、情けなく思うと。

そして、次は一人で頑張るから、後ろで見守ってくれないかと相談したのだが……

『メリッサ。向上心も努力も良い事ですが、何でも一人でできるようになろうとまで考えるのは、自惚《うぬぼ》れというものですよ』

珍しく少し厳しい様子になったバジルに、お説教されてしまった。

『オルディが存命の頃、メリッサは彼が情けないから薬草園を手伝っていたのではないでしょう？　オルディや薬草園が好きだから手伝ったのではありませんか？』

そう言われて、メリッサはようやく自分が大事なことを忘れていたのに気づいた。

祖父は植物をとても愛していたが、丹精込めて育てた薬草を買い求めてくれる人たちにも感謝し、できる限り良い品を売りたいと言っていた。

そんな祖父の姿はいつも眩《まぶ》しくて立派に見え、メリッサの誇りだった。多彩な植物が育つ美しい薬草園《ハーブガーデン》も大好きで、だからこそ、手伝いたくて堪《たま》らなかったのだ。

『私も、メリッサとこの薬草園が好きだからこそ、お手伝いしたいのです。それに、一人で頑張るべきこともあれば、皆で力を合わせた方が良い場合もあるのですよ』

赤面したメリッサに、バジルは優しくさとしてくれた。

だから今日は、メリッサももちろん頑張りつつ、バジルの協力もありがたく受ける。

彼は蛇王バジレイオスだけれど、今はメリッサの伴侶《はんりょ》でもあり、トリスタ薬草園を一緒に支えてくれる存在なのだと、改めて胸に沁《し》みるのだった。

「――お待たせいたしました！　ブレンドハーブ石鹸《せっけん》とお釣りです」

営業スマイルを浮かべ、メリッサはお客のラミアに品物の入った袋を渡す。

キリシアム風のチュニックの裾から茶色の蛇尾が出ている男性ラミアは、観光客のようだ。肩に下げた鞄《かばん》に品物をしまい、街の地図を眺めつつ去っていく。

彼の次に並んでいたのは、やはり観光客らしきラミアで女性の二人連れだった。ポプリや石鹸に乾燥ハーブなどを土産《みやげ》用に複数買いたいと言うので、品物と一緒に小分けの袋を何枚か余分に入れて渡した。

「ありがとう！」

はしゃいだ声で礼を言う彼女たちを見送り、メリッサは内心で小首をかしげた。

（気のせいかな……でも……）

いつになく賑《にぎ》やかなマルシェには、人間も魔物も入り交じっているのだが、目に見えてラミアが多い気がするのだ。しかも、観光客のような者ばかり。

元々、キリシアムは友好関係にある隣国なのだから、この国を訪れるラミアの観光客は珍しくない。

それでもカルディーニ領はわざわざ足を運ぶような観光名所もなく、国外からの観光ならば華やかで歴史的建造物も多い王都が主流だ。

（とにかく、バジルさんが気付かれないといいけれど……）

バジルが後継を頼んだミルトル氏は、国政に関してはしっかり行《おこな》ってくれているものの、偽の死亡告知を出す気はさらさらないらしい。

蛇王バジレイオスは未だに病《やまい》で臥《ふ》せっていることになっており、こんな場所で変装して潜《ひそ》んでいるとバレたら大事《おおごと》になるはず。

……とはいえ、バジルもラミアの数が異様に多いことに気づいたようで、より目深《まぶか》に帽子を引き下げて気配を殺していた。

これなら気づかれる心配もなさそうだと、メリッサは密かに胸を撫《な》でおろす。

そして、自分のできることを精一杯にやるべきだと、接客に集中することにした。

頑張った甲斐あり、かつてない賑《にぎ》わいだったマルシェも無事に終えた。

いつもよりかなり早く品物を売りつくしてしまい、メリッサはバジルと片づけを済ませ、いつか特製ジュースを頼んだカフェに行く。

ここや近くの店にも、やはりラミアの観光客が目立ったが、幸いにも個室がちょうど一つ空いたところだった。

「懐かしいですね、ここは」

今度は最初からオレンジジュースを頼んだバジルが苦笑して言い、メリッサも苦手な味を前にした彼を思い出して笑う。

あれから色々なことがあったせいで、まだたった数ヶ月しか経っていないなんて信じられない気分だ。

軽く昼食をとって一休みしてから二人は広場に戻り、帰るべく馬車に乗り込んだ。

「――しかし一体、何を目当てに皆は来たのでしょうね」

夕陽が照らす町中を進みながら、御者台《ぎょしゃだい》でバジルが困惑気味に首をひねる。

ラミアの観光客集団について、バジルもまるで心当たりがなかったが、耳の良い彼には、ラミアたちの会話が少し聞こえたそうだ。

彼らはマルシェに立ち寄った後、夕方に町で何かを見物する目的があるようだ。

「あれ……？　バジルさん」

ふと脇道の方へ続いている行列に気づき、メリッサはバジルの袖をちょいちょいと引っ張った。

広い目抜き通りから脇に入ると、宿が幾つか並ぶ通りに入るのだが、チラリと見えたそこにラミアの行列ができているのだ。

「金魚ハンカチを持つ青蛇のご鑑賞、最後尾はこちらになりまーす！」

宿の娘らしいエプロンをつけた可愛い人間の少女が、行列の最後で『最後尾』と書かれた小さな看板を持って声を張り上げている。

「……金魚ハンカチと青蛇？」

メリッサとバジル同時にその奇妙な言葉を呟《つぶや》き、顔を見合わせる。

「そういえば、バジルさん。あそこの通りは、確か……」

先日誘拐された後、バジルがメリッサを保護してくれた宿が、ちょうどあの脇道にあるのだ。

金魚模様のハンカチを家宝にしたいと申し出たのは、宿の干し草小屋に住む青蛇の妻で、バジルの正体に気づいた彼らが、メリッサ捜索に力を貸してくれたと聞いている。

「私、ちょっと行って見てきます。バジルさんは、念のためにここの近くで隠れていてください」

非常にワクワク顔で行列を作っているラミアたちを遠目に見て、メリッサが申し出ると、バジルは悩んだ様子ながら頷いた。

「申し訳ありませんが、お願いします」

彼も、どういう状況か気になるものの、さすがにあそこへ並ぶのは気まずくて堪《たま》らないようだ。

「任せてください！」

メリッサは馬車から降り、行列に近づく。

「こちらの催《もよお》しはラミア限定なんですか？　何か、珍しいものでも……？」

通りすがりに興味をそそられた風を装《よそお》い、看板を持っている少女にそう話しかけた。

「いいえ。どなたでも無料でご鑑賞できますので、どうぞ」

少女はにこやかに言い、例の宿屋を片手で示した。

「うちの干し草小屋に住み着いている二匹の青蛇が、先々月からマルシェの日の夕方になると、金魚模様のハンカチを持ってお客さんたちの前に出てきて、変わったポーズをとるんです。普通の蛇は嫌がる女性のお客さんまで、可愛いと評判になっちゃいまして」

「はぁ……そうなんですか」

確実に、話に聞いた青蛇夫妻だと思いつつ、メリッサは相槌《あいづち》を打った。

バジルもメリッサも、ここしばらく町の方にはまったく来ていなかったから、そんな噂を聞いていなかったのだ。

メリッサやバジルの事情など知る由《よし》もない給仕娘は、笑顔で話し続ける。

「それで評判を聞きつけたラミアの方々が、今月はキリシアムから大勢いらっしゃっているんです。あの蛇のおかげで我が家は大繁盛ですよ！」

彼女は、そう言うとまた次にやってきたラミアに行列の案内を始めた。

（う～ん……どうしよう……）

メリッサは悩んだものの、そのまま行列に並ぶことにした。

娯楽の少ないこの街に住む人々が、ちょっとした新名物にはしゃぐ程度なら理解できる。でも、なぜ隣国のラミアたちまでが熱心に集まるのか、やはりよく分からない。

列はそれなりにスムーズに進み、ほどなく干し草小屋にたどり着く。

広い小屋の周りにはラミアたちが溢《あふ》れ、何かを熱心に眺めては退《しりぞ》き、周囲で仲間と感嘆した様子で囁《ささや》き合っていた。

メリッサの前に並んでいたのは、がっしりした体格の大柄な男性ラミアだった。彼の後ろに隠れながら、ラミアたちのお目当てをこっそり覗き込んだメリッサは、驚愕《きょうがく》に目を見開いた。

青蛇夫妻にあげた金魚模様のハンカチが、干し草の上に誇らしげに広げられている。さらにその前では、身体の小さな雌らしい蛇がクニュンと身体を緩く半円に曲げ、もう一匹の少し大きな蛇も、半円の中央でピンと真っ直ぐに身体を伸ばしているのだ。

(これってまさか……昔におじいちゃんから聞いた、あれだよね⁉)

キリシアムのラミアたちは、柔軟な蛇の半身を生かした組体操のような競技を好み、大会も開かれていると聞いたことがある。

その競技の中で、簡単に見えて美しいバランスを出すのは難しいと言われるのが、三叉槍《トライデント》を表現したこれだったらしい。祖父が絵で書いてくれたものにそっくりだ。

そして青蛇夫妻が、バジルから受け取ったハンカチを広げ、わざわざ人前に出てこのポーズを取っているのは、もしかしなくても……

——バジルさぁぁん！　青蛇夫妻ってば、これが蛇王さまから貰ったハンカチだって、物凄くアピールしちゃっています！

バジルは休暇中だと夫妻には説明したものの、口止めまではしている余裕がなかったらしい……いや、人間も魔物ももちろんのこと、ラミアだってバジル以外は蛇とは話せないので、その必要はないと判断したのかもしれない。

あわわと、メリッサはラミア男性の陰でうろたえた。そして青蛇夫妻に見つからぬよう、さっと干し草小屋の脇へ避ける。

「いやぁ、見事な三叉槍ポーズだった！」

「想像していた以上だな。尾の角度がこう絶妙で……」

干し草小屋の隅では、数人のラミアが興奮気味におしゃべりをしていた。

「あの……皆さん、この蛇を見るために、はるばる隣国からいらしたんですか？」

思わずメリッサが尋ねると、唐突に話しかけられたラミアたちは驚いたような顔をしたが、すぐに笑顔で頷いた。

「ああ。ついでに観光も楽しんでいるけど、お目当てはあの蛇だよ」

髪の短い男性ラミアが答えると、彼の連れらしい女性ラミアも相槌《あいづち》を打つ。

「そうなの。蛇王バジレイオス陛下が、お身体を休めるために臥《ふ》せっていらっしゃると、この国にも広まっているでしょう？」

「え、ええ……」

メリッサは非常に後ろめたい気分で、冷や汗混じりに頷いた。

「陛下は、万が一にご自分が不在になっても混乱が起きぬように、国を整えてくださったの。おかげでキリシアムは変わらずに平穏だけれど、陛下は依然としてお姿を現さないのよ」

「そんな時に、我らの陛下を象徴する見事な仕草をする蛇がいると、この宿の噂を聞いて見に来たんだ。……しかも魚模様の布の前でなんて、やるじゃないか」

短髪の男性ラミアが連れの言葉を引き継ぐようにしみじみと呟《つぶや》き、くっと感涙の涙を拭った。ラミアはハーピーに並ぶ陽気でテンションの高い種族らしいが、彼も相当に感激屋のようだ。

……この際、あのハンカチの模様は淡水で生きる金魚だとか、メリッサは突っ込まないことにした。

それよりも、彼らが蛇王をどれほど敬愛しているのかが分かり、胸がツキンと痛くなる。

「そうですか……」

小さな声で、メリッサは答えた。

そして、蛇王は病《やまい》だと信じ込んでいるキリシアムの民たちが、気の毒になってしまった。

自分が口を出すことじゃないのは、十分に承知している。バジルとて悩んだ末での選択だったはず。

それでもキリシアムのラミアたちにとって、蛇王は国が無事なら不在でいいというような存在ではないのだ。

「皆さんは……蛇王さまを本当に心配していらっしゃるんですね……」

思わずそう呟くと――意外にもラミアたちは、一斉に両手と首を横に振った。

「まさか、そんな！　不死身のバジレイオス陛下に心配など、かえって失礼よ」

女性ラミアが明るく笑う。

「……え？」

呆気に取られていると、彼女の連れも力強く頷いた。

「そうそう。我々のように平凡な者とは違うんだから」

「バジレイオス陛下なら、多少臥《ふ》せったところで、必ずや堂々と復帰なさるはず！」

その言葉に、近くにいたラミアたちも近寄って来て口々に同意する。

「そうとも！　あの御方は完璧だ！　五年前に堂々たるお姿を遠目に拝見したが、まだはっきり覚えている！　あの時は、感激で心臓が止まるかと思った！」

「あたしなんて、建国祭で陛下をお見かけしたら、嬉しくて気絶しちゃった！」

「ああもう素敵！　わたし、一言でも陛下とお言葉を交わせたら死んだって構わない！」

しまいにメリッサのことなどすっかり忘れたように、ラミアたちは「バジレイオス陛下、ばんざーい！」と、盛り上がり始めてしまった。

——あ……バジルさんが仮病を使うしかなかったのを、心から納得しました。これ、絶対に話を聞いて貰える雰囲気じゃありませんね。

胸中で頷き、メリッサは顔を引き攣《つ》らせて、そそくさと帰る。

近くの目立たない場所に停まっていた馬車に駆け戻り、バジルに馬車を動かして貰いながら、今しがたのことをひそひそと報告した。

「まさか、あれをやられるとは……っ」

町を出て静かな田舎道に入ったところで、話を聞き終えたバジルはマスクを外し、額を押さえて呻《うめ》いた。

そんな彼を眺めつつ、メリッサは思い切って自分の思いを口にする。

「身勝手だとは思うんですが……私はラミアの方々が、蛇王さまの復帰を悲しまずに信じで待っていると知り、少し安心しました」

「メリッサ……？」

「だってキリシアムの国民が、蛇王さまが臥《ふ》せっていると聞いて心配し嘆き悲しんでいたら……バジルさんのことだから後ろめたい気持ちになって、休暇を全然楽しめなくなるんじゃないかなと思って」

指摘すると、バジルは少し黙った後、神妙な表情で頷いた。

「ええ。きっと、そうなっていたでしょうね」

「だから私は、安心したんです。蛇王さまにはまだ当面休暇を取って、バジルさんとして私の傍にいて欲しいから……」

皆から崇められる蛇王さまではなく、頼もしいながらもちゃんと欠点や苦手なものだってあるバジルを、メリッサは心から愛している。

バジルは驚いたように軽く目を見開き、それから優雅に微笑んだ。

「世界一素敵な休暇のお誘いですね。もちろん、お言葉に甘えます」

メリッサの肩を引き寄せて頬に口づけながら、休暇を満喫中の蛇王さまは嬉しそうに囁《ささや》いた。

甘く淫らな　Noche ノーチェ　恋物語

旦那さまの溺愛が止まらない!?

牙の魔術師と出来損ない令嬢

著 小桜《こざくら》けい　**イラスト** 蔦森《つたもり》えん

魔力をほとんど持たずに生まれたウルリーカは、強い魔力を持つ者が優遇される貴族社会で出来損ない扱いをされている。そんな彼女にエリート宮廷魔術師との縁談話が舞い込んだ！　女王の愛人と噂される彼からの求婚に戸惑うウルリーカだが、断りきれず嫁ぐことに。すると、予想外の溺愛生活が待っていて!?

定価:本体1200円+税

夜の作法は大胆淫ら!?

星灯りの魔術師と猫かぶり女王

著 小桜《こざくら》けい　**イラスト** den

女王として世継ぎを生まなければならないアナスタシア。けれど彼女は身震いするほど男が嫌い！　日々言い寄ってくる男たちにうんざりしていた。そんなある日、男よけのために偽の愛人をつくったのだが……ひょんなことから、彼と甘くて淫らな雰囲気に!?　そのまま息つく間もなく快楽を与えられてしまい――

定価:本体1200円+税

詳しくは公式サイトにてご確認ください。

http://www.noche-books.com/

掲載サイトはこちらから！

Regina COMICS
鋼将軍の銀色花嫁
原作 小桜けい Kei Kozakura
漫画 朝丘サキ Saki Asaoka
好評発売中!
鋼将軍の銀色花嫁
小桜けい 朝丘サキ
私の"秘密"は知られてはいけない——
待望のコミカライズ!
訳あって十八年間幽閉されていた伯爵令嬢シルヴィア。そんな彼女に結婚を申し込んだのは、北国の勇猛果敢な軍人ハロルドだった。強面《こわもて》でつっけんどんなハロルドだが、実は花嫁にぞっこん一目惚れ。最初はビクビクしていたシルヴィアも、不器用な優しさに少しずつ惹かれていく。けれど彼女の手には、絶対に知られてはいけない"秘密"があって——?
アルファポリス 漫画 検索
＊B6判 ＊定価：本体680円＋税 ＊ISBN 978-4-434-22395-2

本書は、2015年4月当社より単行本として刊行されたものに書き下ろしを加えて文庫化したものです。

ノーチェ文庫

蛇王《へびおう》さまは休暇中《きゅうかちゅう》

小桜《こざくら》けい

2017年9月5日初版発行

文庫編集－宮田可南子
編集長－塙綾子
発行者－梶本雄介
発行所－株式会社アルファポリス
〒150-6005 東京都渋谷区恵比寿4-20-3 恵比寿ガーデンプレイスタワー5階
TEL 03-6277-1601（営業） 03-6277-1602（編集）
URL http://www.alphapolis.co.jp/
発売元－株式会社星雲社
〒112-0005 東京都文京区水道1-3-30
TEL 03-3868-3275
装丁・本文イラスト－瀧順子
装丁デザイン－ansyyqdesign
印刷－株式会社暁印刷

価格はカバーに表示されてあります。
落丁乱丁の場合はアルファポリスまでご連絡ください。
送料は小社負担でお取り替えします。

ISBN978-4-434-23563-4 C0193